Diogenes Taschenbuch 24772

Glück und all das

Geschichten und Gedanken

Ausgewählt von Martha Schoknecht

Diogenes

Nachweis am Schluss des Bandes
Covermotiv: Gemälde von Edward Joseph, ›Crane Wife‹

Druck und Bindung: Druckerei C. H. Beck, Nördlingen

Originalausgabe

info@diogenes.ch · www.diogenes.ch
120/25/36/1
ISBN 978 3 257 24772 5

»Glück, das ist einfach eine
gute Gesundheit und ein
schlechtes Gedächtnis.«
Ernest Hemingway

»Es gibt nur einen angeborenen
Irrtum, und es ist der, dass wir
da sind, um glücklich zu sein.«
Arthur Schopenhauer

Inhalt

EPIKUR

Über das Glück

Epikur grüßt Menoikeus

Weder soll ein junger Mensch zögern, sich mit Philosophie zu befassen, noch soll ein alter Mensch damit aufhören. Denn niemand ist zu jung oder zu alt für das, was der Seele guttut. Wer aber behauptet, die Zeit zum Philosophieren sei noch nicht gekommen oder bereits verstrichen, gleicht dem, der sagt, die rechte Zeit für das Glück sei nicht oder nicht mehr da. Mit Philosophie müssen sich also Junge und Alte befassen, die einen, damit sie auch im Alter dank ihrer erworbenen Güter jung bleiben, dankbar gegenüber der Vergangenheit, die anderen, damit sie gleichzeitig jung und weise seien und keine Angst vor der Zukunft haben. Es ist folglich nötig, viel Sorgfalt auf das Glück zu verwenden, weil wir ja alles haben, wenn es da ist, und alles tun, um es zu haben, wenn es fehlt.

Was ich Dir ständig geraten habe, tu es und beachte es, da Du ja verstehst, dass es sich um die Grundsätze des guten Lebens handelt. Glaube als Erstes, dass ein Gott ein unvergängliches und glückseliges Lebewesen ist – eine Gottesauffassung, die sich den Menschen gemeinhin eingeprägt hat. Füge dem nichts hinzu, was der Unvergänglichkeit fremd oder der Glückseligkeit unangemessen ist. Glaube alles, was geeignet ist, die Unvergänglichkeit samt der Glückseligkeit des Gottes zu bewahren. Götter gibt es, ganz offensichtlich können wir sie erkennen. Nur sind sie nicht so, wie die Mehrheit meint, die ihnen Eigenschaften zuschreibt, die dem Göttlichen nicht entsprechen. Ungläubig ist nicht, wer die Götter der Mehrheit abschafft, sondern wer den Ansichten der Mehrheit über die Götter anhängt. Denn die Meinungen der Mehrheit über die Götter sind keine Einsichten, sondern bloß trügerische Vermutungen, gemäß welchen den schlechten Menschen von den Göttern die größten Schäden zugefügt würden, den guten aber Wohltaten. Denn die Mehrheit ist bloß mit den eigenen Eigenschaften vertraut und hält nur diese für denkbar, alles andere kommt ihr fremdartig vor. Gewöhne Dich an den Gedanken, dass der Tod für uns keine Bedeutung hat, da ja alles Gute und Schlechte eine Frage der Wahrnehmung ist. Der Tod aber ist die Beraubung der Wahrnehmung. Diese richtige Erkenntnis, nämlich dass der Tod für uns keine Bedeutung hat, macht die Vergänglichkeit des Lebens zu einem Genuss, nicht etwa, weil diese Erkenntnis dem Leben unendliche Zeit hinzufügen würde, sondern weil sie das Verlangen nach Unsterblichkeit beseitigt. Es gibt nichts Schreckliches im Leben für jemanden, der wirklich weiß, dass nichts Schreckliches daran ist, nicht zu leben. Wer aber erklärt, er fürchte den Tod, nicht weil er schmerzen wird, wenn er eintritt, sondern weil er dadurch schmerzt, dass er eintreten wird, der redet Unsinn. Denn was nicht belastend ist, wenn es eintritt, schmerzt grundlos, wenn es erwartet wird. So hat also das schauderhafteste Übel, der Tod, für uns keine Bedeutung, da ja, solange wir leben, der

Tod nicht anwesend ist, sobald aber der Tod eintritt, wir nicht mehr leben werden. Er hat folglich weder für die Lebenden noch für die Verstorbenen eine Bedeutung, da er die einen nicht betrifft, die anderen aber nicht mehr leben. Die Mehrheit aber flieht bald den Tod wie das größte aller Übel, bald sehnt sie sich nach ihm wie nach einer Erholung vom beschwerlichen Leben. Der Weise dagegen fleht nicht um Leben und fürchtet sich ebenso wenig, nicht zu leben. Denn für ihn ist das Leben nicht voller Hindernisse, und er glaubt auch nicht, nicht zu leben sei etwas Schlimmes. Wie er beim Brot nicht das allergrößte, sondern das süßeste auswählt, so entscheidet er sich auch bei der Zeit nicht für die längste, sondern für die angenehmste. Wer aber predigt, der junge Mensch müsse gut leben, der alte seinerseits gut sterben, ist einfältig, und zwar nicht nur, weil das Leben angenehm ist, sondern auch, weil es das Gleiche ist, sich um ein gutes Leben und ein gutes Sterben zu bemühen. Noch schlimmer ist der, der sagt, schön wäre es, nicht geboren zu sein, doch ›lebt man, so wünscht man, die Tore des Hades zu durchschreiten‹.[1]

Wenn jemand das im Ernst sagt, warum geht er dann nicht aus dem Leben? Das wäre für ihn machbar, wenn denn sein Beschluss für ihn feststeht. Sagt er das aber im Scherz, so redet er frivol, wo es nicht ansteht.

Man sollte immer daran denken, dass die Zukunft weder ganz noch gar nicht in unserer Hand liegt, damit wir nicht

1 Zitat aus dem ›Wettkampf zwischen Homer und Hesiod‹ (Certamen 78f.), der in der Antike dem Homer zugeschrieben wurde. (Der Vers taucht in Theognis' Elegien [425–27] wieder auf.)

ständig erwarten, was geschehen wird, und nicht verzweifeln an dem, was nicht geschehen wird.

Weiter muss man bedenken, dass manche der Triebe natürlich sind, andere nichtig; manche der natürlichen notwendig, andere nur natürlich. Manche der notwendigen sind für das Glück notwendig, andere für das Wohlbefinden des Körpers, noch andere für das Leben selbst. Bei ruhiger Betrachtung dieser Dinge ist jede Neigung und Abneigung auf die Gesundheit des Körpers und die Ungetrübtheit der Seele zurückführbar, da ja dies das Ziel eines glücklichen Lebens ist. Für dieses Ziel tun wir alles, damit wir weder leiden noch aufgewühlt sind. Sobald uns das einmal völlig klar ist, legt sich der ganze Sturm in der Seele, und das Lebewesen muss nicht mehr umherirren und nach etwas suchen, was das Gute der Seele und des Körpers ergänzen würde. Wir brauchen immer dann eine Freude, wenn sie fehlt und wir darob leiden. ›Wenn wir aber nicht leiden‹, bedürfen wir ihrer nicht.

Deswegen sagen wir auch, die Freude sei der Anfang und das Ziel eines glücklichen Lebens. Wir haben die Freude als erstes Gut und als angeboren erkannt, von ihr lassen wir jede Neigung und Abneigung ausgehen, und sie ist das Ziel, an dem wir jedes Gut messen.

Und da die Freude das erste und angeborene Gut ist, wählen wir nicht einfach jede Freude, sondern es gibt auch Freuden, die wir übergehen, wenn sich für uns eine größere Unannehmlichkeit aus ihnen ergeben würde. Andererseits gibt es zahlreiche Schmerzen, die wir vorziehen, weil für uns eine größere Freude folgen wird, nachdem wir die Schmerzen eine lange Zeit ertragen haben. Zwar ist jede

Freude ihrer eigenen Natur nach etwas Gutes, trotzdem soll man sich nicht für jede Freude entscheiden. Genauso ist auch jeder Schmerz ein Übel, das aber nicht in jedem Fall vermieden werden soll. Es ist also nötig, durch Vergleichen und Abwägen der Vor- und Nachteile all das zu entscheiden. Denn etwas Gutes verwenden wir manchmal wie etwas Schlechtes, etwas Schlechtes umgekehrt wie etwas Gutes.

Wir halten auch die Selbstgenügsamkeit für ein großes Gut, nicht, damit wir uns einfach mit wenigem begnügen, sondern damit wir uns, sollte das viele mal fehlen, auch am wenigen freuen können, weil wir in unserem Innersten überzeugt sind, dass diejenigen den Luxus am besten genießen, die ihn am wenigsten nötig haben, und dass das Natürliche bequem zu beschaffen ist, das Überflüssige aber schwer. Wenn das schmerzhafte Hungergefühl erst einmal beseitigt ist, gewähren die einfachen Suppen die gleiche Freude wie ein üppiges Mahl. Und Gerstenbrot und Wasser sind der Gipfel der Freude, wenn ein Hungriger sie genießt. Die Gewöhnung an einfache und nicht üppige Mahlzeiten trägt zur Gesundheit bei, stärkt den Menschen für die Anforderungen des Lebens, macht uns aufnahmefähiger für den Luxus, der in Abständen auf uns zukommt, und furchtlos gegenüber dem Schicksal.

Wenn wir sagen, die Freude sei das Ziel, so meinen wir nicht die ungezügelten Freuden, die im Genuss liegen – das meinen manche, die entweder unwissend sind oder nicht mit uns übereinstimmen oder schlecht informiert sind –, sondern wir sprechen von der Schmerzlosigkeit am Körper und der Ungetrübtheit der Seele. Denn nicht Trinkgelage und ununterbrochene Bankette, nicht der Genuss von Knaben und Frauen und Fischen und allem anderen, was ein reich gedeckter Tisch bietet, sind die Basis für ein angenehmes Leben, sondern nüchterne Überlegung, die die Ursache jeder Neigung und Abneigung zu ergründen sucht und Irrmeinungen aus dem Weg räumt, aus denen die meisten Unannehmlichkeiten für die Seele entstehen.

Der Anfang von allem und das größte Gut aber ist die Vernunft. Die Vernunft ist deshalb noch wertvoller als die Philosophie, weil aus ihr alle übrigen Tugenden erwachsen. Die Vernunft lehrt nämlich, dass es kein angenehmes Leben gibt, wenn es nicht vernünftig und gut und gerecht ist, und auch kein vernünftiges und gutes und gerechtes, das nicht angenehm ist. Die Tugenden fügen sich zum angenehmen Leben zusammen, das angenehme Leben gehört untrennbar zu ihnen.

Denn wen hältst Du für besser als den, der recht von den Göttern denkt, den Tod nicht fürchtet und das Ziel des Lebens erkannt hat, der außerdem begriffen hat, dass die erstrebenswerten Güter bequem zu erreichen sind, dass die Übel entweder von kurzer Dauer sind oder wenig schmerzhaft, und der über das Schicksal, das manche[2] als Herrin über alles eingeführt haben, lacht? Es ist sogar bes-

2 Epikur spielt auf den u. a. von Demokrit vertretenen und von der Stoa systematisch begründeten Determinismus an, nach dem jede Ursache notwendig bestimmte Wirkungen hervorruft und ihrerseits das Produkt aus vor ihr liegenden Ursachen ist: Wenn der Kausal-Nexus nicht durchbrochen werden kann, ist alles vorausbestimmt. Für die homerischen Dichter war μοίρα, das ›Schicksal‹, diese nicht weiter bestimmbare Macht, die selbst das Handeln der Götter lenkt.

ser, dem Mythos über die Götter zu folgen, als ein Sklave des Schicksals der Naturphilosophen zu sein. Der Mythos nämlich lässt auf Erhörung hoffen, wenn man die Götter ehrt, das Schicksal aber hält nur die unerbittliche Notwendigkeit bereit. Wer nicht, wie die Mehrheit, den Zufall für einen Gott hält – nichts Ungeordnetes wird von einem Gott gemacht! – und auch nicht für eine unbeständige Ursache, der glaubt auch nicht, dass Gutes und Schlechtes für das glückliche Leben den Menschen vom Schicksal gegeben wird, vielmehr dass die Gelegenheiten für großes Glück und Übel vom Schicksal geliefert werden. Er zieht es vor, mit Verstand unglücklich zu sein als unverständig glücklich; denn es ist besser, wenn bei Handlungen richtig Gewähltes nicht gelingt, als wenn etwas schlecht Gewähltes zufällig gelingt.

Das alles und mehr in der Art sollst Du Tag und Nacht bedenken, für Dich allein und zusammen mit jemandem, der Dir ähnlich ist, und nie wirst Du im Schlaf oder im Traum gestört sein, und Du wirst leben wie ein Gott unter den Menschen. Denn ein Mensch, der in unsterblichen Gütern lebt, gleicht ganz und gar nicht einem sterblichen Lebewesen.

ANTON ČECHOV

Die Stachelbeeren

Bereits seit dem frühen Morgen bedeckten Regenwolken den Himmel; es war still, nicht warm und eintönig, wie immer an grauen, trüben Tagen, wenn die Wolken schon lange über dem Land hängen und man auf den Regen wartet, der nicht kommt. Der Tierarzt Ivan Ivanyč und der Gymnasiallehrer Burkin waren schon müde vom Gehen, und die Ebene schien ihnen endlos. In der Ferne konnte man gerade noch die Windmühlen des Dorfes Mironosikoe erkennen, rechts zog sich eine Hügelkette hin, die weit hinter dem Dorf verschwand, und beide wussten, dass dort das Flussufer war; da gab es Wiesen, grüne Weiden und Gutshöfe, und stand man auf einem dieser Hügel, so erblickte man eine ebenso endlose Ebene, Telegrafenmasten und die Eisenbahn, die von Ferne einer kriechenden Raupe glich; und an klaren Tagen sah man von dort aus sogar die Stadt. Jetzt, bei dem stillen Wetter, da die ganze Natur einen sanftmütigen und verträumten Eindruck machte, erfüllte Ivan Ivanyč und Burkin eine tiefe Liebe zu dieser Gegend, und beide dachten daran, wie groß und wie wunderschön doch dieses Land sei.

»Das letzte Mal, als wir in der Scheune des Dorfältesten Prokofij saßen, wollten Sie eine Geschichte erzählen«, sagte Burkin.

»Ja, ich wollte Ihnen damals etwas von meinem Bruder erzählen.«

Ivan Ivanyč seufzte tief und zündete sein Pfeifchen an, um danach mit der Geschichte zu beginnen, aber gerade in diesem Augenblick fing es zu regnen an. Nach fünf Minuten goss es bereits in Strömen, und es war kaum abzusehen, wann dieser Regen wieder aufhören würde. Ivan Ivanyč und Burkin blieben stehen und überlegten; die Hunde, die schon ganz nass waren, standen mit eingezogenem Schwanz da und schauten sie ergeben an.

»Wir müssen uns irgendwo unterstellen«, sagte Burkin, »gehen wir zu Alëchin. Das ist nicht weit von hier.«

»Gut, gehen wir.«

Sie bogen vom Weg ab und gingen über ein abgemähtes Feld, erst geradeaus, dann nach rechts, bis sie auf die Landstraße kamen. Bald tauchten Pappeln auf, ein Garten und rote Scheunendächer; der Fluss schimmerte, und vor ihren Blicken breitete sich der Wehrteich aus mit einer Mühle und mit einem Badehaus. Das war Sofjino, wo Alëchin wohnte.

Die Mühle arbeitete, sie übertönte das Geräusch des Regens; das Wehr zitterte. Dort standen neben den Bauernwagen mit gesenkten Köpfen nasse Pferde, und Leute, die sich Säcke umgehängt hatten, liefen hin und her. Es war feucht, schmutzig und ungemütlich, und der Fluss sah kalt und unfreundlich aus. Ivan Ivanyč und Burkin verspürten ein Unbehagen und fühlten die Nässe und Unsauberkeit bereits am ganzen Körper, ihre Schuhe waren schwer von dem Schlamm, und als sie das Wehr überquert hatten und zu den herrschaftlichen Speichern hinaufstiegen, schwiegen sie, als seien sie böse aufeinander.

In einem der Speicher ratterte eine Worfelmaschine; die Tür stand offen, und Staub drang heraus. Auf der Schwelle stand Alëchin, ein Mann von etwa vierzig Jahren, er war groß, beleibt und glich mit seinem langen Haar eher einem Professor und Künstler als einem Gutsbesitzer. Er trug ein weißes, lange nicht mehr gewaschenes Hemd mit einem Strick als Gürtel, statt der Beinkleider hatte er Unterhosen an, und an seinen Stiefeln klebten Schmutz und Stroh. Nase und Augen waren schwarz von Staub. Er erkannte Ivan Ivanyč und Burkin und freute sich offensichtlich sehr.

»Bitte gehen Sie ins Haus, meine Herren«, sagte er lächelnd. »Ich komme sofort nach.«

Das Haus war groß und zweistöckig. Alëchin bewohnte im Erdgeschoss zwei Zimmer mit gewölbter Decke und kleinen Fenstern, wo einst die Verwalter gewohnt hatten; die Einrichtung war einfach, und es roch nach Roggenbrot, billigem Wodka und Pferdegeschirr. Oben in den Paradezimmern hielt er sich selten auf, nur wenn Gäste kamen.

Im Haus wurden Ivan Ivanyč und Burkin von dem Stubenmädchen begrüßt, einer jungen Frau, die so schön war, dass sie beide gleichzeitig stehen blieben und einander ansahen.

»Sie können sich nicht vorstellen, wie ich mich freue, Sie zu sehen, meine Herren«, sagte Alëchin, der hinter ihnen die Diele betreten hatte. »Das habe ich nicht erwartet! Pelageja«, fuhr er, zu dem Stubenmädchen gewandt, fort, »geben Sie den Gästen etwas zum Umziehen. Zuerst muss ich mich aber waschen, mir kommt es so vor, als hätte ich mich seit dem Frühling nicht mehr gewaschen. Kommen

Sie doch mit ins Badehaus, meine Herren, inzwischen wird hier alles vorbereitet.«

Die schöne Pelageja, die so zart und dem Aussehen nach sehr sanft war, brachte Badetücher und Seife, und Alëchin ging mit seinen Gästen zum Badehaus.

»Ja, schon lange habe ich mich nicht mehr richtig gewaschen«, sagte er beim Auskleiden. »Wie Sie sehen, habe ich ein schönes Badehaus, mein Vater hat es noch gebaut, doch zum Waschen komme ich nie.«

Er setzte sich auf eine Stufe und seifte seine langen Haare und den Hals ein, und das Wasser zu seinen Füßen färbte sich braun.

»Ja, das glaube ich gern …«, meinte Ivan Ivanyč bedeutsam und schaute Alëchins Kopf an.

»Schon lange habe ich mich nicht mehr richtig gewaschen«, wiederholte Alëchin verlegen und seifte sich noch einmal ein, wobei das Wasser dunkelblau wurde wie Tinte.

Ivan Ivanyč ging hinaus, stürzte sich geräuschvoll ins Wasser und schwamm durch den Regen, weit mit den Armen ausholend, und Wellen gingen von ihm aus, auf denen sich weiße Seerosen schaukelten. Er schwamm bis zur Mitte des Flusses und tauchte, kam eine Minute darauf an anderer Stelle wieder hoch und schwamm weiter, und immerzu tauchte er, bemüht, auf den Grund zu gelangen. »Ach, mein Gott«, wiederholte er genießerisch. »Ach, mein Gott …« Er schwamm bis zur Mühle, unterhielt sich dort mit den Bauern und kehrte dann um; in der Mitte des Flusses legte er sich auf den Rücken und bot sein Gesicht dem Regen dar. Burkin und Alëchin waren angekleidet und wollten schon gehen, er aber schwamm und tauchte immer noch.

»Ach, mein Gott ...«, sagte er, »Herr, erbarme dich.«

»Nun ist es aber genug!«, rief Burkin ihm zu.

Sie kehrten ins Haus zurück. Doch erst als oben in dem großen Salon die Lampe angezündet wurde und Burkin und Ivan Ivanyč, mit seidenen Schlafröcken angetan, in warmen Pantoffeln in den Lehnstühlen saßen und Alëchin, gewaschen und frisiert, in einem neuen Rock durch den Salon schritt und sichtlich die Wärme, die Sauberkeit, die trockene Kleidung und das leichte Schuhwerk genoss, und als die schöne Pelageja, die lautlos über den Teppich glitt und weich lächelte, auf einem Tablett Tee mit Varenje reichte – erst da begann Ivan Ivany mit seiner Erzählung, und es schien, als hörten ihm nicht nur Burkin und Alëchin zu, sondern auch die alten und jungen Damen und die Männer in Uniformen, die friedlich und streng aus ihren goldenen Rahmen blickten.

»Wir sind zwei Brüder«, begann er, »ich, Ivan Ivanyč, und Nikolaj Ivany, der zwei Jahre jünger ist als ich. Ich studierte und wurde Tierarzt, während Nikolaj schon mit neunzehn Jahren im Steueramt saß. Unser Vater Čimša-Gimalajskij war Kantonist, aber nachdem er sich den Offiziersrang erdient hatte, hinterließ er uns den erblichen Adel und ein kleines Gut. Nach seinem Tod wurde uns das Gut der vielen Schulden halber wegprozessiert, aber, wie dem auch sei, unsere Kindheit verlebten wir auf dem Lande in völliger Freiheit.

Wie die Bauernkinder verbrachten wir Tag und Nacht auf dem Feld und im Wald, wir hüteten Pferde, schälten Bast, fingen Fische und dergleichen mehr ... Sie wissen ja, wer auch nur einmal im Leben einen Kaulbarsch gefangen oder im Herbst die davonfliegenden Drosseln beobachtet hat, wenn sie an klaren kalten Tagen in Schwärmen über das Dorf ziehen, der taugt nicht mehr zum Städter, und bis zu seinem Tod wird es ihn in die Freiheit ziehen. Mein Bruder verzehrte sich in seinem Steueramt vor Sehnsucht. Die Jahre vergingen, aber er saß immer noch auf derselben Stelle, füllte immer noch die gleichen Papiere aus und dachte immer noch nur an das eine – wie er aufs Land kommen könnte.

Diese Sehnsucht verwandelte sich nach und nach in einen bestimmten Wunsch, in den Traum, sich einen kleinen Gutshof zu kaufen, irgendwo am Ufer eines Flusses oder Sees. Er war ein gutmütiger, sanfter Mensch, ich mochte ihn gern, aber diesen Wunsch, sich für das ganze Leben auf einem eigenen Landgut zu vergraben, konnte ich nie nachfühlen. Man sagt zwar, der Mensch brauche nur drei Aršin Erde. Aber drei Aršin Erde braucht doch der Leichnam, nicht der Mensch. Und man sagt jetzt auch, es sei gut, dass unsere Intelligenz den Drang nach Landbesitz verspüre, dass es sie auf die Gutshöfe ziehe. Aber diese Gutshöfe sind doch dasselbe wie die drei Aršin Erde. Die Stadt zu verlassen, dem Kampf, dem Getümmel des Lebens zu entfliehen und sich auf einem Gut zu verstecken – das ist kein Leben, das ist Egoismus, das ist Trägheit, ein Mönchtum besonderer Art, aber ein Mönchtum ohne Heldenmut. Der Mensch braucht nicht drei Aršin Erde, kein Landgut, sondern den ganzen Erdball, die ganze Natur, wo er alle Eigenschaften und Besonderheiten seines freien Geistes ungehindert entfalten kann.

Mein Bruder Nikolaj, der in seinem Steueramt saß,

träumte davon, wie er seine eigene Kohlsuppe essen würde, deren schmackhafter Duft über den ganzen Hof zöge; er würde draußen auf dem grünen Rasen essen, in der Sonne schlafen, stundenlang vorm Tor auf dem Bänkchen sitzen und in Wald und Feld hinausschauen. Broschüren über Landwirtschaft und allerlei Kalenderhinweise bereiteten ihm große Freude, sie waren seine geistige Lieblingsnahrung; er las gern Zeitungen, doch las er nur die Anzeigen, dass soundso viel Desjatinen Ackerland mit Wiesen, mit einem Gutshof, mit Fluss, Obstgarten, Mühle und Abflussteichen zum Verkauf stünden.

Er malte sich in seiner Phantasie Gartenwege aus, Blumen, Früchte, Starkästen, Teiche voller Karauschen und lauter solche Sachen, wissen Sie. Diese Phantasiebilder waren ganz unterschiedlich, entsprechend den Anzeigen, die ihm ins Auge fielen, aber Gott weiß warum, in jedem von ihnen kamen unbedingt Stachelbeeren vor. Er konnte sich kein Landgut, keinen idyllischen Winkel ohne Stachelbeeren vorstellen.

›Das Landleben hat seine Bequemlichkeiten‹, sagte er immer. ›Du sitzt auf dem Balkon, trinkst Tee, auf dem Teich schwimmen deine Enten, es duftet so schön, und … und es wachsen die Stachelbeeren.‹

Er entwarf immer wieder Pläne für sein Gut, aber jedes Mal kam es auf ein und dasselbe heraus: a) das Herrenhaus, b) das Gesindehaus, c) der Gemüsegarten, d) die Stachelbeeren. Er lebte äußerst bescheiden: Er aß sich nie satt, er trank sich nie satt, er kleidete sich Gott weiß wie, geradezu wie ein Bettler, und trug alles Ersparte auf die Bank. Er war schrecklich knauserig. Es tat mir weh, wenn ich ihn so sah; zu den Feiertagen gab und schickte ich ihm immer mal etwas, er aber legte auch das zurück. Wenn ein Mensch erst einmal von einer Idee besessen ist, kann man nichts machen.

Die Jahre vergingen, er wurde in ein anderes Gouvernement versetzt, er hatte die vierzig schon überschritten, aber immer noch las er die Anzeigen in den Zeitungen und sparte.

Dann hörte ich, er habe geheiratet. Alles mit dem gleichen Ziel – um sich ein Landgut mit Stachelbeersträuchern zu kaufen, heiratete er eine alte, hässliche Witwe, ohne jedes Gefühl für sie, nur weil sie ein bisschen Geld besaß. Er lebte auch mit ihr überaus sparsam, ließ sie hungern und trug ihr Geld unter seinem Namen auf die Bank. Früher war sie mit einem Postmeister verheiratet und bei ihm an Piroggen und Fruchtlikör gewöhnt gewesen, bei ihrem zweiten Mann aber bekam sie nicht einmal genug Schwarzbrot; solch ein Leben ließ sie langsam dahinsiechen, und nach drei Jahren befahl sie Gott ihre Seele. Natürlich dachte mein Bruder nicht einen Augenblick daran, dass er an ihrem Tod schuld sei.

Das Geld macht wie der Wodka aus dem Menschen einen Narren. In unserer Stadt starb ein Kaufmann. Vor seinem Tod ließ er sich einen Teller Honig bringen und aß sein ganzes Geld und seine Papiere zusammen mit dem Honig auf, denn niemand sollte es bekommen. Auf einem Bahnhof musste ich einmal Viehherden begutachten, da geriet ein Pferdehändler unter die Lokomotive, und ihm wurde ein Bein abgefahren. Wir brachten ihn in den Wartesaal, das Blut floss, eine schreckliche Geschichte, er aber bat, man möge sein Bein suchen, und war ganz unruhig – in dem Stiefel des abgefahrenen Beines steckten zwanzig Rubel, die durften nicht verlorengehen.«

»Das ist schon aus einer anderen Oper«, warf Burkin ein.

»Nach dem Tod seiner Frau«, fuhr Ivan Ivanyč nach kurzem Nachdenken fort, »begann sich mein Bruder nach einem Gut umzusehen. Natürlich, man kann fünf Jahre lang suchen und macht schließlich doch einen Fehler und kauft sich gar nicht das, wovon man geträumt hat. Mein Bruder Nikolaj kaufte über einen Vermittler unter Übernahme der Hypotheken hundertzwölf Desjatinen Land mit einem Herrenhaus, einem Gesindehaus und einem Park, aber es gab weder einen Obstgarten noch Stachelbeeren, noch Teiche mit Entchen; ein Fluss war da, aber das Wasser war schwarz wie Kaffee, weil auf der einen Seite des Gutes eine Ziegelei stand, auf der anderen eine Knochenbrennerei. Aber meinen Nikolaj Ivanyč kümmerte das wenig, er bestellte sich zwanzig Stachelbeersträucher, pflanzte sie ein und ließ sich als Gutsbesitzer nieder.

Im vergangenen Jahr habe ich ihn besucht. Ich dachte, du wirst mal hinfahren und dir ansehen, wie er so lebt. In seinen Briefen nannte mein Bruder sein Gut ›Gimalajskijs Einöde‹; am Nachmittag traf ich also in ›Gimalajskijs Einöde‹ ein. Es war heiß. Überall Gräben, Gatter, Zäune, in Reihen gepflanzte Fichten, man wusste nicht, wie man in den Hof fahren und wo man das Pferd lassen sollte. Ich ging zum Haus, und mir entgegen kam ein fuchsroter feister Hund, der aussah wie ein Schwein. Er wollte bellen, war aber zu faul. Aus der Küche kam die Köchin, sie war barfuß und dick und sah ebenfalls aus wie ein Schwein, sie sagte, der Herr halte gerade Mittagsruhe. Ich ging zu meinem Bruder hinein, er saß im Bett, die Knie mit einer Decke zugedeckt; er war alt geworden, dick, gleichsam aufgeschwemmt; seine Wangen, seine Nase und seine Lippen hatte es nach vorn gezogen, und es schien, als wolle er jeden Augenblick in die Bettdecke grunzen.

Wir umarmten uns und weinten vor Freude und vor Kummer, dass wir einmal jung gewesen, jetzt aber alt und grau waren und ans Sterben denken mussten. Er zog sich an und führte mich herum, um mir sein Gut zu zeigen.

›Na, wie lebst du hier?‹, fragte ich ihn.

›Es geht so, Gott sei Dank, ich lebe gut.‹

Das war nicht mehr der schüchterne, arme Beamte von früher, sondern ein richtiger Gutsbesitzer, ein Herr. Er hatte sich hier schon ganz eingelebt und fand Geschmack an diesem Leben; er aß viel, badete in der Sauna, er war dick geworden, prozessierte mit der Gemeinde und mit beiden Fabriken, und es kränkte ihn sehr, wenn ihn die Bauern nicht mit ›Euer Hochwohlgeboren‹ anredeten. Auch für sein Seelenheil sorgte er würdevoll, nach Herrenart, und gute Taten vollbrachte er nicht schlicht und einfach, sondern würdevoll.

Doch was für gute Taten waren das? Er kurierte die Bauern von allen möglichen Krankheiten mit Soda und Rizinus, und an seinem Namenstag ließ er im Dorf einen Dankgottesdienst abhalten, danach spendierte er einen halben Eimer Wodka, weil er meinte, das sei notwendig.

Ach, diese schrecklichen halben Eimer! Heute schleppt ein dicker Gutsbesitzer seine Bauern wegen eines Flurschadens vor die Obrigkeit, und morgen, am Feiertag, spendiert er ihnen einen halben Eimer, und sie singen und schreien ›hurra‹, und die Betrunkenen verneigen sich vor ihm bis zur Erde. Die Wandlung des Lebens zum Besseren, die Sattheit und der Müßiggang entwickeln im russischen Menschen den unverschämtesten Dünkel. Nikolaj Ivanyč, der sich einst in seinem Steueramt sogar davor gefürchtet hatte, eigene Anschauungen zu haben, gab jetzt nur noch Wahrheiten von sich, und zwar im Ton eines Ministers: ›Bildung ist notwendig, für das Volk jedoch noch verfrüht‹, ›Die Prügelstrafe ist im Allgemeinen schädlich, aber in manchen Fällen nützlich und unentbehrlich!‹

›Ich kenne das Volk und verstehe mit ihm umzugehen‹, sagte er. ›Das Volk liebt mich. Ich brauche nur den kleinen Finger zu rühren, und das Volk tut für mich alles, was ich will.‹

Und das, verstehen Sie, sagte er mit einem weisen, wohlwollenden Lächeln. An die zwanzigmal wiederholte er: ›Wir Adligen‹, ›Ich als Adliger‹; offenbar dachte er gar nicht mehr daran, dass unser Großvater Bauer und unser Vater Soldat gewesen war. Selbst unser Name Cimša-Gimalajskij, der in Wirklichkeit unmöglich ist, erschien ihm nun klangvoll, vornehm und sehr elegant.

Doch es handelt sich jetzt nicht um ihn, sondern um mich selbst. Ich will Ihnen erzählen, welche Wandlung in diesen wenigen Stunden, da ich auf seinem Gut weilte, in mir vorging. Am Abend, als wir Tee tranken, stellte die Köchin einen Teller voller Stachelbeeren auf den Tisch. Das waren keine gekauften, sondern seine eigenen Stachelbeeren, die ersten, seitdem die Sträucher gepflanzt worden waren. Nikolaj Ivanyč lachte und blickte die Stachelbeeren ein Weilchen schweigend an, mit Tränen in den Augen – er konnte vor Rührung nicht sprechen; dann aber steckte er sich eine Beere in den Mund, schaute mich triumphierend an wie ein Kind, das endlich sein geliebtes Spielzeug bekommen hat, und sagte: ›Wie schmackhaft!‹

Er aß gierig und wiederholte immer wieder: ›Ach, wie schmackhaft! Probier mal!‹

Die Beeren waren hart und sauer, aber wie Puškin sagt, ›teurer als die bittere Wahrheit ist uns der erhabene Wahn‹.

Ich sah einen glücklichen Menschen vor mir, dessen sehnlichster Wunschtraum ganz offensichtlich in Erfüllung gegangen war, der sein Ziel im Leben erreicht, der das bekommen hatte, was er haben wollte, der wirklich mit seinem Schicksal und sich selber zufrieden war. Meinen Gedanken über das menschliche Glück hatte sich immer etwas Wehmütiges beigesellt, nun aber, beim Anblick dieses glücklichen Menschen, übermannte mich ein bedrückendes Gefühl, das an Verzweiflung grenzte. Besonders bedrückend war es in der Nacht. Man hatte mir ein Bett im Zimmer neben dem Schlafgemach meines Bruders hergerichtet, und ich konnte hören, dass er nicht schlief und immer wieder aufstand, zu dem Teller mit den Stachelbeeren ging und sich eine Beere nahm. Ich überlegte, wie viele zufriedene, glückliche Menschen es eigentlich gibt. Was für eine überwältigende Macht ist das! Sehen Sie sich dieses Leben an: Unverfrorenheit und Müßiggang der Starken, Unwissenheit und Tierähnlichkeit der Schwachen, ringsum unglaubliche Armut, Enge, Entartung, Trunkenheit, Heuchelei, Lügen …

Dabei herrscht in allen Häusern und auf den Straßen Ruhe und Frieden; unter fünfzigtausend Menschen, die in der Stadt leben, ist kein Einziger, der aufschreien oder laut protestieren würde. Wir sehen die Menschen, die auf den Markt gehen und Lebensmittel einkaufen, die am Tag essen, nachts schlafen, die Unsinn reden, heiraten, alt werden und seelenruhig ihre Verstorbenen auf den Friedhof schleppen; aber wir sehen und hören nicht diejenigen, die leiden, und das Schreckliche im Leben spielt sich irgendwo hinter den Kulissen ab. Alles ist still und friedlich, und es protestiert nur die stumme Statistik: Soundso viele haben den Verstand verloren, soundso viele Eimer Schnaps wurden ausgetrunken, soundso viele Kinder sind an Unterernährung zugrunde gegangen ... Und eine solche Ordnung ist offenbar notwendig; offenbar fühlt sich der Glückliche nur deshalb wohl, weil die Unglücklichen ihre Last schweigend tragen, und ohne dieses Schweigen wäre das Glück unmöglich. Das ist eine allgemeine Hypnose.

An der Tür eines jeden zufriedenen, glücklichen Menschen müsste jemand mit einem Hämmerchen stehen und ständig mit seinem Klopfen daran erinnern, dass es Unglückliche gibt, dass das Leben, so glücklich es auch sein mag, ihm früher oder später seine Krallen zeigen wird und dass auch ihn das Unglück treffen wird – Krankheit, Armut, Verluste –, und dann wird ihn niemand sehen und hören, so wie er jetzt die anderen nicht hört oder sieht. Doch den Menschen mit dem Hämmerchen gibt es nicht, der Glückliche lebt zu seinem Vergnügen, und die kleinen Sorgen des Lebens bewegen ihn nur leicht wie der Wind die Espe – und alles ist zum Besten bestellt.

In jener Nacht wurde mir klar, dass auch ich zufrieden und glücklich war«, fuhr Ivan Ivanyč fort und stand auf.

»Auch ich belehrte beim Essen und auf der Jagd die anderen, wie man leben, glauben und das Volk leiten müsse. Auch ich sagte, Wissen, Licht und Bildung seien notwendig, aber für die einfachen Menschen genüge einstweilen Lesen und Schreiben. Die Freiheit sei ein hohes Gut, sagte ich, ohne sie gehe es ebenso wenig wie ohne Luft, aber man müsse abwarten.

Ja, so sprach ich, jetzt aber frage ich: Warum wollen wir warten?« Ivan Ivanyč sah Burkin böse an. »Warum sollen wir warten, frage ich Sie? Aus welchen Überlegungen heraus? Man sagt mir, es geht nicht alles auf einmal, jede Idee werde allmählich und zu ihrer Zeit verwirklicht. Aber wer sagt das? Wo sind die Beweise, dass das richtig ist? Man bezieht sich auf die natürliche Ordnung der Dinge, auf die Gesetzmäßigkeit der Erscheinungen, aber liegt denn Ordnung und Gesetzmäßigkeit darin, dass ich, ein lebendiger, denkender Mensch, am Graben stehe und warte, bis er von selber zuwächst, oder bis er verschlammt, während ich vielleicht hinüberspringen oder eine Brücke darüber schlagen könnte? Und noch einmal: Warum sollen wir warten? Warten, wenn man keine Kraft zum Leben hat und dabei doch leben muss und will!

Ich fuhr damals von meinem Bruder am frühen Morgen ab, und seitdem wurde es mir unerträglich, in der Stadt zu leben. Mich bedrücken die Stille und der Frieden, ich habe Angst, in die Fenster zu schauen, denn es gibt für mich jetzt keinen schrecklicheren Anblick als eine glückliche Familie, die um den Tisch herum sitzt und Tee trinkt. Ich bin schon alt und tauge nicht mehr für den Kampf, ich bin sogar unfähig zu hassen. Ich gräme mich nur in meinem

Herzen, ich bin gereizt und ärgerlich, nachts glüht mir der Kopf von dem Ansturm der Gedanken, und ich kann nicht schlafen ... Ach, wenn ich doch noch jung wäre!«

Ivan Ivanyč schritt erregt aus einer Ecke in die andere und wiederholte: »Wenn ich doch noch jung wäre!«

Plötzlich trat er zu Alëchin und drückte ihm bald die eine, bald die andere Hand.

»Pavel Konstantinyč«, sagte er mit flehender Stimme, »geben Sie sich nicht der Ruhe hin, lassen Sie sich nicht einlullen! Solange Sie jung, stark und rüstig sind, dürfen Sie nicht müde werden, Gutes zu tun! Es gibt kein Glück, und es soll auch keines geben, und wenn das Leben Sinn und Zweck hat, so liegt dieser Sinn und Zweck nicht in unserem Glück, sondern in etwas Vernünftigerem, Größerem. Tun Sie Gutes!« Das alles sagte Ivan Ivanyč mit einem hilflosen, flehenden Lächeln, als bitte er für sich selbst.

Dann saßen sie alle drei in ihren Lehnstühlen, an verschiedenen Ecken des Salons, und schwiegen. Ivan Ivanyčs Geschichte befriedigte weder Burkin noch Alëchin. Während die Generäle und die Damen, die in der Dämmerung lebendig zu sein schienen, aus ihren goldenen Rahmen auf sie herabblickten, war es nicht sehr unterhaltsam, sich die Geschichte von dem armen Beamten anzuhören, der Stachelbeeren aß. Man wollte lieber etwas von eleganten Menschen, von Frauen hören. Allein die Tatsache, dass sie im Salon saßen, wo alles – der Kronleuchter in seinem Überzug, die Lehnstühle und die Teppiche – davon sprach, dass diese selben Menschen, die jetzt aus den Rahmen blickten, einstmals hier umhergegangen waren, gegessen und Tee getrunken hatten, wie auch die Tatsache, dass jetzt die schöne Pelageja nur lautlos hin und her lief – das war besser als alle Geschichten.

Alëchin sehnte sich sehr nach Schlaf, er war wegen der Wirtschaft früh aufgestanden, in der dritten Morgenstunde, und jetzt fielen ihm die Augen zu, aber er fürchtete, seine Gäste könnten in seiner Abwesenheit etwas Interessantes erzählen, und deshalb ging er nicht. Ob es klug und richtig war, was Ivan Ivanyč soeben gesagt hatte, konnte er nicht beurteilen; die Gäste sprachen nicht von Grütze, Heu oder Teer, sondern von etwas, was zu seinem Leben nicht in unmittelbarer Beziehung stand, und er freute sich und wollte, dass sie weitersprachen …

»Es ist aber Zeit zum Schlafen«, sagte Burkin und erhob sich. »Gestatten Sie, dass ich Ihnen eine gute Nacht wünsche.«

Alëchin verabschiedete sich und ging hinunter in sein Zimmer, während die Gäste oben blieben. Man hatte den beiden für die Nacht ein großes Zimmer zugewiesen, in dem zwei alte Holzbetten mit Schnitzereien standen; in einer Ecke des Zimmers hing ein Kruzifix aus Elfenbein. Die breiten kühlen Betten, die die schöne Pelageja hergerichtet hatte, dufteten angenehm nach frischer Wäsche.

Ivan Ivanyč zog sich schweigend aus und legte sich nieder. »Herr, vergib uns Sündern!«, sagte er und zog sich die Decke über den Kopf.

Von seinem Pfeifchen, das auf dem Tisch lag, roch es stark nach Tabakasche. Und Burkin konnte lange nicht einschlafen und begreifen, woher dieser schwere Geruch kam.

Der Regen trommelte die ganze Nacht hindurch gegen die Fensterscheiben.

BERTOLT BRECHT

Ballade von der Unzulänglichkeit menschlichen Planens

Der Mensch lebt durch den Kopf
Der Kopf reicht ihm nicht aus
Versuch es nur, von deinem Kopf
Lebt höchstens eine Laus.
Denn für dieses Leben
Ist der Mensch nicht schlau genug.
Niemals merkt er eben
Diesen Lug und Trug.

Ja, mach nur einen Plan!
Sei nur ein großes Licht!
Und mach dann noch 'nen zweiten Plan
Gehn tun sie beide nicht.
Denn für dieses Leben
Ist der Mensch nicht schlecht genug.
Doch sein höh'res Streben
Ist ein schöner Zug.
Ja, renn nur nach dem Glück
Doch renne nicht allzu sehr
Denn alle rennen nach dem Glück
Das Glück rennt hinterher.
Denn für dieses Leben

Ist der Mensch nicht anspruchslos genug.
Drum ist all sein Streben
Nur ein Selbstbetrug.

Der Mensch ist gar nicht gut
Drum hau ihn auf den Hut.
Hast du ihn auf den Hut gehaun
Dann wird er vielleicht gut.
Denn für dieses Leben
ist der Mensch nicht gut genug.
Darum haut ihn eben
Ruhig auf den Hut.

LENNARDT LOSS

Der Absturz

11312 Kilometer über dem Südpazifik
April 1992

Kurz bevor der Zahntechniker Hannes Sohr die größte Katastrophe seines katastrophenreichen Daseins überlebte, schnitt er sich den Zeigefinger an der vorletzten Seite eines Shoppingkatalogs. Beworben wurde ein Bleistift aus kalifornischem Zedernholz – 179,99 Dollar, mehrwertsteuerbefreit. Sohr riss die Seite heraus, wickelte sie um seinen Zeigefinger.

Von seinem Platz aus waren es neun Sitzreihen bis zum hinteren Notausstieg. Er hatte die Rückenlehnen beim Boarding gezählt und sich die Zahl auf dem Handrücken notiert: Ein Ratschlag, den er vor Jahren von einem Piloten erhalten hatte, und Piloten gehörten zu den wenigen Menschen, denen Sohr zuhörte, obwohl sie eine Uniform trugen.

»Wenn ein Feuer an Bord ausbricht«, hatte der Pilot gesagt, »saugt die Klimaanlage den Rauch ein und verteilt ihn gleichmäßig im gesamten Flugzeug. Die Leuchtstreifen im Gang sind nicht mehr lesbar. Wer dann weiß, wie viele Rückenlehnen er vom Notausgang entfernt ist, überlebt mit höherer Wahrscheinlichkeit.« Sohr hatte dem Piloten geantwortet, dass sich Flugzeuge für gewöhnlich in der Luft befinden. Und dass in 10 000 Metern Höhe hinter einem Notausgang keine höhere Überlebenswahrscheinlichkeit warte, sondern der Tod. Der Pilot hatte kurz geschwiegen und dann gesagt: »Besser als Ersticken, ne?« Seitdem zählte Sohr die Sitzreihen.

Nach acht Rückenlehnen blieb er stehen. Den blutenden, in die Katalogseite eingewickelten Zeigefinger hielt er wie eine Pistole vor sich, was die junge Frau vor der Bordtoilette offenbar verunsicherte. Sie ging einen Schritt zurück, öffnete den Mund. Ihre mittleren Schneidezähne waren länger als die seitlichen. »Wollen Sie vor?«

»Wie bitte?« Sohr war 39 Jahre alt und auf dem linken Ohr taub.

»Ob Sie vor wollen!«

»Ich?«

Die Frau zeigte auf die Toilette, dann auf die Katalogseite, die sich rot verfärbt hatte. Sohr nickte, sagte leise: »Gerne.« Als er den Türriegel auf Rot drehte, hätte Flug LH 510 eigentlich mit dem Landeanflug auf Buenos Aires beginnen sollen.

Sohr hielt seinen Zeigefinger unter den Wasserhahn. Mit der anderen Hand steckte er sich eine Schmerztablette in den Mund. Für den Flug hatte er drei Tabletten eingeplant. Das war die vierte.

Auf seinem linken Oberarm und am Rücken hatte er Verbrennungen zweiten Grades. Die Haut war vernarbt und gefühllos. In seinem Bauch steckte seit 17 Jahren eine

Patrone vom Kaliber 6,35 mm Browning aus einer Walther PPK, genau zwischen Magen und Milz. Die Eintrittswunde war lange verheilt, doch das Projektil wanderte jeden Monat einen halben Millimeter auf seine Lunge zu. Ihm blieb noch ein halbes Jahr.

Vier Stunden bevor Sohr auf die Bordtoilette vorgelassen wurde, hatte Flug LH 510 die brasilianische Küste erreicht. Kurz danach brach der Kontakt zum Tower in Recife ab. Der Airbus A340 verschwand vom Radar. Die Flugbegleiter servierten Butterkuchen.

Im Norden von Buenos Aires arbeitete ein Tierarzt, der auf die Behandlung von Schusswunden spezialisiert war. Sohr hatte mit ihm telefoniert und seine OP-Kosten auf 4500 Dollar heruntergehandelt. In Deutschland hätte man ihn nach der OP vermutlich in U-Haft genommen. Denn offiziell lebte dort kein Hannes Sohr, der eine 6,35 mm Browning aus einer Polizeiwaffe in seinem Bauch hatte. Aber es gab einen Carl Fuchsler, der seit 17 Jahren mit einem Haftbefehl gesucht wurde. Darauf standen zwei Wörter in Großbuchstaben: »ROHRBOMBEN« und »RAF-TERRORIST«.

Sohr blickte auf. Das gleichmäßige Dröhnen der Triebwerke hatte ausgesetzt. Es war so still in der Kabine, dass er seinen Herzschlag hörte. Badum. Pause. Badum. Dann schlug sein Körper gegen die Decke.

Um 23.32 Uhr stürzte Flug LH 510 in den Pazifik. Neun Passagiere überlebten den Aufprall. Sieben befreiten sich aus dem sinkenden Wrack und tauchten an die Wasseroberfläche. Einer von ihnen war Hannes Sohr.

Das Heck ragte senkrecht aus dem Pazifik, Kerosin brannte auf dem Wasser. Sohr wäre in kürzester Zeit ertrunken, wenn nicht ein Zufall sein Leben gerettet hätte: Der Aufprall hatte Fenstersitz 9A in der Business-Class aus den Schienen gebrochen und eine Welle spülte den Sitz gegen seinen Körper. Sohr hielt sich daran fest.

Ihre Stimme war lauter als die der anderen Überlebenden.

»HILFE!«

Pause.

»HILFE!«

Er presste die Augen zusammen, lauschte in den dunklen Pazifik. Nichts. Sohr hatte oft geschrien in seinem Leben. Als die erste Rohrbombe in die Luft ging, die er gebaut hatte. Als die Leichenwagen an ihm vorbei auf die JVA Stammheim zufuhren. Aber jetzt schrie er so laut wie nie zuvor: »HIER!«

Plötzlich schwamm sie neben ihm: Die Frau, die ihn auf die Bordtoilette vorgelassen hatte. Sie griff nach seinem Unterarm, er nach ihrem. Während Sitz 9A von der Absturzstelle wegtrieb, verstummten die Schreie der anderen Überlebenden.

Nachdem der Funkkontakt zum Tower in Recife abgebrochen war, flog der Airbus über Peru auf den Pazifik hinaus. Das Flugzeug hatte noch Kerosin für 400 Meilen im Tank.

Sohr hatte die erste, kurze Nacht auf dem Pazifik in einem seltsamen Dazwischen verbracht. Nicht wach. Nicht bei klarem Verstand. Seine Armbeuge hatte er um die Lehne von 9A gelegt, als ob er den Sitz in den Schwitzkasten nehmen wollte. Bauch und Beine hingen im Pazifik. Kalt war ihm nicht. Die Wassertemperatur betrug hier selten weniger als 27 Grad Celsius. Sie würde heute noch steigen.

Er schaute an sich herab. Einen seiner Derby-Schuhe hatte er verloren, was ihn kurz ärgerte. Ein Blick nach links, ein Blick nach rechts: nur Wasser. Eigentlich nur blau. Eine Horizontlinie fehlte. Das Blau des Pazifiks ging ortlos in das Blau des Himmels über.

Ihm gegenüber, dicht hinter der anderen Armlehne, hob die junge Frau den Kopf. Ihre Augen: tiefrot, vom Salzwasser entzündet. Ihre Nase: eingedrückt, vielleicht gebrochen. Ein Schneidezahn fehlte. Sohr wusste nicht, was er sagen sollte, und sagte ein so alltägliches Wort, dass ihn eine Ahnung vom Horror der letzten Stunden beschlich: »Hallo.«

»Hi.«

»Ich würde das schnellstmöglich ersetzen lassen.«

»Was?«

»Die Zwölf.« Sohr tippte mit seinem Fingernagel auf seinen rechten, seitlichen Schneidezahn.

»Sind Sie Zahnarzt?«

»So ähnlich.«

»Zahnarztgehilfe also.«

»Zahntechniker.«

Schon am Morgen des ersten Ausbildungstags, es war im Herbst 1969 und Sohr gerade 16 Jahre alt, hatte er sich verliebt: in die ratternden Schleifmaschinen im Labor, in die Kunststoffstreifen und den Gipsstaub, die den Linoleumboden millimeterhoch bedeckten. In diesen dreckigen, lauten und herrlichen Beruf. Dann lernte er den Laborleiter Frank Graupner kennen.

»Ob man uns hier findet?«, fragte die junge Frau.

»Wahrscheinlich sind längst Suchmannschaften unterwegs.«

»Das Wasser ist pisswarm.«

»Und?«

»Wir sind über den Atlantik geflogen.«

»Ja?«

»Der Atlantik ist kalt.«

»Wir sollten nach Flugzeugen Ausschau halten«, sagte Sohr.

»Ob man uns überhaupt sieht?«

»Bestimmt.«

»Wie hoch fliegt ein Flugzeug?«

»Keine Ahnung.«

»Zu hoch?«

»Für was?«

»Um uns zu sehen, natürlich.«

»Nein.«

»Sicher?«

»Nein.«

Frank Graupner, der Laborleiter, hatte Sohr die Hand geschüttelt. Und ihn zur nächsten Zahnarztpraxis geschickt: »Abdrücke holen.« Sohr, der damals noch Carl Fuchsler hieß, lief sofort los. Wie er die Zahnabdrücke transportieren sollte, hatte er nicht gefragt. Er hatte sich bloß gewundert, dass der Mann mit den hageren Armen und den gelben Augen so einen festen Händedruck hatte.

Erst Jahre später, als auf Graupners Totenschein »Leberzirrhose« stand, stellte sich heraus, dass er sich an den Zahnabdrücken mit Hepatitis B infiziert hatte. Bis weit in die 1970er Jahre war es üblich, die mit Speichel, Blut und Speiseresten bedeckten Abdrücke ohne Nitrilhandschuhe ins Labor zu bringen.

Am Ende seines ersten Lehrjahrs rief ihn Frank Graupner in sein Büro. Er fragte, ob Sohr ihn nach seiner Ausbildung beerben möge. Sohr mochte nicht und kultivierte unter den Lehrlingen stattdessen den Spitznamen »SS-Graupner.« Dass der Spitzname keine Verleumdung, sondern eine Tatsache war, wusste keiner im Labor. Auf der Innenseite seines linken Oberarms hatte Graupner eine sieben Millimeter große Tätowierung, die ihn als Mitglied der SS-Totenkopfverbände auswies: »AB«. Das Blutgruppentattoo war der Grund, warum er später an den Folgen seiner Hepatitis-B-Erkrankung starb. Aus Angst, enttarnt zu werden, hatte er seit dem 8. Mai 1945 keinen Arzt mehr aufgesucht.

»Bist du«, sagte Sohr und war still.

»Bin ich was?«

»Warst du allein? Im Flugzeug?«

»Ja«, sagte sie. »Und du?«
»Auch.«

Nachdem Sohr den Spitznamen erfunden hatte, dauerte es noch ein Jahr, bis Graupner mit ihm brach. Es war am letzten Tag der Gesellenprüfung. Sohr hatte eine Woche lang Vollgusskronen und Brückenglieder modelliert, Prothesen gefräst und Metallbasen gegossen. Die Prüfungskommission bewertete seine Arbeit mit der Note »gut«. Graupner hatte ein »sehr gut« erwartet.

»Was ist los mit dir?«, hatte Graupner geflüstert und dann eines der Gipsmodule auf seinem Schreibtisch zerschlagen. Sohr fühlte sich gekränkt. Dabei wusste er genau, warum er nur mit der Note »gut« bestanden hatte. Am Vortag, dem 4. April 1972, waren in Frankfurt drei Bomben hochgegangen. Eine in einem Kaufhof, eine andere vor dem 6. Polizeirevier. Eine letzte vor dem amerikanischen Generalkonsulat. Es hatte mehrere Verletzte gegeben. Und einen Toten: Klaus Brandau, 39 Jahre alt, Taxifahrer, der vor der Polizeiwache auf einen Kunden gewartet hatte. Sohr verlangte noch am selben Tag ein Treffen mit seiner Kontaktperson, um herauszufinden, welche der drei Rohrbomben seine war. Das lehnte die RAF ab. Aber er wusste es auch so. Eine Woche nachdem Graupner sein Gipsmodul zerschlagen hatte, besuchte Sohr die Trauerfeier. Es gab Butterkuchen.

»Wie heißt du eigentlich?«
»Hannes.«
»Ich darf doch du sagen?«

»Gerne.«

»Hannes also. Ich bin Marina.«

Dass er Marina seinen echten Namen verschwieg, dachte Sohr, dass er nach einem gegen jede Wahrscheinlichkeit überlebten Flugzeugabsturz und auf dem Ozean treibend weiterlog, war geisteskrank. Dann kam ihm ein neuer Gedanke. Nur ein Geisteskranker würde jetzt nicht lügen. Seine Paranoia hatte ihn vor Stammheim bewahrt. Oder noch schlimmer: vor der DDR.

»Darf ich eine Frage stellen?«, sagte Marina.

»Ja.«

»Musst du mal?«

»Wie bitte?«

»Harndrang.«

»Nein. Also doch. Geht.«

»Ich hab gerade eben.«

»Ist nicht schlimm.«

»Ich weiß.«

»Keine Scham oder so.«

»Hab ich nicht.«

»Was ist dann?«

»Ich frage mich, ob das ein Fehler war.«

Dass er einen Flug nach Argentinien gebucht hatte, war die Schuld von Erich Honecker. Hätte Honecker seinen Staat anständig geführt, dachte Sohr, stünde die Mauer heute noch. Und wenn die Mauer noch stünde, hätte das BKA nicht herausgefunden, dass zehn RAF-Terroristen in der DDR abgetaucht waren. Aber Honecker war eben ein Versager. Und so hatte das BKA in den letzten zwei Jahren jeden einzelnen der »RAF-Aussteiger« ausfindig gemacht und verhaftet. Sie hatten alle geplaudert. Über Jürgen Ponto und Hanns Martin Schleyer, über Schnellfeuergewehre – und möglicherweise auch über Rohrbomben. Deshalb hatte sich Sohr entschieden, die Kugel in Argentinien entfernen zu lassen. Weit weg von Europa, der RAF und seiner Vergangenheit.

Marina redete weiter: »Es könnte ein Fehler gewesen sein. Schau mal nach oben. Was siehst du?«

»Nichts. Blau.«

»Eben.«

»Wie?«

»Angenommen heute kommt doch kein Flugzeug.«

»Es kommt eins.«

»Ich hab jetzt schon Durst.«

»Marina.«

»Ich meine nur.«

Etwa eine Stunde später sahen sie einen schwarzen Punkt am Himmel. Er wurde größer, schärfer. Sie sahen den Rumpf, die Tragflächen, die Triebwerke. Das Flugzeug war direkt über ihnen. Sie schrien es an. Es flog weiter. Eine Minute verging und noch eine und noch eine. Der Kondensstreifen über ihnen löste sich auf.

»Wir sterben hier«, sagte Marina.

Im März 1975 hatte ihn die Kugel getroffen. Der Anschlag, der ihn vermutlich zum Mörder gemacht hatte, lag über drei Jahre zurück. Ulrike Meinhof und Andreas Baader waren mittlerweile in der JVA Stammheim inhaftiert. Seit der Beerdigung von Klaus Brandau hatte Sohr mit der RAF keinen Kontakt mehr aufgenommen und war nach Wiesbaden gezogen, wo er sich zum stellvertretenden Leiter in einem zahntechnischen Labor hochgearbeitet hatte. Er war nur einmal nach Frankfurt zurückgekehrt. Zum Grab von Klaus Brandau.

Auf dem Nachhauseweg hatte ihn ein Mann abgepasst, der eine dunkle Sonnenbrille und einen olivgrünen Parka trug und so offensichtlich nach RAF aussah, dass ihn niemand für einen Terroristen hielt. Sein Name war Bernhard Bachhuber, er sprach einen südbayrischen Dialekt und erzählte etwas von »ungeheurer Befreiungsaktion«. Von »Verantwortung und Verantwortlichkeit«. Und von »offener Aggression«. Sohr hörte aufmerksam zu und sagte dann: »Drei Bomben für 30 000 Mark.« Bachhuber nannte ihn ein »imperialistisches Dreckschwein« und legte als Ort der Übergabe den Bahnhof Oberursel im Taunus fest.

Als die Sonne senkrecht über dem Pazifik stand und Sohrs Stirn, seine Schultern und Arme verbrannte, hörte er das Zähneklappern. Marinas Lippen waren blau angelaufen.

»Scheiße«, sagte Sohr.

Von seinem neunten bis zu seinem 15. Lebensjahr hatte er die Knabenschule besucht, die neben dem Erziehungsheim Krügerhof im nordhessischen Rengshausen lag, in dem er aufgewachsen war. Das Johannesevangelium konnte er fast auswendig, aber warum Marina auskühlte, wusste er nicht zu sagen. Doch er hatte eine Ahnung.

Mit beiden Händen griff er nach ihrem linken Arm

und zog sie vorsichtig auf den Sitz. Er keuchte, der Sitz schwankte, senkte sich tiefer in den Pazifik. Doch schließlich lag Marina auf 9A.

»Hörst du mich?«

Sie stöhnte.

»Wir kühlen aus. Ich bin größer als du. Schwerer. Bei mir dauert es länger.« Während er sprach, öffnete er mit einer Hand seinen Gürtel und schnürte ihn um die Armlehne. »Der Sitz hält nur einen von uns. Wir wechseln uns ab. Einer im Wasser, der andere auf dem Sitz. Der im Wasser macht sich mit dem Gürtel fest.«

In Oberursel hatten sie ihn erwischt. Als er die Sporttasche mit den Rohrbomben Bachhuber überreichte, zogen am Gleisende drei Zivilfahnder ihre Pistolen. Noch bevor Sohr realisierte, was geschah, hatte Bachhuber schon das Feuer eröffnet. Sohr schrie noch »Bomben!«, dann traf ihn die Kugel. Während Bachhuber ebenfalls »Bomben« brüllte, drückte er Sohr die Sporttasche auf die Brust und hielt seine Pistole dagegen. Die Zivilfahnder senkten ihre Waffen, und Bachhuber schleppte Sohr zum Parkplatz. Die Polizisten folgten ihnen in einiger Entfernung. Ohne Schüsse abzugeben. Erst als Bachhuber die Seitentür seines Opel GT öffnete und Sohr auf den Beifahrersitz hievte, durchschlugen Kugeln die Heckscheibe. Die Flucht gelang trotzdem. Die Fahnder hatten nicht Bachhuber, sondern Sohr beschattet, der mit der Straßenbahn zum Treffpunkt gefahren war. Ihren Streifenwagen hatten sie in Wiesbaden zurückgelassen.

Die folgenden drei Monate verbrachte Sohr in der »104«.

Eine konspirative Wohnung in einem Hochhaus in Erftstadt, Nordrhein-Westfalen, die der RAF als Lazarett diente. Die meiste Zeit spielte er mit Bachhuber Monopoly. Von Schmerzmitteln und Antibiotika benebelt, verlor Sohr immer. Während einer Monopolysitzung stürmten sechs RAF-Mitglieder die bundesdeutsche Botschaft in Stockholm. Sie nahmen zwölf Geiseln und ermordeten zwei von ihnen. Dann explodierten die Rohrbomben, die sie mitgebracht hatten. Versehentlich. Zwei der Terroristen starben. Ob es seine Bomben waren, erfuhr Sohr nicht. Nach den drei Monaten in der »104« stattete ihn die RAF mit einer neuen Identität aus und meldete sich nie wieder.

Der Himmel über 9A schimmerte violett. Marina schien zu schlafen, und Sohr überkam ein Gefühl, das er seit Wochen nicht mehr gespürt hatte: Glück. Die Schnittwunde, seine schmerzenden Handgelenke, der sonnenverbrannte Nacken und die trockene Kehle waren ihm egal.

Vor dem Flug hatte er nächtelang wachgelegen, scheinbar grundlos Schweißausbrüche und Heulkrämpfe gehabt. Hier auf dem Pazifik wurde ihm klar, warum: Es war die Kugel. Die Operation. Die Trennung von ihr. Die Kugel war das Einzige, was er noch mit Carl Fuchsler gemeinsam hatte. Hannes Sohr hatte Hannes Sohr immer verachtet. Sein sinnloses Leben. Die Paranoia. Das Lügen. Und so legte er, vom steigenden Fieber benommen, einen Schwur ab. Er würde die Kugel in seinem Körper behalten und als Carl Fuchsler sterben.

BANANA YOSHIMOTO

Herr Tadokoro

Alle Leute, die neu in unserer Firma anfangen oder die auch nur kurz bei uns jobben, kommen nach drei Tagen, spätestens aber nach einer Woche zu mir und erkundigen sich vorsichtig: »Entschuldigen Sie bitte, aber was hat es eigentlich mit Herrn Tadokoro auf sich?«

Ich sage dann einfach, bei Herrn Tadokoro handle es sich um so etwas wie das Maskottchen der Firma, aber ich sehe ihren Gesichtern an, dass sie sich damit nicht zufriedengeben, bis sie sich irgendwann an ihn gewöhnt haben.

Herr Tadokoro kommt jeden Morgen pünktlich um zehn und geht um sechs Uhr abends wieder. Er sitzt an seinem Platz, trinkt Kaffee, liest ein Buch, geht ans Telefon, wenn niemand sonst abnimmt, oder macht Kopien, wenn man ihn darum bittet. Für einen älteren Herrn hat er unglaublich glatte Haut, dabei muss er Ende sechzig, vielleicht auch schon Anfang siebzig sein. Er hat keine Frau. Auch keine Kinder. Er lebt offenbar ganz allein.

Wenn Herr Tadokoro einmal nicht zur Arbeit erscheint, trübt sich die Stimmung in der Firma sofort ein, alle sorgen sich um ihn und werfen immer wieder einen Blick auf seinen Platz. Unser Chef hat sein eigenes Büro, schaut aber einmal am Tag bei Herrn Tadokoro vorbei, und wenn der dann fehlt, bekommt er ein Gesicht, als hätte ihn alles

Glück verlassen, und er verschwindet sofort wieder ins Chefbüro.

Herr Tadokoro ist so etwas wie die Katze, die wir früher in einer Ecke des Schulhofs hielten und die stillschweigend von der Schulleitung geduldet wurde. Weil alle sie freiwillig fütterten, konnte sie dort bleiben, so lange sie wollte. Herr Tadokoro ist wie ein kleines Blumenbeet zwischen den Häuserschluchten der Stadt. Seine bloße Existenz versöhnt uns alle ein wenig mit dieser Welt. Durch ihn kann man sich seiner eigenen Gutmütigkeit versichern. Das ist weder gut noch schlecht, nur sehr, sehr wichtig für uns Menschen, wie ich glaube.

Als ich in der Firma anfing, kam der Seniorchef noch ab und zu vorbei, um seinem Sohn und Nachfolger bei diesem und jenem unter die Arme zu greifen. Er war ein energischer älterer Herr mit weißen Haaren, der Zigaretten rauchte und literweise Kaffee trank, sodass ich mich wunderte, wie ausgerechnet er einen Naturkostladen mit fünfzehn Filialen aufbauen konnte. Sein Sohn, unser jetziger Chef, ist eher der Typ Gesundheitsfanatiker. Er baute den Handel mit Naturprodukten aus Südamerika neu ins Geschäft ein und beteiligte sich an Fair-Trade-Projekten mit den Einheimischen dort. Im Vergleich zu damals, als der Seniorchef die Firma an seinen Sohn übergab, ist der Betrieb geschrumpft, es gibt jetzt nur noch drei Filialen, aber der Versandhandel verzeichnet Wachstum, und dem Unternehmen geht es unter den gegenwärtigen Bedingungen der Rezession verhältnismäßig gut. Ich fing damals als Zuständige für die Anfertigung der Werbebroschüren und

Informationsprospekte für die fünfzehn Filialen an, und weil ich nun schon so lange dabei bin, habe ich inzwischen richtig Karriere gemacht: Ich bin weiterhin verantwortlich für die Printwerbung, aber außerdem hat man mir die Verwaltung der Homepage anvertraut. Ich habe sogar drei Untergebene, wenn ich die Jobber mitzähle. Die Firma ist winzig und meine Arbeit eher unbedeutend, aber in diesen Zeiten wirtschaftlicher Flaute kann ich mich glücklich schätzen, mit einer sicheren Stelle gesegnet zu sein.

Herr Tadokoro war schon da, als ich damals frisch von der Uni hier in der Firma angefangen habe.

Er riecht immer ein wenig streng und trägt einen schäbigen Anzug – er scheint nur zwei zu besitzen: einen für den Sommer und einen für den Winter. Die Angestellten können es nicht mit ansehen, also bringen die Männer ihre abgelegten weißen Hemden zur Reinigung, damit er sie auftragen kann, oder die Frauen schenken ihm welche, die sie billig im Schlussverkauf erstanden haben. Herr Tadokoro ist sehr klein und hat eine Glatze. Seine Augen sind so schmal, dass man seine Miene kaum deuten kann. Nur rasiert ist er immer sehr sorgfältig. Mit diesem koboldhaften Aussehen könnte er einem unheimlich sein. Doch seltsamerweise gruselt es einen gar nicht, wenn man ihn ansieht. Es gibt ja manchmal auch Menschen mit sehr akkuratem Erscheinungsbild, deren Anblick einen seltsam herunterzieht. Das genaue Gegenteil passiert bei Herrn Tadokoro. Man bekommt ein Gefühl, wie wenn man eine Berglandschaft betrachtet: Man blickt in Weite, auf etwas irgendwie Klares, Schönes. Wahrscheinlich in die Aura seiner Seele.

Ohne bestimmten Grund bildete ich mir anfangs ein, das

Thema Herr Tadokoro könnte in dieser Firma vielleicht tabu sein und man dürfte niemanden darauf ansprechen. Also hielt ich mich immer wieder zurück, tat so, als ob nichts wäre, und schwieg. Aber nach einem Monat hielt ich es einfach nicht mehr aus, und ich fragte meinen damaligen direkten Vorgesetzten, mit dem ich später eine kurze Affäre anfangen sollte: »Was hat es eigentlich mit Herrn Tadokoro auf sich?«

Er lachte und sagte: »Endlich – ich dachte schon, du fragst nie! Wie du das so lange ausgehalten hast – alle Achtung!«

Nach der Erzählung dieses Vorgesetzten hatte der Juniorchef in seiner Kindheit eine sehr schwere Zeit: Als er noch zur Grundschule ging, verließ seine Mutter für immer die Familie und ließ ihn zurück, was ihn damals völlig aus der Bahn warf. Sein Vater, der Seniorchef, war mit der Firma so beschäftigt, dass er sich auch nicht viel um ihn kümmern konnte. Vielmehr war es der nebenan in einem verfallenen Mietshaus wohnende, etwas unheimlich wirkende Herr Tadokoro, der sich damals wirklich aufopferungsvoll des Jungen annahm, den er lediglich vom Sehen her kannte. Obwohl der völlig außer Kontrolle geratene Junge ihm Geld stahl, ihn einmal fast zu Tode prügelte und noch so einiges mehr anstellte, behandelte Herr Tadokoro ihn, als wäre es sein eigener Sohn, ja, er schenkte ihm eher noch mehr Liebe. Er bewahrte ihn davor, Selbstmord zu begehen, und steckte alles Geld, das er besaß, in Reisen, die den Jungen aufheitern sollten.

Erst nachdem der Juniorchef eines Tages wegen einer

vollkommen unbedeutenden Sache ausgerastet und mit dem Messer auf Herrn Tadokoro losgegangen war und der nicht einmal mehr die Aufnahmegebühr im Krankenhaus hatte bezahlen können, erzählte der Junge endlich seinem Vater von Herrn Tadokoros grenzenloser Liebe. Dieser Vorfall soll ihn dann aber wieder restlos zur Vernunft gebracht haben. Der Seniorchef entschloss sich daraufhin, den arbeitslosen Herrn Tadokoro, der inzwischen auch alles Geld aufgebraucht hatte, das er von seinen Eltern geerbt hatte, ohne bestimmte Funktion in seiner Firma aufzunehmen. Unter dem Titel »Berater für Naturkost und gesunde Lebensmittel« wurde er ordentlicher Firmenangestellter und nach Erreichen des Rentenalters als Teilzeitkraft weiterbeschäftigt. Jeden Tag erschien er pünktlich zur Arbeit, seit eh und je, obwohl er gar nicht zu kommen brauchte. Und wenn der Juniorchef angetrunken ist, sagt er regelmäßig über ihn: »Herr Tadokoro mag euch vielleicht lästig sein, aber ich bitte euch, seid nett zu ihm, mir zuliebe! Denn ungeachtet all dessen, was er für mich getan hat – dieser Mensch bedeutet mir mehr als Vater und Mutter zusammen!«

Was ich dabei so bemerkenswert finde, ist, dass Herr Tadokoro nie wirklich zum Problem wurde. Niemand meinte jemals ernsthaft, sein Gehalt wäre die pure Verschwendung, oder fragte sich, warum man ihm denn nicht einfach kündigte. Eigentlich unglaublich, dass so etwas in unserer heutigen Gesellschaft möglich war. Aber auch das lag vielleicht nicht so sehr daran, dass man ihn nun besonders liebte, sondern eher an seiner Unauffälligkeit: Er schien ständig wie in Luft aufgelöst. Manchmal, wenn ich an Herrn Tadokoro denke, habe ich ein Bild vor Augen, wie er still im Dunkeln sitzt und die Wand stützt. Insgeheim war sowieso jeder in unserer Firma davon überzeugt, uns alle würde eine schwere Strafe treffen, wenn wir gemein zu ihm wären und er plötzlich wegbliebe. Ich weiß nicht, ob darin vielleicht sein eigentlicher Zauber liegt oder ob man so etwas überhaupt Zauber nennen kann. Das Einzige, was ich intuitiv weiß, ist, dass alle das ernsthaft glauben. Weil ich nämlich auch selbst davon überzeugt bin.

In der Firma ist es sogar schon Mode gewesen, sich eine »Herr-Tadokoro-Puppe« zu basteln und als Glücksbringer zu tragen, und sobald jemand scherzhaft fragt: »Was macht ihr bloß, wenn er stirbt?«, treten garantiert einigen die Tränen in die Augen, und andere sind regelrecht entrüstet. Seine Person ist einfach unantastbar.

An einem verregneten Nachmittag brachte ich Herrn Tadokoro eine Tasse Tee. Hinter seinen klapprigen Schultern lief der Regen die Scheiben hinunter; darin verschwammen die trübe erleuchteten Fenster des Gebäudes gegenüber.

Normalerweise lächelte er mir schon entgegen, wenn ich mich nur mit der Tasse Tee näherte, oder er winkte mir gar in seiner drolligen Art zu, aber heute starrte er nur aus dem Fenster und lutschte dabei Propolis-Bonbons.

Deshalb sagte ich: »Ein Tässchen Tee für Sie, Herr Tadokoro. – Sie sehen ja gar nicht gut aus, haben Sie etwas auf dem Herzen? Oder haben Sie sich erkältet? Soll ich Ihnen ein Fläschchen Propolis-Trunk aus dem Lager holen?«

»Nein, danke, erkältet bin ich nicht. Aber ich habe wirklich etwas auf dem Herzen. Wissen Sie, zu Hause, da halte ich ja etwas hinter meiner Waschmaschine, und weil es doch so regnet, frage ich mich, ob es sich wohl einsam fühlt«, antwortete er, und ich war leicht verwirrt.

»Sie halten etwas hinter Ihrer Waschmaschine? Was denn?«

»Manchmal fühlt es sich wie Kōchan an, dann wieder wie meine verstorbene Mutter, manchmal auch wie Gott selbst, wahrscheinlich ist es nur ein Kobold. Wenn ihm etwas nicht passt, rüttelt es an der Waschmaschine. Es trinkt das Wasser, das dort ausläuft, davon lebt es. Es ist schon lange bei mir zu Hause. Wenn ich schlafe, schleicht es sich offenbar heimlich in mein Zimmer.«

Dabei musste man wissen, dass »Kōchan« der Kosename unseres jetzigen Chefs war.

»Deshalb kann ich auch nicht waschen. Wie ich Ihnen früher schon einmal erzählt habe, wasche ich alles mit der Hand. Ich will es schließlich nicht erschrecken.«

»Solange es da ist, sind Sie nie einsam, nicht wahr?«, sagte ich und lächelte.

»Ja, wo doch Kōchan mittlerweile auch erwachsen und verheiratet ist«, sagte Herr Tadokoro. Und schaute wieder zum Fenster hinaus.

Das ging mir so zu Herzen, dass ich auf die Toilette rennen und ein bisschen weinen musste. Dabei hatte ich in der Firma nicht einmal damals in der schlimmen Zeit geheult, als die Affäre mit meinem Vorgesetzten zu Ende ging.

Ich war froh über diese Welt, in der alle nett zu jemandem wie Herrn Tadokoro waren, sodass er sein Leben leben konnte, und mochte es noch so bescheiden sein. Ich war dankbar, dass ich diese heißen Tränen für ihn übrighatte. Dann wurde ich furchtbar traurig, als ich über sein Leben nachdachte: Er hatte sich nie an der Gesellschaft gerieben, keine Höhen und Tiefen erlebt, er hatte sich nie leidenschaftlich verliebt, ja nicht einmal seine Lust mit einer Affäre befriedigt, und er würde auch nie in die Gesichter seiner Enkel blicken. Herr Tadokoro, der mit dem Etwas hinter seiner Waschmaschine still und leise vor sich hin lebte.

Manchmal sagen wir zwar alle so unverschämte Sachen zu Herrn Tadokoro wie: »Na, Opa, brauchst du einen Tee?«, oder: »Du bist ja verrückt!«, oder: »Was willst du überhaupt hier?«, doch unsere Augen bleiben dabei freundlich.

In dem Büro, in dem ich früher gejobbt habe, war es einmal vorgekommen, dass an einem Nachmittag zur geschäftigsten Zeit, als alle entweder wortlos vorm Computer saßen, telefonierten oder Kundentermine hatten, sich plötzlich ein Geschrei in der angespannten Stille erhob. Ich erschrak so sehr, dass ich zuerst gar nicht begriff, was geschehen war. Ungefähr in der Mitte des Großraumbüros war eine Angestellte aufgestanden und schrie: »Was wollt ihr denn alle?! Ich kann doch überhaupt nichts dafür! Ich hab's satt, so satt!«, wiederholte sie immer wieder in merkwürdig verzerrtem Tonfall, weinte und schrie und raufte sich dabei die Haare. Alle starrten sie wie gelähmt an, und diese Phase schien mir unendlich lange zu dauern. Benommen sah ich zu, wie zwei Leute in ihrer Nähe den Arm um sie legten und sie in den Pausenraum führten. Ohne dass irgendjemanden dafür die Schuld traf, fühlte sich die

Frau in die Enge getrieben – ein Leiden, das man in der heutigen Welt häufig beobachten kann.

In der Firma, in der ich jetzt arbeite, kommt es manchmal vor, dass jemand seine Wut an Herrn Tadokoro auslässt. Dann heißt es zum Beispiel: »Die bloße Anwesenheit von dem Kerl bringt mich zur Weißglut!«, oder: »Nicht zu fassen – wir arbeiten wie die Blöden, damit wir dich durchfüttern!« Oder es gießt jemand Tee für alle auf, nur nicht für Herrn Tadokoro, oder jemand schimpft und flucht, weil der alte Herr mal wieder eine Seite beim Kopieren übersehen hat. Nur wenn es allzu bunt wird, greift irgendwer ein und sagt: »Hör schon auf, und lass deine Wut nicht an Herrn Tadokoro aus!«, oder etwas in der Art.

Herr Tadokoro selbst sagt nie etwas dazu. Aber am nächsten oder spätestens übernächsten Tag bereuen alle diese Ausfälle fürchterlich – vielleicht gerade, weil sie Dampf ablassen konnten – und stellen ihm Blumen auf den Schreibtisch oder gehen sich bei ihm entschuldigen. Dann bedankt sich Herr Tadokoro nur und blickt unbeteiligt in die Ferne. Er lacht nicht und tröstet nicht, und erst recht entschuldigt er sich nicht. Trotzdem ist damit die Sache erledigt, und der Alltag kehrt wieder ins Büro zurück.

Die Wirklichkeit ist nicht leicht zu durchschauen, davon war ich immer überzeugt, aber je öfter ich diese Szenen beobachte, desto mehr komme ich zu dem Schluss, dass der Mensch doch ziemlich einfach gestrickt ist. Solange es die Möglichkeit gibt, die dunklen Seiten seiner Seele herauszulassen, passiert es nicht so leicht, dass man sich in die Enge getrieben fühlt und in einem stillen Großraumbüro losschreit.

Vor langer, langer Zeit, als wir noch Mammutfleisch und Ähnliches gegessen haben, als sich die Männer noch um die Frauen geprügelt und die Frauen massenhaft Kinder gekriegt haben, als man noch weit bis zum Horizont in die Landschaft blicken konnte … Keine Ahnung, wann genau das war und wie lange das wohl her sein mag, aber zu jener Zeit hat es garantiert in jeder Dorfgemeinschaft jemanden mit der Aufgabe eines Herrn Tadokoro gegeben.

»Heute regnet es ja wieder, Herr Tadokoro. Ob sich da das Wesen hinter Ihrer Waschmaschine nicht einsam fühlt?«, fragte ich ihn, als ich ihm seine Tasse Tee brachte.

»Ja, und ich weiß jetzt endlich auch, um was es sich handelt: Es ist der Amethyst!«, teilte mir Herr Tadokoro entschieden mit. In seinem Mundwinkel klebte noch etwas Vanillecreme von der Hagi-no-tsuki-Biskuitrolle, einer Spezialität aus Sendai, die Kollegen von ihrer Dienstreise mitgebracht und vorhin an alle verteilt hatten.

»?«

»Ja, der Edelstein, den ich vor langer Zeit als Andenken von meiner Oma geschenkt bekommen habe. Ich dachte, ich hätte ihn längst verloren, bis ich ihn dort wiederentdeckt habe. Nachts habe ich da nämlich plötzlich im stockdunklen Zimmer ein violettes Licht gesehen. Gefunkelt und geflackert hat es, wie eine lodernde Glut. Dann habe ich diesen berühmten Professor im Fernsehen gesehen, der gesagt hat, Steine seien lebendig – und da wusste ich, es ist der Amethyst, ganz sicher«, erklärte Herr Tadokoro.

»Bestimmt ist er das!«

»Ja, sonst würde ich das nicht so spüren. Wenn er nicht mehr da wäre, würde ich mich sicher einsam fühlen.«

»Ach, machen Sie sich mal keine Sorgen, warum sollte er verschwinden, er fühlt sich bestimmt sehr wohl dort«, sagte ich ausweichend und kehrte zu meiner Arbeit zurück.

Herr Tadokoro trank seinen Tee und schaute dabei aus dem Fenster. Der Regen rann die Scheiben herunter, floss in Bächen zu Boden und ergoss sich über den Asphalt. Die Wolken in der Ferne leuchteten weiß, ab und zu war von weit her ein dumpfes Donnergrollen zu hören. Die Welt draußen erschien grau in grau. Hier im Gebäude war alles schön sauber und trocken, angenehm heiter und gemütlich. Und hier lebte still vor sich hin und vielleicht von niemandem gebührend beachtet ein großer Mensch sein außerordentliches Leben. Lautlos und freundlich – genau wie das Wesen hinter seiner Waschmaschine.

Etwas später, auf dem Weg zum Kopierer, kam mir plötzlich eine Idee: Ich hatte mir doch gerade diese Frauenzeitschrift mit einem Special über »Heilsteine« gekauft. Ich holte sie, ließ meine Arbeit Arbeit sein und wechselte das Kopierpapier, um für Herrn Tadokoro schöne Farbkopien von den Seiten über den Amethyst zu machen.

Während ich an jenem lauen, verregneten Nachmittag dort im Kopierraum stand und kopierte, eingehüllt in die Ausdünstungen des Papiers, in der einen Hand eine Tasse Kaffee, im Ohr das Prasseln des Regens auf den Fensterscheiben, wusste ich: Mein Herz floss über, und ich war wunschlos glücklich.

JOHANN WOLFGANG GOETHE

Freudvoll und leidvoll

Freudvoll
und leidvoll
gedankenvoll sein,
Langen
und bangen
in schwebender Pein,
Himmelhoch jauchzend,
zum Tode betrübt,
Glücklich allein
ist die Seele, die liebt.

DALAI LAMA

An alle, die glücklich sind

Man kann auf unterschiedliche Weise glücklich sein. Manche Menschen leben aufgrund einer geistigen Störung in einem Zustand naiven Glücks. Für sie ist immer alles in Ordnung. Dieses Glück ist aber nicht das Glück, um das es uns hier geht.

Für andere gründet das Glück auf dem Besitz materieller Güter und auf sinnlicher Befriedigung. Wir haben bereits auf die Fragwürdigkeit dieser Einstellung hingewiesen. Auch wenn Sie sich aus diesem Grund für wirklich glücklich halten – Sie werden doppelt leiden, wenn Ihnen die Umstände nicht mehr wohlgesinnt sind.

Andere wiederum sind glücklich, weil sie moralisch denken und handeln. Das ist das Glück, das wir brauchen, denn dieses Glück hat tiefere Wurzeln und hängt nicht von den Umständen ab.

Um dauerhaft glücklich sein zu können, müssen wir zuallererst erkennen, dass auch Leid zum Leben gehört. Das ist vielleicht anfangs deprimierend, aber auf lange Sicht können wir mit dieser Einstellung nur gewinnen. Wer es vorzieht, die Wirklichkeit zu leugnen, indem er Drogen nimmt, das falsche Glück in einer blinden Spiritualität sucht oder ungezügelt lebt, nur um nicht nachdenken zu müssen, erwirkt dadurch bloß einen kurzen Aufschub.

Wenn dann die Probleme akut werden, sind diese Menschen oft nicht gegen Schwierigkeiten gefeit und »erfüllen das Land mit ihren Klagen«, wie man in Tibet sagt. Zorn oder Verzweiflung überkommen sie, und zu den anfänglichen Schwierigkeiten gesellt sich der Schmerz.

Versuchen wir herauszufinden, woher unser Leiden kommt. Wie jedes andere Phänomen ist es das Ergebnis unendlich vieler Ursachen und Umstände. Hingen unsere Gefühle jeweils nur von einer einzigen Ursache ab, dann müssten wir nur einer einzigen »Glücksursache« ausgesetzt sein, und wir wären hundertprozentig glücklich. Wir wissen aber genau, dass dem nicht so ist. Geben wir also die Vorstellung auf, dass uns nur etwas Bestimmtes fehlt zum Glück, das wir nur finden müssten, um nicht mehr zu leiden. Anerkennen wir, dass das Leiden Teil des Lebens oder, buddhistisch gesprochen, des Samsara, des Kreislaufs der bedingten Existenzen, ist. Wenn wir Leiden als etwas Negatives oder Abnormales betrachten, dann führen wir ein erbärmliches Leben, denn dann werden wir Opfer unserer Einstellung. Glück ist nur dann möglich, wenn selbst das, was wir als Leid ansehen, uns nicht unglücklich macht.

Nach buddhistischer Auffassung führt die Beschäftigung mit der Existenz des Leids nie zu Pessimismus oder Verzweiflung. Sie lässt uns die eigentlichen Gründe für unser Unglücklichsein erkennen, nämlich Begierde, Hass und Nichtwissen, und durch dieses Erkennen können wir uns davon befreien. Mit Nichtwissen ist hier das Unverständnis für die wahre Natur der Wesen und Dinge gemeint. Es ist die Ursache der beiden anderen Gifte. Sobald das Nichtwissen sich auflöst, haben Hass und Begierde keine Grundlage mehr, und die Quelle des Leids ist erschöpft. Daraus ergibt sich ein spontan altruistisches Glück, das nicht mehr der Spielball negativer Gefühle ist.

An alle, die unglücklich sind

Das ist ein wichtiges Thema. Ich habe bereits von zwei Arten von Befriedigung gesprochen. Die erste gründet auf unseren sinnlichen Wahrnehmungen, die zweite auf unserer Gesinnung.

In den industrialisierten Ländern begegnet man vielen unglücklichen Menschen. Es fehlt ihnen an nichts, sie erfreuen sich eines bequemen Lebens, aber sie sind unzufrieden mit ihrem Schicksal. Sie machen sich aus Eifersucht oder irgendeinem anderen Grund unglücklich. Manche leben in ständiger Erwartung einer Katastrophe, andere glauben, das Ende der Welt stünde unmittelbar bevor. Diese Menschen sind ihres eigenen Unglücks Schmied, weil sie nicht imstande sind, vernünftig zu denken. Würdem sie die Dinge aus einem anderen Blickwinkel betrachten, dann verschwänden auch ihre inneren Qualen.

Es gibt auch Menschen, die tatsächlich Grund haben zu klagen, die krank sind oder Not leiden, die Opfer von Katastrophen sind oder ungerecht behandelt werden. Aber auch sie haben oft die Möglichkeit, ihre Situation zu verändern. Auf materieller Ebene können und müssen sie wieder gesund werden und ihre Peiniger zur Rechenschaft ziehen; sie müssen vor Gericht gehen und Wiedergutmachung verlangen oder mit vollem Einsatz arbeiten, sollte es ihnen an Nahrung und Kleidung mangeln. Und ihre Einstellung können sie beeinflussen, indem sie einen positiven Standpunkt einnehmen.

Im Allgemeinen ist es unsere Gesinnung, die den Grad unseres Leidens bestimmt. Wenn wir zum Beispiel krank sind, besteht die einzig sinnvolle Reaktion auf die Krankheit darin, alles in Bewegung zu setzen, um gesund zu werden: einen Arzt beiziehen, eine Behandlung über sich ergehen lassen, gewisse Übungen machen … Aber im Allgemeinen verkomplizieren wir die Dinge, indem wir mit unserem Schicksal hadern und so das körperliche durch das geistige Leid verschlimmern. Leiden wir an einer schweren Krankheit, sehen wir sie oft aus dem negativsten aller möglichen Blickwinkel: »Das ist wirklich das Schlimmste, was mir passieren konnte! Wären es wenigstens meine Beine, die nicht funktionieren!« Statt uns zu sagen, dass unzählige andere Menschen mindestens genauso leiden wie wir, beklagen wir uns, als wären wir die einzigen Kranken auf der Welt. Aber es ist auch möglich, die umgekehrte Haltung einzunehmen. Wenn zum Beispiel unsere Arme gelähmt sind, können wir uns sagen: »Meine Arme versagen mir ihren Dienst, aber meine Beine tragen mich noch.« Und wenn unsere Beine uns nicht mehr gehorchen: »Meine Beine tragen mich nicht mehr, aber ich kann mich mit Hilfe eines Rollstuhls fortbewegen und meine Hände gebrauchen.« So einfache Gedanken reichen, um uns Trost zu spenden.

Kurz: Egal, in welcher Situation wir uns befinden, es ist immer möglich, etwas Positives darin zu sehen, vor allem in unserer Zeit, in der die moderne Technik uns zusätzliche Gründe liefert, nicht zu verzweifeln. Es ist immer möglich, auf geistiger Ebene einen Weg zu finden, um ein durch reale Umstände ausgelöstes Leid zu mindern. Der Fall, dass wir nur Grund zum Leiden haben und uns nichts Trost spenden kann, ist äußerst rar. Leiden Sie an einer Krankheit, dann rufen Sie sich deren positive Seiten in Erinnerung. Das kann Ihnen eine gewisse Linderung verschaffen.

Selbst wenn diese Krankheit langwierig und schwer ist, gibt es sicher ein Mittel, um der Verzweiflung nicht völlig ausgeliefert zu sein. Wenn Sie Buddhist sind, sagen Sie sich: »Möge mich diese Krankheit von den schlechten Taten, die ich in der Vergangenheit begangen habe, reinigen! Mögen zu meinen Schmerzen noch die der anderen hinzukommen und mich an deren Stelle befallen!« Denken Sie auch an die unzähligen Geschöpfe, die genauso leiden wie Sie, und beten Sie dafür, dass Ihre Schmerzen ihnen Linderung verschaffen. Auch wenn Sie nicht die Kraft aufbringen sollten, so zu denken, wird Ihnen allein schon der Gedanke, dass Sie nicht allein sind und es viele Menschen in ähnlichen Situationen gibt, helfen, Ihr Schicksal zu ertragen.

Wenn Sie Christ sind und an Gott als Schöpfer des Universums glauben, trösten Sie sich, indem Sie sich sagen: »Dieses Leid habe ich nicht gewollt, aber es muss einen Sinn haben, denn es ist Gott, der mir in seinem Erbarmen das Leben geschenkt hat.«

Wenn Sie keiner Religion angehören, dann sagen Sie sich, dass das Unglück, das Sie trifft – egal, wie schrecklich es auch sein mag –, nicht nur Ihnen allein widerfährt. Selbst wenn Sie an nichts glauben, versuchen Sie, sich oberhalb der schmerzenden Stelle ein Licht vorzustellen, das den Schmerz durchdringt und auflöst, und Sie werden merken, wie Ihnen diese Vorstellung Erleichterung verschafft. Es gibt Unglück, das plötzlich kommt und unausweichlich ist, wie der Tod eines geliebten Menschen. In solchen Fällen ist es nicht mehr möglich, etwas zu tun. Aber eben weil Sie nichts daran ändern können, sollten Sie sich sagen, dass Verzweiflung nichts bringt, außer dass sie den Schmerz noch verstärkt. Ich denke hier vor allem an Menschen, die keinen religiösen Glauben haben.

Wichtig ist, dass Sie Ihrem Leiden auf den Grund gehen und herausfinden, woher es kommt, dass Sie etwas dagegen unternehmen, so Ihnen das möglich ist. Im Allgemeinen glauben wir, für unser Unglück in keinster Weise verantwortlich zu sein. Wir begreifen es immer nur als Fehler eines anderen Menschen oder der Umstände. Aber ich bezweifle, dass dem immer so ist. Wir sind ein bisschen wie die Studenten, die bei einer Prüfung durchgefallen sind und nicht zugeben wollen, dass sie sie durchaus hätten bestehen können, wenn sie sich nur ein bisschen mehr angestrengt hätten. Wir sind wütend auf jemanden, wir beschweren uns darüber, dass sich die Umstände gegen uns verschworen haben. Aber wird nicht alles nur noch schlimmer, wenn sich dieses zweite, geistige Leiden zum ersten dazugesellt?

Selbst wenn Sie einen geliebten Menschen wie Ihren Vater oder Ihre Mutter verlieren, sollten Sie sich fassen und sich sagen, dass das Leben in einem gewissen Alter eben zu Ende geht. Als Sie klein waren, haben Ihre Eltern alles getan, was in ihrer Macht stand, um Sie großzuziehen. Jetzt gibt es nichts, was Sie bereuen müssten.

HANS-ULRICH TREICHEL

Viel Glück

Viel Glück und liebe Grüße
und hunderttausend Küsse, an alle
Hungerleider, an alle Beutelschneider,
an alle Mauerspringer, an alle
Fähnchenschwinger, viel Glück und
wunde Füße und hunderttausend Bisse,
an alle die wir kennen, an alle
die noch pennen, viel Glück und laß
dirs gutgehn, und laß dir einen Hut
stehn, mit einem Ziegenbart, auf daß
wir nichts vergessen, die Liebe und
das Fressen, auf daß der Wind sich
dreht, so gut es eben geht, viel Glück
und beßre Zeiten, beim Laufen
und beim Reiten, und auch beim
Diskuswerfen, wir wolln die Messer
schärfen, und leg den Strick gut weg,
du kennst ja das Versteck.

KATHERINE MANSFIELD

Glück

Obwohl Bertha Young dreißig war, kannte sie noch Augenblicke wie diesen, wo sie Lust hatte, lieber zu rennen, statt zu gehen, auf dem Bürgersteig herumzutanzen, Reifen zu treiben, etwas in die Luft zu werfen und aufzufangen oder stillzustehen und zu lachen – über nichts – einfach über nichts.

Was kann man auch tun, wenn man dreißig ist und an der eigenen Straßenecke plötzlich von einem Glücksgefühl, von einem Gefühl reinen Glücks überwältigt wird, als hätte man plötzlich einen leuchtenden Schnitz Nachmittagssonne verschluckt und als brennte es einem in der Brust und jagte einen kleinen Funkenregen durch den ganzen Körper, bis in jeden Finger und Zeh? …

Oh, gibt es denn keine Möglichkeit, das auszudrücken, ohne ›öffentliches Ärgernis zu erregen‹? Wie blöd ist die Zivilisation! Warum hat man einen Körper bekommen, wenn man ihn wie eine kostbare Geige in einen Kasten einsperren muss?

›Nein, das mit der Geige ist nicht ganz, was ich meine‹, dachte sie, während sie die Treppe hinaufsprang und in ihrer Handtasche nach dem Schlüssel wühlte – sie hatte ihn vergessen, wie üblich – und am Briefkasten ratterte. ›Das ist es nicht, was ich meine, denn –‹

»Danke, Mary!« Sie trat in den Flur. »Ist das Kindermädchen wieder da?«

»Ja, M'm.«

»Und ist das Obst gekommen?«

»Ja, M'm. Alles ist da.«

»Tragen Sie bitte das Obst ins Esszimmer! Ich will es nett anordnen, ehe ich hinaufgehe.«

Im Esszimmer war es dämmrig und ziemlich kühl. Trotzdem zog Bertha ihren Mantel aus; sie konnte die enge Hülle keinen Augenblick länger ertragen, und die kalte Luft prallte auf ihre Arme.

Doch in ihrer Brust war immer noch die helle, glühende Stelle – und der kleine Funkenregen, den sie aussandte. Es war beinah unerträglich. Sie wagte kaum zu atmen, vor Angst, es dadurch höher anzufachen, und doch holte sie ganz tief Atem. Sie wagte es kaum, in den kalten Spiegel zu blicken – doch sie blickte hinein, und er zeigte ihr eine strahlende Frau mit lächelnden, zitternden Lippen, mit großen dunklen Augen und einem Ausdruck, als lausche sie, als warte sie, dass etwas … Himmlisches sich ereignete … von dem sie wusste, dass es geschehen musste … unweigerlich.

Mary brachte auf einem Tablett das Obst, zusammen mit einer Glasschüssel und einer wunderschönen blauen Schale, die seltsam schimmerte, als wäre sie in Milch getaucht worden.

»Soll ich das Licht einschalten, M'm?«

»Nein, danke. Ich sehe noch genug.«

Tangerinen und Äpfel mit erdbeerroten Backen waren da, ein paar gelbe, seidig glatte Birnen, einige weiße Trauben mit silbrigem Flaum und eine riesengroße mit dunkelblauen Beeren. Die hatte sie gekauft, weil sie mit dem neuen Esszimmerteppich übereinstimmen sollte. Sicher, es klang etwas weit hergeholt und verrückt, aber es war tatsächlich der Grund, weshalb sie sie gekauft hatte.

Im Geschäft hatte sie gedacht: ›Ich muss ein paar dunkelblaue haben, um den Teppich zur Geltung zu bringen.‹ Und dort war es ihr ganz sinnvoll vorgekommen.

Als sie fertig war und aus den leuchtenden, runden Bällchen zwei Pyramiden aufgebaut hatte, trat sie vom Tisch zurück, um die Wirkung zu prüfen. Es war tatsächlich äußerst merkwürdig. Denn der dunkle Tisch schien in das dämmerige Licht hineinzuschmelzen, und die Glasschüssel und die blaue Schale schienen in der Luft zu schweben. In ihrer gegenwärtigen Stimmung war es natürlich so unglaublich schön … Sie musste lachen.

›Aber nein, ich werde noch hysterisch!‹ Und sie nahm ihre Handtasche und den Mantel und lief ins Kinderzimmer hinauf.

Die Kinderschwester saß an einem niedrigen Tisch und gab Klein-B. nach dem Bad sein Abendessen. Das Baby hatte ein weißes Flanellhemd und ein blaues Wolljäckchen an, und sein dunkles, feines Haar war zu einem lustigen kleinen Schopf hinaufgebürstet. Klein-B. blickte auf, als es die Mutter sah, und begann zu zappeln.

»Komm, Liebchen, iss schön brav auf!«, sagte die Kinderschwester und kniff die Lippen auf eine Art zusammen, die Bertha wohlbekannt war und bedeutete, dass sie wieder mal im verkehrten Augenblick ins Kinderzimmer gekommen war.

»War sie brav, Nanny?«

»Den ganzen Nachmittag ist sie ein süßer Schatz gewesen«, flüsterte Nanny. »Wir waren im Park, und ich habe mich auf einen Stuhl gesetzt und sie aus dem Wagen gehoben, und ein großer Hund kam daher und legte seinen Kopf auf mein Knie, und sie griff nach seinem Ohr und zupfte daran. Oh, Sie hätten sie sehen sollen!«

Bertha hätte gern gefragt, ob es nicht recht gefährlich sei, wenn das Baby einen fremden Hund an den Ohren zupfte. Aber sie wagte es nicht. Sie stand da und schaute mit herabhängenden Armen zu, wie ein armes kleines Mädchen vor einem reichen kleinen Mädchen mit Puppe steht.

Das Baby blickte wieder zu ihr auf, sah sie an und lächelte dann so reizend, dass Bertha nicht mehr an sich halten konnte und rief: »O Nanny, lassen Sie mich das Baby zu Ende füttern! Sie können unterdessen die Badesachen wegräumen!«

»Aber, M'm, sie sollte nicht in andre Hände kommen, während sie isst«, antwortete Nanny, noch immer flüsternd. »Es macht sie unruhig, und wahrscheinlich bekommt es ihr nicht.« Wie unsinnig das war! Wozu hatte sie ein Baby, wenn es zwar nicht gerade wie eine kostbare Geige in einem Kasten aufbewahrt werden musste, jedoch in den Armen einer andern Frau liegen sollte?

»Ich möchte aber!«, sagte sie.

Schwer gekränkt reichte Nanny ihr das Kind.

»Aber regen Sie sie ja nicht nach dem Essen auf, M'm! Sie wissen doch, dass Sie's immer tun, und ich habe dann hinterher die Plage!«

Gott sei Dank ging Nanny mit den Badetüchern aus dem Zimmer!

»Jetzt habe ich dich ganz für mich allein, mein kleiner Schatz«, sagte Bertha, als sich das Baby an sie lehnte.

Sie aß so niedlich, hielt ihr Mündchen dem Löffel entgegen und zappelte mit den Händen. Manchmal wollte sie den Löffel nicht loslassen, und manchmal, wenn Bertha ihn gerade gefüllt hatte, schlug sie ihn in alle Winde.

Als die Suppe aufgegessen war, drehte sich Bertha zum Kaminfeuer um.

»Du bist süß, du bist ganz, ganz süß!«, sagte sie und küsste ihr warmes Baby. »Ich liebe dich, ich liebe dich!«

Und tatsächlich liebte sie Klein-B. so sehr, den Nacken, wenn sie sich vornüberbeugte, und die wunderfeinen winzigen Zehlein, die im Flammenschein durchsichtig schimmerten, dass ihr ganzes Glücksgefühl wiederkehrte, und wieder wusste sie nicht, wie sie es äußern, was sie damit anfangen sollte.

»Sie werden am Telefon gewünscht, M'm!«, sagte Nanny, die triumphierend zurückkam und ihr Baby in Besitz nahm.

Sie flog hinunter.

Es war Harry.

»Oh, bist du's, Ber? Hör mal, ich bin heute Abend etwas spät dran. Ich werde ein Taxi nehmen und komme, so rasch ich kann, aber schiebe das Abendessen zehn Minuten hinaus, ja? Ist es recht?«

»Ja, sicher! Oh, Harry …«

»Ja?«

Was hatte sie ihm noch zu sagen? Nichts. Sie wollte nur einen Augenblick länger in Verbindung mit ihm bleiben. Sie konnte nicht so verrückt sein und ihm zurufen: ›Ist es nicht ein himmlischer Tag?‹

»Was ist denn?«, kläffte die dünne Stimme.

»Nichts. Entendu«, sagte Bertha, hängte den Hörer auf und dachte, dass die Zivilisation noch viel mehr als nur blöd sei.

Zum Abendessen hatten sie Gäste. Die Norman Knights kamen – ein sehr einwandfreies Paar –, er war im Begriff, ein Theater zu gründen, und sie beschäftigte sich leidenschaftlich mit Innendekoration; dann ein junger Mann, Eddie Warren, der gerade einen kleinen Gedichtband veröffentlicht hatte und den jedermann zum Essen einlud, und noch Pearl Fulton, eine ›Entdeckung‹ Berthas. Was Miss Fulton tat, wusste Bertha nicht; sie hatten sich im Klub kennengelernt, und Bertha hatte sich in sie verliebt, wie sie sich immer in schöne Frauen verliebte, die etwas Seltsames an sich hatten.

Es war irritierend, dass sie zwar gelegentlich zusammen gewesen waren und miteinander gesprochen hatten, dass Bertha sie aber trotzdem nicht durchschauen konnte. Bis zu einem bestimmten Punkt war Miss Fulton von einer seltenen, herrlichen Offenheit, aber eben über den bestimmten Punkt ging sie nie hinaus.

Gab es überhaupt etwas darüber hinaus? Harry sagte: ›Nein!‹ Er hielt sie für langweilig und ›kalt wie alle Blondinen – vielleicht mit einem Anflug von seelischer Blutarmut‹. Aber Bertha mochte ihm nicht recht geben, jedenfalls noch nicht.

»Nein, die Art, wie sie dasitzt und den Kopf ein bisschen auf die Seite legt und lächelt, Harry – da steckt was dahinter, und ich muss herausfinden, was es ist.«

»Wahrscheinlich eine gute Verdauung«, erwiderte Harry.

Er tat es ganz bewusst, Bertha mit Antworten dieser Art etwas zu bremsen ... ›Leberstauungen, liebes Kind‹ oder ›nichts als Blähungen‹ oder ›nierenkrank‹ ... und so weiter. Aus irgendeinem sonderbaren Grund hatte Bertha es gern und bewunderte es nachgerade an ihm.

Sie ging in den Salon und zündete das Kaminfeuer an; dann hob sie der Reihe nach die Kissen auf, die Mary so sorgfältig aufgestellt hatte, und schleuderte sie wieder auf die Stühle und Sofas zurück. Es war ein himmelweiter Unterschied: das Zimmer bekam sofort Leben. Als sie gerade das letzte hinwerfen wollte, überraschte sie sich dabei, wie sie es plötzlich stürmisch an sich drückte. Doch das löschte das Feuer in ihrer Brust nicht.

O nein, ganz im Gegenteil!

Die Fenster des Salons gingen auf einen Balkon, der den Garten überblickte. Am andern Ende, vor der Mauer, ragte ein hoher, schlanker Birnbaum in vollster, üppigster Blüte auf; vollkommen still stand er da und hob sich vom jadegrünen Himmel ab. Bertha glaubte selbst aus dieser Entfernung feststellen zu können, dass er keine einzige unerschlossene Knospe und auch keine welke Blüte hatte. Weiter unten, auf den Gartenbeeten, schmiegten sich die roten und gelben Tulpen mit ihren schweren Kelchen in die Dämmerung hinein. Eine graue Katze kroch mit schleppendem Bauch über den Rasen, und eine andere, eine schwarze, folgte ihr wie ihr Schatten. Der Anblick der beiden, die so gespannt und aufmerksam dahinschlichen, ließ Bertha erschauern.

»Was für gruselige Tiere Katzen doch sind!«, stammelte

sie, wandte sich vom Fenster weg und begann hin und her zu gehen ...

Wie stark die Narzissen in dem warmen Zimmer dufteten! Zu stark? O nein! Und doch warf sie sich wie überwältigt auf ein Sofa und drückte die Hände auf die Augen. »Ich bin glücklich – zu glücklich!«, murmelte sie.

Und es schien ihr, als sähe sie hinter den Augenlidern den schönen Birnbaum mit seinen weit offenen Blüten als Symbol ihres eigenen Lebens.

Doch – doch – sie hatte alles! Sie war jung. Harry und sie waren ineinander so verliebt wie nur je, und sie kamen herrlich miteinander aus und waren wirklich gute Kameraden. Sie hatte ein hinreißendes Baby. Sie hatten keinerlei Geldsorgen. Sie besaßen ein in jeder Hinsicht zufriedenstellendes Haus und den Garten. Und sie hatten Freunde, moderne, anregende Freunde, Schriftsteller und Maler und Dichter oder Leute, die sich brennend für soziale Fragen interessierten – genau die Art Freunde, die sie haben wollten. Und außerdem Musik und Bücher, und sie hatte eine fabelhafte kleine Schneiderin entdeckt, und im Sommer reisten sie ins Ausland, und ihre neue Köchin machte die köstlichsten Omeletten ...

»Ich bin verrückt! Verrückt!« Sie setzte sich auf, aber sie war ganz benommen, wie berauscht. Es musste der Frühling sein.

Ja, es war sicher der Frühling! Jetzt war sie so müde, dass sie sich kaum die Treppe hinaufschleppen konnte, um sich umzuziehen.

Ein weißes Kleid, eine Kette aus Jadekugeln, grüne Schuhe und Strümpfe. Sie hatte es nicht erst jetzt beabsichtigt: sie hatte sich diese Zusammenstellung schon vor Stunden ausgedacht, lange bevor sie vom Salonfenster aus den Birnbaum betrachtet hatte.

Wie mit Blütenblättern rauschte sie leise auf den Flur und küsste Mrs. Norman Knight, die einen furchtbar lustigen Mantel ablegte: orangefarben, mit einer Prozession schwarzer Äffchen unten am Saum und an den Vorderkanten.

»... Ach je, meine Liebe, dass unsre Mittelschicht auch gar so spießig ist – so gänzlich ohne Sinn für Humor! Es ist der reinste Glücksfall, dass ich überhaupt hier bin – wobei Norman der beschützerische Glücksfall ist! Denn meine süßen Äffchen haben alle Leute im Zug in solche Aufregung versetzt, dass sie wie ein Mann aufstanden und mich geradezu mit den Augen verschlangen. Sie haben nicht gelacht – sie fanden es nicht lustig –, das hätte mir ja gefallen. Nein, sie haben bloß geglotzt – und mich furchtbar angeödet.«

»Aber was der Glanzpunkt war«, sagte Norman und klemmte sich ein großes, in Schildpatt gefasstes Monokel ins Auge, »ich darf's doch erzählen, Face, ja?« (Zu Hause und unter Freunden nannten sie sich Face und Mug.) »Der Glanzpunkt war es dann, als sie es gründlich satthatte und sich an die Frau neben ihr wandte und fragte: ›Haben Sie noch nie im Leben einen Affen gesehen?‹«

»Ach ja!« Mrs. Norman Knight stimmte in das Gelächter ein. »War das nicht wirklich glänzend?«

Und was noch komischer war: dass sie jetzt, ohne ihren

Mantel, tatsächlich wie ein sehr gescheites Äffchen aussah, das sich sogar das gelbe Seidenkleid – aus abgeschabten Bananenschalen – selbst gemacht hatte. Und ihre Bernsteinohrringe: glichen sie nicht baumelnden kleinen Nüssen?

»Ein äußerst trauriger Fall!«, sagte Mug und blieb nachdenklich vor Klein-B.s Kinderwagen stehen. »Kommt ins Haus der Kinderwagen …« Den Rest des Zitats überging er. Es läutete an der Haustür. Der magere, blasse Eddie Warren erschien – wie üblich in einem Zustand größter Bedrängnis.

»Das muss doch das richtige Haus sein, nicht wahr?«, rief er flehend.

»Vermutlich – hoffentlich!«, entgegnete Bertha strahlend.

»Ich hatte so ein entsetzliches Erlebnis mit einem Taxifahrer! Ein ganz finsterer Kerl! Ich konnte ihn nicht dazu bringen, dass er hielt! Je mehr ich klopfte und rief, umso schneller fuhr er! Dazu im Mondschein die bizarre Gestalt, mit dem verkürzten Kopf über das kleine Lenkrad geduckt …« Er schauderte und legte einen riesigen weißen Seidenschal ab. Bertha stellte fest, dass auch seine Socken weiß waren – äußerst elegant.

»Nein, wie grässlich!«, rief sie.

»Ja, das war es wirklich«, sagte Eddie und folgte ihr in den Salon. »Ich sah mich in einem zeitlosen Taxi durch die Ewigkeit fahren!«

Mit den Norman Knights war er bekannt. Er wollte ja ein Stück für N. K. schreiben, wenn sich der Plan mit dem Theater verwirklichte.

»Sieh da, Warren! Was macht das Stück?«, fragte Norman Knight, ließ das Monokel fallen und gönnte seinem Auge eine Pause, in der es an die Oberfläche steigen konnte, bevor er es hinunterzwängte.

Und Mrs. Norman Knight rief: »Oh, Mr. Warren, was für hinreißende Socken!«

»Ich freue mich so, dass sie Ihnen gefallen«, sagte er und blickte auf seine Füße. »Sie sind anscheinend sehr viel weißer geworden, seit der Mond aufgegangen ist!« Dabei wandte er Bertha sein schmales, melancholisches junges Gesicht zu. »Der Mond ist nämlich aufgegangen!«

Am liebsten hätte sie gerufen: »Allerdings – und noch oft – noch oft!«

Er war wirklich ein äußerst interessanter junger Mensch. Aber interessant war auch Face, die in ihrem Bananenkleid vor dem Feuer kauerte, und Mug, der eine Zigarette rauchte, die Asche ins Feuer schnippte und fragte: »Was säumt der Bräutigam so lange?«

»Da kommt er schon!«

Die Haustür flog krachend auf und wieder zu. Harry rief laut: »Hallo, ihr Leute! Bin in fünf Minuten unten!« Und sie hörten ihn die Treppe hinaufbrausen. Bertha musste lächeln; sie wusste, wie sehr er es liebte, alles unter Hochdruck zu tun. Was kam es schließlich auf die fünf Minuten an? Aber er wollte sich selbst vormachen, dass es ganz gewaltig darauf ankam. Und dann ließ er es sich sehr angelegen sein, betont kühl und beherrscht im Salon zu erscheinen.

Harry war von einem glühenden Lebenshunger besessen. Wie sehr sie das an ihm schätzte! Und seine Leidenschaft, sich durchzusetzen – in allem, was ihm in den Weg kam, eine neue Probe seiner Kraft und seines Mutes zu erkennen –, auch die konnte sie verstehen. Selbst wenn er dadurch andern Leuten, die ihn nicht gut kannten, dann und wann etwas lächerlich erscheinen mochte ... Denn es kam vor, dass er sich in die Schlacht stürzte, wo überhaupt keine war ... Sie plauderte und lachte, und erst, als er auftrat (und zwar genau so, wie sie es sich vorgestellt hatte), kam es ihr wieder in den Sinn, dass Pearl Fulton noch nicht eingetroffen war. »Ob Miss Fulton es vergessen hat?«

»Anzunehmen«, sagte Harry. »Hat sie Telefon?«

»Oh, da kommt gerade ein Taxi!« Und Bertha lächelte mit einem Anflug von Besitzerstolz, den sie sich stets beilegte, solange ihre weiblichen ›Entdeckungen‹ neu und geheimnisvoll waren. »Sie haust in Taxis!«

»Wenn sie das tut, wird sie zu dick«, erklärte Harry kühl und läutete, das Zeichen zum Auftragen gebend. »Sehr gefährlich für Blondinen!«

»Oh, Harry – lass!«, warnte Bertha und blickte lachend zu ihm auf.

Ein kurzer Augenblick noch, während sie lachend und plaudernd warteten und ein ganz klein bisschen zu unbefangen, ein bisschen zu ahnungslos taten. Dann erschien Miss Fulton, ganz in Silber, mit einem silbernen Stirnband, das ihr hellblondes Haar zusammenhielt, und lächelte, den Kopf ein wenig auf die Seite geneigt.

»Habe ich mich verspätet?«

»Nein, durchaus nicht!«, sagte Bertha. »Kommen Sie!« Sie nahm ihren Arm, und zusammen gingen sie ins Esszimmer. Was hatte der kühle Arm nur an sich, dass er das Glücksgefühl wieder anfachte, anfachte und auflodern ließ, mit dem Bertha nichts anzufangen wusste?

Miss Fulton sah Bertha nicht an; aber sie blickte den Leuten nur selten offen ins Gesicht. Ihre schweren Lider waren gesenkt, und das seltsame halbe Lächeln um ihre Lippen kam und ging, so als ob sie mehr lauschte als sah. Doch Bertha wusste auf einmal, und als hätten sie einen ganz langen, vertrauten Blick miteinander getauscht, ja als hätten sie einander zugerufen: ›Wie? Du auch?‹, dass Pearl Fulton, während sie die schöne rote Suppe in ihrem grauen Teller umrührte, genau dasselbe empfand wie sie.

Und die andern? Face und Mug, Eddie und Harry, die ihre Löffel hoben und senkten, sich die Lippen mit der Serviette abtupften, Brot zerkrümelten, mit Gabeln und Gläsern spielten und plauderten?

»Ich traf sie auf der Alpha-Ausstellung – eine ganz unmögliche kleine Person! Hatte sich nicht nur das Haar abgeschnitten, sondern schien auch an Beinen und Armen und Hals und der armseligen kleinen Nase herumgeschnippelt zu haben.«

»Ist sie nicht sehr mit Michael Oat liiert?«

»Mit dem, der *Love in False Teeth* geschrieben hat?«

»Der will ein Stück für mich schreiben. Einen Einakter. Nur eine Person. Der Held beschließt, Selbstmord zu begehen. Gibt alle Gründe für und wider an. Und gerade, als er sich entschlossen hat, es zu tun (oder zu lassen) – Vorhang. Kein schlechter Einfall!«

»Wie will er es nennen? ›Leibweh‹?«

»Ich glaube, ich bin dem gleichen Einfall schon einmal begegnet, in einer unbedeutenden französischen Zeitschrift, völlig unbekannt in England.«

Nein, sie alle empfanden nicht, was Bertha empfand.

Es waren furchtbar nette Menschen, und sie genoss es, sie hier an ihrem Tisch zu haben und ihnen köstliches Essen und erlesenen Wein vorzusetzen. Sie sehnte sich geradezu danach, ihnen zu sagen, wie reizend sie seien und was für eine dekorative Gruppe sie bildeten und wie sie einer den andern zur Geltung brachten und sie an ein Stück von Čechov erinnerten.

Harry genoss sein Essen. Es gehörte zu einem Teil seiner, nein, nicht gerade seiner Natur und erst recht nicht seiner Pose oder was es sonst sein mochte, über das Essen zu reden und in seiner ›schamlosen Leidenschaft für weißes Hammelfleisch‹ und für ›grünes Pistazieneis‹ zu schwelgen, das ›so grün und kühl wie die Lider ägyptischer Tänzerinnen‹ war.

Als er aufsah und zu ihr sagte: »Bertha, das ist ein bewundernswertes Soufflé!«, hätte sie fast weinen können vor kindlicher Freude.

Oh, warum empfand sie heute Abend eine so große Zärtlichkeit für die ganze Welt? Alles war gut – war richtig. Alles, was geschah, schien den randvollen Kelch ihres Glücks nur noch mehr zu füllen.

Und immer blühte im Grunde ihres Denkens der Birnbaum! Er musste jetzt, im Mondlicht des lieben guten Eddie, silbern strahlen – so silbern wie Miss Fulton, die dasaß und eine Tangerine in ihren schlanken Fingern herumdrehte, in Fingern, die so blass waren, dass ein Licht von ihnen auszugehen schien.

Sie konnte einfach nicht begreifen – es war so übernatürlich –, wieso sie Miss Fultons Stimmung so genau und jählings erraten hatte. Denn sie zweifelte keinen Augenblick, dass sie recht hatte – und doch, was für Beweise hatte sie? Keine, überhaupt keine!

›Ich glaube, zwischen Frauen kann so etwas vorkommen, doch selten, sehr selten, und zwischen Männern nie‹, dachte Bertha. ›Aber wenn ich im Salon den Kaffee vorbereite, gibt sie vielleicht ›ein Zeichen‹.‹

Was sie damit meinte, wusste sie nicht, und was danach geschehen würde, konnte sie sich nicht vorstellen. Während sie daran dachte, sah sie sich plaudern und lachen. Sie musste plaudern, weil sie gar zu gern lachen wollte.

›Ich muss lachen, sonst halte ich es nicht aus!‹

Aber als sie Faces komische kleine Gewohnheit bemerkte, an ihrem Ausschnitt herumzufingern, als hätte sie dort einen heimlichen kleinen Nussvorrat versteckt, musste Bertha ihre Nägel in die Hände graben, um nicht laut loszulachen.

Endlich war es vorbei. Bertha sagte: »Sehen Sie sich meine neue Kaffeemaschine an!«

»Wir haben bloß alle vierzehn Tage eine neue Kaffeemaschine«, sagte Harry. Face nahm diesmal seinen Arm. Miss Fulton folgte ihnen – mit gesenktem Kopf.

Im Salon war das Kaminfeuer zu einem roten, züngelnden ›Nest von Phönixjungen‹ heruntergebrannt, wie Face sagte. »Oh, macht noch nicht Licht! Es ist so schön!« Und sie kauerte sich wieder vor den Kamin. Sie fror immer … ›Begreiflich‹, dachte Bertha, ›ohne ihr rotes Wolljäckchen!‹

In diesem Augenblick gab Miss Fulton ›das Zeichen‹.

»Haben Sie einen Garten?«, fragte die kühle, verschlafene Stimme.

Das war so wunderbar, dass Bertha nicht anders konnte als gehorchen. Sie ging durchs Zimmer, zog die Vorhänge auseinander und öffnete die hohen Fenster.

»Da!«, hauchte sie.

Und die beiden Frauen standen nebeneinander und blickten auf den schlanken, blühenden Baum. Obwohl er so ruhig dastand, schien er sich wie die Flamme einer Kerze zu recken und aufwärts zu deuten und in der klaren Luft zu zittern, ja vor ihren Augen höher und höher zu werden und fast den Rand des vollen silbernen Mondes zu berühren. Wie lange standen sie so? Beide gefangen in diesem Kreis überirdischen Lichts, einander völlig verstehend, Geschöpfe einer andern Welt, verwundert, was sie in der Welt hier unten mit der Glücksfülle anfangen sollten, die ihnen in der Brust brannte und in silbernen Blüten von Haar und Händen tropfte?

Schon immer – oder nur einen Augenblick? Hatte Miss Fulton wirklich geflüstert? »Ja, das ist es!« Oder hatte Bertha es geträumt?

Dann wurde das Licht angeknipst, und Face machte den Kaffee, und Harry sagte: »Meine liebe Mrs. Knight, fragen Sie mich nicht nach meinem Töchterchen! Ich sehe sie nie. Sie wird mich erst ernstlich zu interessieren beginnen, wenn sie einen Liebhaber hat«, und Mug holte sein Auge aus dem Glashaus, jedoch nur für einen kurzen Moment, dann steckte er es wieder unter Glas, und Eddie Warren trank seinen Kaffee und stellte die Tasse mit einem so besorgten Gesicht hin, als hätte er eine Spinne gesehen – und verschluckt.

»Vor allem liegt mir daran, den jungen Männern zu

einer Bühne zu verhelfen. Ich glaube, dass London geradezu wimmelt von erstklassigen ungeschriebenen Theaterstücken. Deshalb möchte ich ihnen sagen können: ›Da habt ihr euer Theater! Nun legt los!‹«

»Wissen Sie, meine Liebe, ich soll nämlich ein Zimmer für die Jacob Nathans einrichten. Ach, es reizt mich so, alles im Bratfischstil zu machen, die Stuhllehnen wie Bratpfannen geformt und die Vorhänge ganz und gar mit hübschen Kartoffelchips bestickt.«

»Der Kummer mit unsern jungen Schriftstellern ist der, dass sie noch immer zu romantisch sind. Man kann nicht zur See gehen, ohne seekrank zu werden und ein Becken zu benutzen. Warum trauen sie sich also nicht an die Becken ran?«

»Ein gräuliches Gedicht über ein Mädchen, das von einem Bettler ohne Nase in einem Gehölz vergewaltigt wurde …« Miss Fulton sank in den niedrigsten, tiefsten Sessel, und Harry reichte Zigaretten herum. Aus der Art, wie er vor Miss Fulton stand, die silberne Dose schüttelte und schroff sagte: »Ägyptische? Türkische? Virginische? Sie sind alle durcheinandergeraten«, schloss Bertha, dass sie ihn nicht nur langweilte – er konnte sie wirklich nicht leiden. Und an der Art, wie Miss Fulton sagte: »Nein, danke, ich möchte nicht rauchen«, erkannte sie, dass auch Miss Fulton es empfand und gekränkt war.

›Oh, Harry, du solltest nichts gegen sie haben! Du täuschst dich sehr in ihr! Sie ist wundervoll, ganz wundervoll. Und überdies: Wie kannst du so anders für jemanden empfinden, der mir so viel bedeutet? Wenn wir heute Nacht im Bett sind, werde ich versuchen, dir zu schildern, was geschehen ist: was sie und ich gemeinsam erlebt haben.‹

Bei diesem Gedanken tauchte etwas Seltsames und fast Erschreckendes in Berthas Geist auf. Und dieses unkenntliche und lächelnde Etwas flüsterte ihr zu: ›Bald sind all diese Leute weggegangen. Dann ist das Haus still, ganz still. Die Lichter sind gelöscht. Und du und er – ihr werdet allein sein – im dunklen Zimmer – im warmen Bett …‹

Sie sprang von ihrem Sessel auf und lief zum Klavier hinüber. »Wie schade, dass niemand spielt!«, rief sie. »Wie schade, dass niemand hier ist, der spielt!«

Zum ersten Mal in ihrem Leben begehrte Bertha Young ihren Mann. Oh, sie hatte ihn geliebt – natürlich war sie in ihn verliebt gewesen –, auf jede Art, jedoch nicht so. Und sie hatte auch eingesehen, dass es bei ihm anders war.

Sie hatten so oft darüber gesprochen. Zuerst hatte es sie sehr bekümmert, als sie merkte, dass sie frigide war, aber nach einiger Zeit schien es nicht mehr so wichtig zu sein. Sie waren so offen miteinander – zwei gute Kameraden. Das war das Beste am Modernsein.

Aber jetzt – war sie glühend, glühend! Das Wort schmerzte in ihrem glühenden Körper. Dahin also hatte das Glücksgefühl geführt? Aber dann …

»Meine Liebe«, sagte Mrs. Norman Knight, »Sie kennen unser Pech! Wir sind die Opfer von Zeit und Fahrplan. Wir wohnen in Hampstead! Es war ein entzückender Abend!«

»Ich begleite Sie an die Tür«, sagte Bertha. »Ich habe es so genossen, Sie bei uns zu haben. Aber den letzten Zug dürfen Sie nicht verpassen. Das wäre ja grässlich, wie?«

»Noch einen Whisky, ehe Sie gehen, Knight?«, rief Harry.

»Nein, danke, mein Lieber!«

Dafür drückte ihm Bertha die Hand, als sie ihn verabschiedete. »Gute Nacht!«, rief sie von der obersten Treppenstufe und wusste, dass ihr bisheriges Selbst für immer Abschied von ihnen nahm.

Als sie in den Salon zurückkehrte, waren auch die andern im Begriff aufzubrechen.

»... dann können Sie ein Stückchen Wegs in meinem Taxi mitkommen!«

»Oh, ich bin Ihnen so dankbar, dass ich nicht noch eine Fahrt allein machen muss – nach meinem schrecklichen Erlebnis!«

»Ein Taxi können Sie gleich am Ende der Straße am Standplatz bekommen. Sie brauchen nur ein paar Schritte zu laufen.«

»Wie angenehm! Ich will nur noch meinen Mantel anziehen.« Miss Fulton wollte auf den Flur gehen, und Bertha war im Begriff, ihr zu folgen, da drängte sich Harry zwischen sie. Bertha wusste, dass er seine Unhöflichkeit bereute, und ließ ihn gehen. Was für ein großer Junge er doch in mancher Hinsicht war – so impulsiv! Und so einfach!

Und sie und Eddie blieben beim Kaminfeuer zurück.

»Haben Sie wohl Bilks neues Gedicht *Table d'hôte* gelesen?«, fragte Eddie leise. »Es ist so bezaubernd! In der neuesten Nummer der *Anthology*. Haben Sie eine? Ich würde es Ihnen so gerne zeigen! Es fängt mit einer unvorstellbar herrlichen Zeile an: ›Warum muss es denn immer Tomatensuppe sein?‹«

»Ja«, sagte Bertha. Geräuschlos ging sie zum Tischchen gegenüber der Salontür, und Eddie glitt ihr nach. Sie nahm das kleine Buch und gab es ihm; alles war lautlos vor sich gegangen. Während er das Gedicht suchte, fiel ihr Blick auf den Flur. Und dort sah sie … Harry, mit Miss Fultons Mantel im Arm – und Miss Fulton, die ihm den Rücken zugekehrt hatte und den Kopf senkte. Er warf den Mantel beiseite, legte ihr die Hände auf die Schultern und drehte sie ungestüm zu sich herum. Seine Lippen sagten: »Ich bete dich an«, und Miss Fulton legte ihre Mondscheinfinger auf seine Wangen und lächelte ihr verschlafenes Lächeln.

Harrys Nasenflügel bebten, seine Lippen verzogen sich in einem hässlichen Grinsen, und er flüsterte: »Morgen!«, und Miss Fulton antwortete mit ihren Augenlidern: ›Ja!‹

»Hier ist es!«, sagte Eddie. »›Warum muss es immer Tomatensuppe sein?‹ Es ist so tief empfunden, finden Sie nicht auch? Tomatensuppe ist so schrecklich ewig.«

»Wenn es Ihnen lieber ist«, drang Harrys Stimme sehr laut vom Flur her, »kann ich Ihnen ein Taxi telefonisch vor die Haustür bestellen!«

»O nein, das ist nicht nötig«, sagte Miss Fulton, kam auf Bertha zu und reichte ihr die schlanken Finger.

»Gute Nacht! Und vielen Dank!«

»Gute Nacht!«, sagte Bertha.

Miss Fulton hielt Berthas Hand noch eine Sekunde fest. »Ihr herrlicher Birnbaum!«, murmelte sie.

Und dann war sie fort, mit Eddie im Gefolge – wie die schwarze Katze, die der grauen folgte.

»Dann mache ich den Laden dicht«, sagte Harry übertrieben kühl und beherrscht.

›Ihr herrlicher Birnbaum – Birnbaum – Birnbaum!‹

Bertha rannte förmlich zu den hohen Fenstern.

»Oh, was soll jetzt nur werden?«, rief sie.

Aber der Birnbaum war so herrlich wie zuvor, so voller Blüten, und so still.

HELMUT KRAUSSER

Der Glückscent

Die Leute, die nicht sofort aus der U-Bahn aussteigen, die sich erst mal nach links und rechts umsehen, in der Tür stehen bleiben und denen, die reinwollen, den Weg versperren: widerwärtig. Dabei tun sie noch lässig, umgreifen den Türflügel und schieben sich dann langsam nach draußen wie Cowboys, die sich an einer neuen Zugstation, bevor sie den Bahnsteig betreten, nach Scharfschützen umsehen müssen. Die leider nie da sind, um das Gesockse abzuknallen. Manche Menschen sind nur auf der Welt, um anderen auf den Sack zu gehen. Lebende, doch letztlich leblose Hindernisse und Schikanen. Sie stehen auf den Rolltreppen links, sind mit großen Rucksäcken in der Buchhandlung unterwegs oder mit Kinderwagen auf Floh- und Obstmärkten. Und haben wahrscheinlich nicht die geringste Ahnung davon, dass man ihnen mehrmals am Tag die Ausrottung wünscht. Eben in der Videothek stand einer vor der Kiste mit gebrauchten DVDs und beugte sich drüber. Fast zehn Minuten brauchte der, um die Kiste zu durchsuchen, und stand so massiv davor, dass ich nicht einmal von der Seite mitgucken konnte. Oder gestern beim Chinesen, wo es Zweier- und Vierertische gibt. Wie viele Paare flätzten sich da einfach fett an Vierertischen, und selbst wo es fast voll war, nur noch ein Zweiertisch frei –

keines der Pärchen kam auf die Idee, an diesen Zweiertisch zu wechseln, wo sie doch sahen, wie eine Gruppe von vier Personen murrend darauf wartete, dass was frei wurde. Da wünscht man sich dann schon mal den Flammenwerfer in die Hand und laxere Gesetze. Eklig vor allem die Twen-Typen mit Fünftagebart und Schal, mit ihrer schmierigen Lache, ihren teuren, asymmetrischen Post-Oasis-Frisuren, darunter Koteletten, vielleicht sogar ein Ziegenbärtchen und inmitten von alldem nichts in der Birne. Ihre Mädchen sind oft ganz hübsch. Was mich noch mehr zur Verzweiflung treibt.

Seit gestern versinkt Berlin im Schnee. Manche mögen das idyllisch finden, spanische und italienische Touristen zum Beispiel, schnell frierende Menschen, sonnenverzärtelt, die sich gegen die Kälte mit grotesken Verkleidungen rüsten. Vor gut einer halben Stunde wartete ich auf die letzte U-Bahn, die um ein Uhr nachts vom Adenauerplatz Richtung Neukölln fährt. Ich war noch lange im Büro, hatte über mein neues Projekt nachgedacht, ohne eine Lösung zu finden. Ich stand an der Bahnsteigkante; in drei Minuten, so verhieß es mir die Leuchtschriftanzeige, würde der Zug kommen. Es warteten noch andere Personen neben mir, und ich hatte nichts zu lesen dabei, sah auf die Gleise hinunter, wo man oft Mäuse beobachten kann. Manchmal denke ich darüber nach, wie es wäre, mich einfach vor die einfahrende Bahn zu werfen. Das hat nichts zu bedeuten, ich bin als Selbstmörder ein Möchtegern und Schaffesnicht, aber mir die direkten Konsequenzen auszumalen macht Spaß. Wer auf meine Beerdigung käme, wer welche Reden halten würde, wer sich mit wem um mein bisschen Erbe stritte, falls mein Testament verloren ginge, etcetera. Dann sah ich, leuchtend kupferfarben, einen Cent zwischen den Schienen liegen. Ein frisch geprägter Cent – und binnen einer Sekunde wusste ich, dass dies mein Glückscent war. Welch blöde Idee – aber stark, sie hielt mich fest und redete auf mich ein. Schnapp dir diesen Glückscent, dann wird dein gesamtes künftiges Leben problemfrei verlaufen. Ich sah auf die Leuchtschrift. Noch zwei Minuten. Ich konnte schnell aufs Gleis springen, den Glückscent an mich nehmen und wieder auf den Bahnsteig, ohne Gefahr. Aber da waren die Leute. Was würden die Leute von mir denken? Was gingen diese Leute mich an? Etwas in mir sagte: Spring, hol dir das Glück, und alles wird gut. Aber ich zögerte, wollte mich vor den Leuten nicht rechtfertigen müssen, obwohl denen das wahrscheinlich ganz egal gewesen wäre. Sie hätten mich schräg angeglotzt, na gut, vielleicht wäre irgendein Kommentar gekommen, eher aber nicht. Dann gewann eine andere Stimme in mir die Oberhand. Das ist nur ein blödes Geldstück von geringem Wert, du spinnst, deswegen dein Leben aufs Spiel zu setzen. Und die erste Stimme: So ein Quatsch, du hast noch zwei Minuten, das ist eine kleine Ewigkeit, und du würdest die einfahrende Bahn ja hören, wenn sie wirklich früher käme, spring! Das waren keine Stimmen, wie Verrückte sie hören, natürlich nicht, es waren stumme Stimmen, zwei Fraktionen meines Innern, die stritten, und die Leuchtschrift wechselte von der Zwei auf die Eins. Jetzt wäre es schon wirklich gefährlich, die Münze an mich zu nehmen. Aber – ich konnte ja einfach warten, bis die Bahn eingefahren war, die Leute, die mich störten, eingestiegen waren und abtransportiert.

Und dann – könnte ich ganz gefahrlos und unbeobachtet den Cent einstecken und mir ein Taxi nach Hause nehmen. Die andere Stimme sagte: Bist du komplett durchgeknallt? Diese U-Bahn bringt dich in einer Viertelstunde nach Hause, willst du stattdessen sechzehn Euro für ein Taxi berappen? Aber da unten liegt ein Glückscent! Schäm dich, weil du irgendetwas auf den imaginären Kommentar von Menschen gibst, die du gar nicht kennst, du hättest sofort da hinunterspringen sollen, dann hättest du den Cent bereits. Aber das ist doch nur ein kleines Kupferstückchen, seit wann bist du abergläubisch? Steig in die Bahn, fahr nach Hause, gönn dir noch zwei Gläser Wein und gut. Der Zug kam. Ich rang mit mir. Etwas in mir rang mit etwas anderem in mir. So. Endlich gewann etwas die Überhand, das ich Vernunft nennen möchte, weil die meisten, denen ich die Geschichte erzählen könnte, es so bezeichnen würden. Aber ich werde die Geschichte keinem erzählen. Ich stieg in den Zug und schämte mich. Nicht genug, um an der nächsten Station, dem Olivaer Platz, auszusteigen, durch den Schnee zurückzulaufen und mich doch noch in den Besitz dieses Geldstücks zu bringen. Ich schämte mich ja eher, über diese Sache so lange nachgedacht zu haben. Dauernd wechselten die Perspektiven. Mal hielt ich mich für abgedreht, mal für verloren, mal siegte die Einsicht, dass ich noch nicht ganz schrullig bin, mal trauerte ich der vergebenen Möglichkeit nach, ein Glückspfand in der Hand zu halten. Nein, das kann ich niemandem erzählen. Nicht einmal Kati, die es sicher spaßig finden würde. Ich bin dabei überhaupt nicht abergläubisch. Nur: Einen Glückspfennig, jetzt einen Glückscent, auf der Straße zu finden, nach dem sich andere Menschen nicht einmal bücken würden, hat mir stets das Gefühl gegeben, eine Weile behütet zu sein. Klingt bescheuert. Es fällt mir schwer, das aufzuschreiben, ohne mich über meine Marotte lustig zu machen. Indem ich die Episode aufschreibe, ist sie nicht so vorbei, wie sie es in der Wirklichkeit ist.

PS: Als ich nach einer unruhigen Nacht zur Arbeit fuhr und gegen neun Uhr morgens am Adenauerplatz ausstieg, sah ich nach – der Cent war nicht mehr da. Ein anderer hat ihn sich geholt. Sieh an. Er hat da gelegen, für mich, ich habe ihn gesehen, erkannt in seinem Wert – und verschmäht. Jetzt weiß ich, dass es Menschen gibt, die mutiger zupacken als ich.

ROBERT WALSER

Glückliche Menschen

Dort sind alle reich und groß,
ernähren von Gedänkelchen sich bloß,
den denkbar reinlichsten und besten
und haben allerliebste Gesten,
ziehn aus den Taschen ihrer Westen
die nützlichsten, verwendlichsten Ideen.
Keinen von ihnen sah man anders gehn,
als so, wie man ihn gern gesehn,
fröhlich erhobnen Kopfs, im Herzen
nichts als Gefühlelein, die lächelnd scherzen.
Alles, was dort die Menschen je erstreben,
hat ihnen Gottes Güte hübsch gegeben,
und wenn man fragt, wer diese Leute sind,
man zum Ergebnis kommt, daß sich ein Kind
sich sie so eingebildet hat. Geschwind
spring' ich dorthin,
damit ich glücklich bin.

DANIEL MEZGER

Was sie sagt

Zweimal ist sie aus diesem Land geflohen. Geflohen, weil es zu dem Zeitpunkt ein Land war, das man nur fluchtartig verlassen konnte, und zweimal, weil sie so dumm war zu glauben, dass man dennoch darin leben könne.

Sagt sie.

Sie sagt: Die Route war bei Flucht Nummer zwei dieselbe wie davor, die gen Süden. Wer lässt einen schon ein zweites Mal in den Urlaub fahren, nachdem man aus dem ersten erst dreizehn Jahre später zurückgekehrt ist? Zweimal führte der Weggang am Meer vorbei, Plantschen in der Adria als Tarnung, als Vorbereitung und um die Nerven zu beruhigen für die Weiterfahrt über die jugoslawisch-österreichische Grenze.

Sie sagt, sie sei sich sicher gewesen, dass es nicht klappen würde, man habe es dieser Beifahrerin doch angesehen, dass etwas mit ihr nicht stimmte, dass sie keine echte Beifahrerin war, bloß eine, die einen überreden konnte, dass er sie mitnimmt: »Nur über die Grenze, keine Sorge, ich weiß wohin.« Und als der Fahrer sie nach ihrem Namen gefragt habe, habe sie erstmals seit zwei Jahren wieder jenen genannt, den sie bekommen habe, als sie nach Flucht Nummer eins in Dänemark angekommen sei: Stine.

Es sei die Lehrerin gewesen, die sie so getauft habe. Die Lehrerin, die die neue Schülerin nach dem Namen gefragt und die das gemurmelte Etwas, das bei ihr angekommen sei, wiederholt, das Ganze mit einem Fragezeichen versehen habe: Stine?

Und ihr, der Neuen in dieser Klasse, in diesem Land, hätten die Worte gefehlt, um das Missverstandene klarzustellen. Stine also, dann war das nun eben so.

Sagt sie.

Stumm habe sie im Unterricht gesessen, habe versucht zu verstehen, wovon die Rede war, habe abends verbissen die neue Sprache gelernt und sei auch weiterhin stumm geblieben, als sie diese längst beherrschte.

Stumm sein war nichts Neues für sie, einen Grund dafür zu haben schon. Früher, in dem Land ihrer Kindheit, das sie später zwischenzeitlich versehentlich, weil aus der Ferne betrachtend, Heimat nannte, hatte sie bereits schweigend in der Schule gesessen. Aber Sprache mochte sie, sie war gut darin, sich die Wörter zu merken und auch die Wendungen, die jeweils so Unterschiedliches mit ihnen taten, sie benutzten für Ausflüge in fremde Gefilde. Man musste die Wendungen verstehen lernen, die Umwege. Wenn ihr genügend Zeit gegeben wurde, gelang es ihr, fehlerfreie, gewundene Texte aufs Papier zu bringen, über ihre Lippen kam weder die neue noch die alte Sprache besonders flüssig. Sie saß da, hörte auf die Sprache. Früher auf die vertraute, bis sie ihr fremd vorkam, danach umgekehrt.

Da war diese große Einsamkeit, die sie mit sich rumtrug. Als Kind trug sie, wenn sie sich recht erinnert, leicht daran (Was hatte sie denn damals schon gewusst, welches Gewicht normal wäre?), später trug sie schwerer, bis sie es nicht mehr aushielt, bis sie Gründe für diese Schwere finden musste, bis sie fand, vielleicht liege es daran, dass sie so weit weg war von dem, was sie fortan ihr Zuhause nannte.

Aber da war sie schon längst nicht mehr in der Schule.

Und dann, zwei Jahre nach dem Versuch, erneut in dieser sogenannten, sich so eingeredeten Heimat zu leben, war man dann also bereits wieder auf der Flucht. War im Urlaub, ging der Reisegruppe in der Ferienkolonie weitestmöglich aus dem Weg, suchte nach der richtigen Urlaubsbekanntschaft, die einen mitnehmen würde über die Grenze. Ein anderer Ort als der, an dem sie als Kinder gebadet hatten, aber er erfüllte die gleichen Zwecke. Und bedeutete gleichwohl Ferien.

Und sie habe sich nicht dagegen wehren können, sagt sie, sie habe die Tage genossen. Bis sie den einen gefunden habe: »Nur über die Grenze, keine Sorge, ich weiß wohin.«

Und da saß sie dann auf diesem Beifahrersitz, die dünnen Schenkel klebten am Kunstleder, sie hielt sich am Griff über der Tür, bis der Fahrer sagte, sie solle sich bitte entspannen, er bekomme ja selbst einen steifen Hals.

Eine junge Frau zu sein, das war endlich ein Vorteil. Eine junge Frau, die zwar mit Ende zwanzig noch immer nicht herausgefunden hatte, was die Lösung für ihr Problem sein könnte, weil sie nun, nach diesem Umweg, nicht mehr wusste, was ihr Problem sonst sein könnte. Eine, die nur mäandernd durchs Leben kam, es nicht mochte, dieses

Leben, sich nicht mochte, ihren Endezwanzigerkörper noch immer verzerrt fand und ungemütlich, kein rechtes Zuhause. Aber eben: eine junge Frau, und eine junge Frau wird auch einmal mitgenommen über eine Grenze, und die Fragen sind nicht ganz so zahlreich. Und der Rock war durchaus die richtige Wahl gewesen, auch wenn er zu kurz war für lange Fahrten auf einem klebenden Beifahrersitz. Sie, Stine, ließ den Griff über der Tür los, klemmte die Hände zwischen die Knie, der Fahrer lächelte, es sollte aufmunternd wirken, bestimmt hätte er gerne geplaudert, entspannt wirkte er, er wusste nicht, dass sie ihren dänischen Pass hatte abgeben müssen bei dem, was einmal Rückkehr hieß.

Sie dachte an die Grenze und dass sie kein zweites Mal zurückkommen würde, weil man kein drittes Mal fliehen kann.

Sagt sie.

Und plötzlich sei da diese Hoffnung gewesen, deutlich und klar sei sie vom Rücken aus über Nacken und Schultern gekrochen und übers Gesicht, das zu prickeln begonnen habe. Sie habe sich ausgebreitet, habe alles leicht gemacht: diese Hoffnung, dass es nicht klappen würde. Dass sie erwischt würde. Dass es aus sei. Ein für alle Mal und endlich.

Bei der ersten Fahrt hatte sie neben ihren Brüdern auf der Rückbank gesessen, hatte auch nach stundenlangen Versuchen noch immer keinen Platz für ihre Beine gefunden, hatte die Knie in den Rücken des Beifahrersitzes gebohrt, bis sich ihre Mutter nach hinten gedreht hatte: Lass das.

Sie ließ es.

Dem kleinsten Bruder wurde eine Lungenkrankheit angedichtet, Mutter Heimat kümmerte die Gesundheit ihrer jüngsten Bürger, zum Kuraufenthalt durften auch die größeren mit, man fuhr los, spielte nicht nur Urlaub, spielte vor allem Familie. Papiere und was sich an Fremdwährungen auftreiben ließ, waren in der Verschalung des Autos versteckt, ein winziges Auto, in dem man hinten kaum die Beine strecken konnte, vor allem nicht, wenn sie bereits so lang waren wie ihre. Steckenbeine. Auch damals klebten sie am Sitz fest. Zwei Tage unterwegs gegen Süden, der Vater fluchte, rauchte die Luft des Kleinwagens voll, der jüngste Bruder glaubte die Sache mit den Bronchien bald selbst, an der ungarischen Grenze wurde man nicht allzu lange aufgehalten, all der Krempel auf dem Dach und im Kofferraum, Kaffeekanne, Geschirr, Wechselkleidung, war eindeutig zuzuordnen: Campingurlaub. Und den machten sie dann auch, zwei Kinder und ein Gerade-nicht-mehr-Kind. (Lediglich die Mutter wusste Bescheid: Ja, Justýnka, meine Justýnkaja, jetzt geht der Ernst des Lebens los! Das Lachen dazu allzu hämisch.) Sie badeten im Meer, der Vater rannte schwitzend durch den Ort, benutzte Münztelefone, trank abends am Hafen große Biere und ließ sich auf kleine Klare einladen, um das Nötigste in Erfahrung zu bringen.

Ihren noch nicht ganz fünfzehnjährigen, zu langen, zu dünnen, zu grotesk verzerrten Körper versteckte sie, Justýna, so großflächig und so lange es ging unter ihrem Badetuch. Ihre Brüder machten sich einen Spaß daraus, es ihr wegzuzerren, sie schubste sie weg, einmal den Kleineren fast an der gefährlichen Stelle vom Felsen, den sie in diesen Tagen den ihren nannten. Vielleicht wäre es dem Bruder recht geschehen, diesem verhätschelten Lieblingskind der

Eltern, aber vielleicht tat sie ihm auch unrecht. Was konnte er dafür, dass sie bloß ihn behalten hatten, als man zwei Kinder zur Entlastung zu den Großeltern gegeben hatte, und was dafür, dass sie und ihr Bruder da lange hatten bleiben müssen und dass die Großeltern düstere Alte waren, die es nicht darauf angelegt hatten, die fehlende Liebe der Eltern zu kompensieren?

Der Kleinste fiel nicht, das Badetuch blieb um den Körper gewickelt, bis sie, die Schwester, sah, dass niemand schaute, dann ließ sie es fallen und sprang so schnell, als wäre sie nackt und nicht im Einteiler, vom Felsen, nicht an der gefährlichen Stelle, sondern da, wo das Wasser tief war, sie prustete, schrie, die Geschwister schwammen auf sie zu, sie lachten, selten hatte man Stine in spe so gesehen, kaum je hatten sie drei sich so ausgelassen gefühlt und noch seltener als Einheit.

Bei der zweiten Flucht wäre sie gerne wieder in dasselbe Städtchen gefahren, sagt sie. Es sei eine schöne Zeit gewesen damals, eine unbeschwerte, diese fünf Tage zwischen Nochdasein und Schonweg.

Aber obwohl der Ort ein anderer war, so war es auch beim zweiten Mal Sommer, und sie war inzwischen eine junge Frau. Und wenn man eine junge Frau ist, dann wird man gerne verwechselt mit einer gut aussehenden Frau, lange Beine werden dann für schöne Beine gehalten, das passiert. Und auch sie mochte ihre Beine für die kurzen Momente, in denen der Fahrer einen Blick darauf warf, mochte den Blick, weil er versteckt war. Schüchtern beinahe. Sie hatte Glück gehabt, sie hätte auch einen anderen Gefährten erwischen können bei dieser Reise. Dieser hier schien nett zu sein, fuhr ein durchschnittliches Auto, trug ein langweiliges Hemd, er würde sie sicher nach Österreich bringen, vielleicht sogar nach Deutschland, dann wollte sie den Zug nehmen.

»Als ich dich sah, musste ich sofort an diesen Fahrer denken«, sagt Stine. »Ich dachte, vielleicht bist du das.«

»Ich war noch nie in Jugoslawien«, sagt Hans, »und Autostopper nehme ich selten mit.«

»Was nimmst du nicht mit?«

»Tramper.«

»Ihr klingt gleich, weißt du. Ihr habt beide diesen gleichen Akzent.«

»Hattest du nicht gesagt, dass er Österreicher war?«

»Oder aus Bayern, so genau weiß ich das nicht mehr.«

»Und du denkst, ich hätte einen bayrischen Akzent?«

»Lach nicht. Lach jetzt nicht!«

»Tut mir leid.«

Hans stützt sich auf die Brüstung des Balkons, grinst in die Nachmittagssonne, wartet, ob sie weiterredet. Dann sagt er: »Man hat dich nicht verwechselt, du bist schön.«

Zweimal ist sie aus diesem Land geflohen. Und was sie bei der Flucht am meisten irritierte: wie leicht es war.

Sagt sie.

Man musste offenbar bloß bereit sein, alles zu riskieren, alles zurückzulassen, niemandem von irgendetwas zu erzählen, am besten, man hatte keine Freunde. Dann war es leicht.

Dann fuhr man ans Meer, dann lernte man da jemanden kennen, dann ließ man sich von demjenigen über die Grenze mitnehmen.

Und dann saß man irgendwann in diesem Auto, die Oberschenkel klebten am Sitz, der Fahrer (der Österreicher, so würde sie ihn nennen) fragte, ob es ihr etwas ausmache, wenn er das Radio einschalte, und er schaltete es ein, und das Leben war leicht.

Und genau das sei es, sagte sie, was sie am Leben so verrückt mache: dass es nicht kompliziert sei. Man müsse bloß immer weitermachen. Immer. Müsse bloß einen Grund finden, am Morgen aufzustehen. Und einen dafür, einen Tag lang wach zu bleiben. Und dann müsse man das täglich wiederholen, bis man irgendwann am anderen Ende des Lebens angekommen ist.

Alle anderen schienen das perfekt zu beherrschen, hatten Interessen, fanden etwas, das sie erfüllte. Ihr fiel das Leben schwer, weil es leicht war. Sie wusste nicht, was sie interessierte.

»Wolltest du nicht vom Österreicher erzählen?«

»Ach der.«

Vom Sommer habe sie erzählen wollen. Vom Baden. Davon, wie schön diese Zwischenzustände gewesen seien. Dass sie daran denken müsse, wenn sie hier so am Meer seien. Weil sie das an die Leichtigkeit erinnere, an das Dazwischensein. Und daran, wie sie damals an der Mole entlanggestreunert sei, sich gefragt habe, wie man das wohl mache: wen ansprechen.

Die Hoffnung, dass es nicht klappen würde, dass man sie beim Grenzübertritt verhaften, dass man sie zurückschleppen, dass man sagen würde: Was haben Sie sich dabei gedacht?; dass es heißen würde: Es ist vorbei!; diese Hoffnung war nicht neu. Wenn sie ehrlich war, begleitete die sie nicht erst seit der zweiten Flucht. Nicht erst, seit sie in diesem Auto saß, neben diesem Fahrer, der nett war, der sagte: »Gut, ich kenne da eine Route, die könnte was sein«, Schnaps müsse er dort so gut wie nie verzollen; der danach netterweise schwieg, bis sie die Grenze hinter sich gelassen hatten, bis er sagte: »Siehst du, es war ganz leicht.«

Und Stine, die nun für immer Stine bleiben würde, weil sie nun wieder zurück war vom Zurückgehen, begann zu weinen, erst still, dann stoßweise, dann bis die Nase lief.

Der Österreicher zuppelte an einer Packung Taschentüchern herum, die im Seitenfach gelegen hatte, reichte ihr eins der Tücher. Er sagte nichts, es war ja klar, dass es Tränen der Erleichterung waren.

Stine starrte auf dieses Papierding, es starrte zurück mit dieser blütenweißen Aufdringlichkeit: Du hast es geschafft, das Leben geht weiter! Unerträglich roch es nach Kamille: Keine Katastrophe, bloß ein Umweg! Stine riss eine Ecke ab und dann die nächste und dann noch einen Fetzen und noch einen, und der Österreicher schwieg, ließ sie den Autoboden beschneien.

Diesen Wunsch, dass alles schiefginge, ein für alle Mal vor die Wand krachte, den hatte sie immer wieder verspürt. Sie war eine Pokerspielerin, deren Lieblingsspielzug das All In war, sie schob ihre Chips mit entschiedener Geste und beidhändig in die Mitte, wer so spielt, hat entweder gute

Karten oder nichts zu verlieren, ihre Karten waren schlecht, sie hatte alles zu verlieren, aber sie wusste, dass es ihr nichts ausmachen würde. Nur dass das Spiel deswegen nie ganz vorbei war. Nie kollabierte alles. Immer ging irgendwo eine Tür auf, und was sollte man auch anderes tun, als da hindurchzugehen? Es ging immer weiter. Immer. Es war nicht auszuhalten.

Auch ihre Rückkehr nach Prag war so ein All In gewesen, sie hatte alles aufgegeben für diesen einen und allerletzten Versuch.

Der Versuch war gescheitert. Und nun war sie da, saß in diesem Auto, Papierfetzen um ihre Füße, darunter eine Gummimatte. Man würde die Gummimatte später draußen ausschütteln können, ein paar Taschentuchreste waren kein Problem.

Stine hasste diese Gummimatte. Sie stampfte darauf herum. Bis der Fahrer sagte: »Jetzt ist aber mal gut!«

Zweimal ist sie aus diesem Land geflohen. Einmal unfreiwillig und einmal, weil Zurückkehren nicht geholfen hatte.

»Es ist ein Land, das man nur fluchtartig verlassen kann«, sagt sie. »Ich konnte es bloß fluchtartig verlassen.«

Hans sagt: »Ja.« Er sagt: »Das hast du bereits erwähnt.«

»Wiederhole ich mich?«, fragt sie.

Er sagt nichts.

Sie sagt: »Sag was, sag Nein!«

Er grinst.

Sie sagt: »Ich sehe das doch genau, dieses Grinsen!«

Er zieht sie zu sich, sie windet sich aus seinen Armen,

muss ihn ausschimpfen, er muss wieder grinsen, bleibt bei der Balkonbrüstung, bleibt angelehnt.

»Warum warst du eigentlich nicht gleich in Jugoslawien bei der dänischen Botschaft?«

»Lass jetzt mal die alten Geschichten, wir wollten doch runter zum Meer«, sagt Stine.

Sie packen ihre Handtücher ein, ziehen Schuhe an, Hans steht schon in der Tür, Stine kann die Sache noch nicht bewenden lassen: »Sag, dass ich dich nicht langweile!«

Er: »Dass ich dich nicht langweile.«

Sie: »Schrecklich bist du!«

Schon wieder ist seine Antwort einzig ein Lachen, er mag sie, so viel ist klar.

Sie gehen los. Sie schweigen. Sein Arm um ihre Taille. Die Hand an ihrer Hüfte. Eher tiefer.

DORIS DÖRRIE

Bin ich schön?

Mein Vater hat meiner Mutter verboten zu fragen. Aber jedes Mal, wenn eine Frau im Bikini an uns vorbeigeht, sehe ich, wie die Wörter sich in den Mund meiner Mutter drängen, mit aller Macht herauswollen, und wie sie versucht, sie herunterzuschlucken, die Zähne zusammenbeißt und die Lippen aufeinanderpresst.

Ich brauche dann nur noch bis zehn zu zählen, und schon höre ich meine Mutter sagen: Sagt mir die Wahrheit: Ist mein Hintern so fett wie bei der da? Sind meine Beine auch so voller Dellen? Sehe ich aus wie die da? Bin ich hübscher? Oder hässlicher? Genauso? Ich will es nur wissen. Sagt es mir. Ich bin nicht beleidigt. Bestimmt nicht. Ich will nur wissen, woran ich bin.

Lucy, stöhnt mein Vater, bitte.

Meine Mutter schweigt einen Moment. Angelina, ruft sie dann, komm her, deine Schultern sind schon ganz rot!

Mit schnellen, harten Bewegungen reibt sie Sonnenmilch in meine Haut, bis ich ihr davonlaufe, runter zum Wasser, dicht vorbei an all den Mädchen in geblümten Bikinis, die mit geschlossenen Augen auf flauschigen Handtüchern liegen, in der einen Hand einen Pappbecher mit Strohhalm, in der anderen ihren Walkman. Ein Mädchen richtet sich auf und sieht mir zu, wie ich mit dem Zeh große Kreise in den Sand male, ein Stück schneeweißer Busen quillt unter ihrem Oberteil hervor. Sie trägt eine goldene Bitex-Brille, die sich an ihre Wangenknochen anschmiegt und sie aussehen lässt wie ein gefährliches Insekt. Ich möchte auch eine Bitex-Brille.

Ich bin alt, sagt meine Mutter. Mein Vater seufzt. Versprecht mir, dass ihr mir sagt, wenn ich anfange, im Bikini unmöglich auszusehen.

Der Körper meiner Mutter ist seltsam. Sie hat schlanke Arme und Beine, aber einen dicken Bauch, der wie ein Polster auf ihr draufsitzt und nie richtig braun wird, weiße Streifen durchziehen ihn wie Flüsse. Er ist hässlich, aber manchmal würde ich ihn gern berühren, er wirkt so weich und empfindlich.

Ich hasse meinen Bauch, sagt meine Mutter. Ich kann machen, was ich will, er geht nicht weg, das hat man nun vom Kinderkriegen.

Wenn sie ihn so hasst, warum zeigt sie ihn allen Leuten? Ich frage mich, wie sie es fertigbringt, so herumzulaufen. Warum trägt sie nicht einen Badeanzug oder ein Strandkleid? Warum will sie ihren Bauch unbedingt in die Sonne halten? Jeden Tag gehen wir an den Strand, und jeden Tag sehe ich ihren Bauch.

Ah, sagt meine Mutter, schön ist es hier. Ich möchte nie mehr zurück.

Das ist das Stichwort. Ich sehe meinen Vater an, er kneift die Augen zusammen. Mein Bruder Philip stöhnt. Ben ist noch zu klein, er erinnert sich wahrscheinlich nicht. Letztes Jahr wollte sie nicht mehr aus Italien zurück, vorletztes nicht mehr aus Portugal, jetzt also nie mehr aus Florida.

Am Nachmittag sehe ich sie bereits die Immobilienanzeigen der Zeitungen durchblättern. Nur so, sagt sie, nur aus Interesse.

So fängt es immer an. Seit sie vor vier Jahren das Geld meiner Großmutter geerbt hat, hat sie die Macht, unser aller Leben zu verändern.

Bodo, sagt sie und hält meinem Vater die Annoncen unter die Nase, schau dir das an, für das Geld bekommt man zu Hause noch nicht einmal eine Garage!

Mein Vater nickt und schweigt, wie er immer schweigt, wenn es uns allen an den Kragen geht.

Stellt euch doch mal vor, wie das wäre, unter Palmen zu leben!, ruft meine Mutter begeistert. Jeden Morgen aufzuwachen, und die Sonne scheint! Niemals mehr Strumpfhosen tragen zu müssen, Angelina, denk doch mal!

Ich wende mich ab.

Zieh dir ein T-Shirt an, sagt meine Mutter, dein Rücken ist schon ganz rot. Sie hält mir lächelnd mein T-Shirt entgegen, ich ziehe es über den Kopf.

Ich kann nichts sehen, als sie flüstert: Angelina, ganz woanders leben, wäre das nicht toll?

Getrocknetes Salz scheuert bei jeder Bewegung am Rücken unter dem Hemd, ich hasse das Gefühl.

Mädchen und Jungen auf rosa Vespas summen auf der Straße am Strand vorbei wie ein Schwarm Bienen. Die Mädchen lachen und haben die Münder weit aufgerissen, sie tragen silberne und goldene Bitex-Brillen, die Jungen grinsen und werfen sich heimlich Blicke zu. Sie tragen zerrissene Jeans, keine Hemden, ihre glatten braungebrannten Rücken schimmern wie Maikäferflügel in der Sonne.

Ben wirft mit Sand, Philip gräbt ein fünf Meter tiefes Loch, mein Vater starrt schweigend aufs Wasser, meine Mutter lässt die Zeitung sinken.

Sie sieht plötzlich aus, als würde sie gleich in Tränen ausbrechen, aber vielleicht habe ich mich auch geirrt, denn sie schnauft nur kurz, hebt das Kinn und klatscht in die Hände: Ist vielleicht irgendjemand hungrig?

Im Motel stehe ich in meinem hellblauen Bikini vorm Spiegel, das Oberteil liegt flach auf meinen taubeneigroßen Brüsten, eine gerade Linie geht von meinen Achseln bis zu meinen Füßen. Ich bin dünn, meine Rippen stehen hervor, die klassische Bügelbrettfigur, aber mir gefällt sie. Ich möchte nicht anders sein. Meine Haut ist weich und hellbraun wie Vollmilchschokolade. Ich streiche über meinen flachen, harten Bauch. Wenn ich mich vorbeuge, werden die dünnen Hautfältchen schwarz. Meine Beine sind lang und gerade. Ich sehe gut aus. Ich lächle mich im Spiegel an, meine Zähne leuchten weiß in meinem braungebrannten Gesicht, meine Augen wirken blauer als sonst. Hätte ich eine Bitex-Brille, wäre ich richtig schön.

Angelina, ruft meine Mutter, hilf mir gefälligst!

In den Ferien kocht sie immer dasselbe, Spaghetti und Salat, ganz gleich, in welchem Land wir uns befinden. Sie glaubt, wir Kinder sind verrückt nach Spaghetti, dabei sind wir nur wie ausgehungert nach einem Tag am Strand, wir würden alles essen. Ben darf sich nackt an den Tisch setzen und sich die Tomatensoße auf die Brust kleckern.

Ist das nicht toll?, fragt meine Mutter ihn schon zum dritten Mal. Sie ist ganz begeistert und lacht albern, wenn er mit der Soße um sich spritzt. Philip liest unter dem Tisch ein Comic-Heft, mein Vater fordert ihn zweimal auf, es wegzulegen, aber seine Stimme klingt müde, und Philip sieht noch nicht einmal auf.

Meine Eltern sehen sich über den Tisch hinweg an.

Ich bin glücklich, sagt meine Mutter.

Gut, sagt mein Vater.

Du sollst dich nicht dauernd mit anderen vergleichen, ermahnt mich meine Mutter. Wenn alle Bitex-Brillen haben, heißt das noch lange nicht, dass du unbedingt auch eine brauchst. Frag dich, welche Wünsche wirklich aus deinem Herzen kommen und welche dir von der Werbung eingeredet werden. Haben, haben, haben – das macht nicht glücklich.

Tief aus meinem Innern kommt der Wunsch nach einer Bitex-Brille. Mit ihr, das weiß ich, wäre ich ein anderer Mensch.

Meine Mutter und ich fahren zum Supermarkt, die ruhigen kleinen Straßen entlang, an denen die Holzhäuser mit ihren Verandas stehen, umsäumt von riesigen Hibiskusbüschen mit Blüten so groß wie Untertassen.

Ab und zu wird meine Mutter so langsam, dass die Autos hinter uns wütend hupen. Angestrengt sieht sie aus dem Seitenfenster, beugt sich weit hinaus, hält die Hand über die Augen. Beim dritten Mal kapiere ich. Immer wenn sie langsamer wird, hat sie an einem Haus ein Schild entdeckt, größer und bunter als in Italien und Portugal, aber es steht dasselbe drauf: *zu verkaufen*.

Warum willst du immer unbedingt woanders leben?, frage ich sie.

Sie sieht mich erstaunt an, als hätte ich ihr innerstes Geheimnis erraten. Sie hält mich für ziemlich beschränkt.

Will ich ja gar nicht, sagt sie, ich will es mir nur vorstellen dürfen, ist das denn so schlimm? Man wird sich wohl doch noch etwas vorstellen dürfen, verdammt noch mal.

Sie tritt unvermittelt aufs Gas, dass der Wagen davonschießt und ich in den Sitz gedrückt werde, als würde ich in den Weltraum geschossen.

Ich stelle mir vor, dass ich eine schmale, große Frau von fünfundzwanzig bin, in einem langen schwarzen Kleid aus Chiffon, es weht bei jedem Schritt um meine Knöchel. Ich habe ein Champagnerglas in der Hand und lächle. Meine Ohrringe klingeln leicht bei jeder Bewegung, mein Lippenstift leuchtet feuerrot, ich brauche niemanden.

Als wir auf den Highway einbiegen, sehe ich den Mann mit dem Kreuz. Ich habe ihn schon einmal gesehen, kurz nach Miami, als Ben das Auto vollgekotzt hat, weil ihm zu heiß war. Der Mann ist groß und dick, seine Haare wirken schlecht gefärbt, gelb wie eine Ananas. Er trägt ein riesiges hölzernes Kreuz auf den Schultern, etwa fünf Meter lang, Rucksack und Schlafsack sind auf dem Kreuz festgeschnallt. Er geht auf dem Grünstreifen in der Mitte der Fahrbahnen, der Verkehr donnert an ihm vorbei.

Dieser Wahnsinnige, sagt meine Mutter und schüttelt den Kopf.

Mir gefällt er. Er tut immerhin etwas Außergewöhnliches, obwohl ich keine Ahnung habe, warum er das Kreuz durch die Gegend schleppt, und was tun wir?

Im Supermarkt liegen ganze Stapel von Bitex-Brillen in allen Farben. Ich setze eine auf, sie sind so leicht, dass man sie kaum spürt, die Gläser sind meergrün, und der Supermarkt versinkt unter Wasser. Meine Mutter sieht mich grün an und schüttelt den Kopf.

O bitte, flehe ich sie an, aber sie sieht mich kaum an, abwesend murmelt sie etwas vor sich hin, dass sie auf keinen Fall den Joghurt für Bodo vergessen darf und dass ich sie daran erinnern soll, schon schiebt sie ihren Wagen weiter.

Ich bleibe zurück und sehe ihr nach, als würde ich Abschied nehmen, ich könnte in diesem Augenblick verlorengehen, mich von da an allein durchschlagen. Allein in Amerika.

In zehn Jahren würde ich anrufen, das spinatgrüne Telefon im Flur würde klingeln, meine Mutter würde wütend aus der Küche rufen: Warum geht denn niemand dran? Mit nassen Händen käme sie den Flur entlanggelaufen, gerade als sie nach dem Hörer greift, hört das Klingeln auf.

Sie schubst mich mit dem Einkaufswagen absichtlich in den Po, Angelina, meckert sie, steh nicht da wie ein Ölgötze, hilf mir gefälligst.

Neben dem Supermarkt entdeckt sie einen Schuhladen. Verträumt betrachtet sie ein Paar dunkelblaue hochhackige Sandalen.

Nur mal reinschauen, sagt sie.

Sie trippelt in den Schuhen vor dem Spiegel auf und ab und streckt die Brust raus. Ich sehe, wie sich ihr Bauch unter dem dünnen Kleid wölbt. Sie reißt eine Schachtel auf und drückt mir ein Paar rote Sandalen in die Hand. Probier doch mal, sagt sie, sind die nicht süß?

Ich schüttle den Kopf.

Jetzt will ich dir schon was schenken, sagt sie, und du

ziehst nur ein Gesicht. Wütend packt sie die Sandalen wieder in die Schachtel, läuft barfuß im Laden herum und probiert ein Paar knallgelbe Stöckelschuhe an. Ihre Beine sind wirklich hübsch, sie sind wie meine. Sie sind jünger als ihr Gesicht. Sie lacht und betrachtet sich in den Schuhen, sie tänzelt auf und ab, und im Spiegel sehe ich die Frau, die ich sonst nur von alten Fotos kenne. Da ist sie jung, ihre Haut straff wie bei den Mädchen am Strand, sie trägt ein enges geblümtes Kleid und hält ein dickes Baby im Arm, mich. Als du klein warst, sagt sie manchmal zu mir, hast du mich umarmt und geküsst und mir gesagt, wie sehr du mich liebhast.

Ich kann mich an die beiden Menschen, von denen sie redet, nicht erinnern. Es ist mir unangenehm und auch ein bisschen peinlich, wenn sie das sagt, ich fühle mich dann wie jemand, der auf den Kopf gefallen ist und alles vergessen hat.

Wie findest du diese Schuhe?, fragt sie mich und dreht sich zu mir um.

Geil, sage ich, weil ich sehe, wie sehr sie ihr gefallen.

Wirklich?, sagt sie und grinst. Ich nicke.

Sie kommt auf mich zu, flüstert: Sehe ich nicht bescheuert aus mit solchen Schuhen? Alte Kuh macht auf jung? Sie lächelt unsicher. Ich möchte sie umarmen und küssen und ihr sagen, wie sehr ich sie liebe. Ich zucke die Achseln und sehe weg. Es entsteht eine Pause.

Na ja, sagt sie, was soll's. Sie zieht die Schuhe aus und stellt sie ordentlich weg, schlüpft in ihre alten Sandalen und geht aus dem Geschäft, ohne sich nach mir umzusehen.

Am nächsten Tag hat sie einen Termin zur Hausbesichtigung. Nur so, sagt sie, aus Interesse. Es verpflichtet uns doch zu nichts.

Mein Vater schweigt.

O Gott, ruft sie und stampft mit dem Fuß auf, ich möchte einfach nur mal so ein Haus von innen sehen, weiter nichts!

Wo sollen wir denn dann zur Schule gehen?, fragt Philip.

Sie starrt ihn an. Ihr bringt mich um, schreit sie, ihr bringt mich einfach um!

Sie verschwindet in der Küche und wäscht scheppernd das Geschirr ab.

Was hat sie denn?, fragt Philip. Ich zucke die Achseln. Mein Vater macht den Fernseher an.

Eine dicke schwarze Frau in einem senfgelben Kostüm hält Jugendlichen ein Mikrophon unter die Nase.

Was reden sie?, frage ich meinen Vater.

Sie fragt sie, ob sie lieber attraktiv oder intelligent wären, wenn sie es sich aussuchen könnten, übersetzt er. Was würdet ihr wählen?

Attraktiv, sagen Philip und ich wie aus einem Mund.

Mein Vater seufzt und macht den Fernseher wieder aus. Lucy, ruft er, wenn du es dir aussuchen könntest, wärst du lieber attraktiv oder intelligent?

Sie kommt aus der Küche, ein Sieb auf dem Kopf, zwei Spaghetti über den Ohren, den Zeigefinger im Mund. Ich glaube, ich wäre gern intelligent, sagt sie, attraktiv bin ich schon.

Der Makler ist jung und cool. Er hat tiefschwarze, längere Haare und trägt eine blaumetallene Bitex-Brille mit silbernen Gläsern. Seine Nike stehen offen, damit macht er großen Eindruck auf Philip, nur wirklich megacoole Leute tragen seiner Meinung nach die Turnschuhe offen.

Sind Sie Frau Winter?, fragt der Makler meine Mutter.

Sie trägt ihr bestes Kleid und Lippenstift. Ihr Kragen ist verkrempelt, man sieht das Etikett. Ja, flötet sie auf Englisch, und das ist meine Familie.

Ich kann es nicht ausstehen, wenn sie englisch spricht.

Er drückt uns allen fest die Hand. Meine ist verschwitzt, seine auffallend kühl in der Hitze. Sein Name ist Douglas. Meine Mutter stellt uns alle vor, selbst Ben, den mein Vater auf den Schultern trägt. Angelina, wiederholt Douglas meinen Namen langsam, als lutsche er einen Bonbon.

Er schließt das Haus auf und geht voran. Es ist dunkel und riecht nach Katzenpisse und nassem Hund. Antiquitäten stehen überall herum, an den Wänden hängen Bilder von toten Hasen und düsteren Wäldern. Das Bett im Schlafzimmer ist mit grüner Seide bezogen, im Badezimmer stecken Fotos von zwei Männern mit Schnauzbärten am Spiegel, sie haben Hunde und Katzen im Arm. An einem Stück Stacheldraht hängen dutzendweise glitzernde Ohrringe. Meine Mutter geht sofort wieder hinaus, mein Vater sieht sich das Badezimmer gar nicht erst an.

Einen Moment lang bin ich allein, ich überlege, ob ich ein wie Weintrauben geformtes Paar Ohrringe einstecken soll, aber ich könnte sie nie tragen, meine Mutter würde mich verhören wie die Polizei, wo ich die herhabe.

Douglas führt uns in den Garten. Auf einer alten, zerfetzten Couch sitzen drei Hunde, zwei große und ein winzig kleiner, und sehen fern. Sie wenden kaum die Köpfe nach uns, der kleine kläfft kurz. Es läuft eine Reklame für

Tampons. Neben dem Swimmingpool liegt überall Hundescheiße.

Douglas entschuldigt sich lahm. Meine Mutter sieht keinen von uns an. Lächelnd betrachtet sie alles und nickt.

Tja, sagt sie schließlich, ich glaube, wir haben es gesehen, nicht? Sie wendet sich an meinen Vater. Er nickt stumm.

Im Flur vor der Haustür steht ein Paravent. Philip sieht hinter den Paravent und kommt nicht wieder hervor, bis ich dahinterschaue und ihn grinsend in einer schwarzen Lederschaukel sitzen sehe. Über ihm hängen an Eisenketten zwei Lederschlaufen. Jetzt schauen alle hinter den Paravent.

Hm, sagt Douglas.

Jedem Tierchen sein Pläsierchen, sagt mein Vater auf Deutsch.

Philip, komm sofort da raus, sagt meine Mutter.

Wir stehen stumm vor dem Haus. Philip tritt gegen die Reifen unseres Mietwagens. Mein Vater zeigt Ben eine Biene, die an einer Hibiskusblume saugt.

Man könnte etwas aus dem Haus machen, sagt Douglas.

Bestimmt, sagt meine Mutter, es ist nicht so ganz das, was wir uns vorgestellt haben. Mein Vater sieht sie von der Seite an.

Erzählen Sie mir von Ihren Vorstellungen, sagt Douglas und spielt mit seiner Bitex-Brille. Ben greift nach ihr.

Nicht, sagt meine Mutter.

Oh, sagt Douglas, lassen Sie ihn ruhig, diese Brillen sind unzerbrechlich. Er grinst. Wir können doch offen sein: Dieses Haus ist schrecklich. Meine Firma besteht darauf, dass ich es immer als Erstes zeige, als Schock, sozusagen, danach wirken alle anderen Häuser hübsch und sauber.

Meine Mutter kichert. Ach so, sagt sie.

Ich würde Ben gern die Bitex-Brille aus den Fingern reißen, sie aufsetzen, davonrennen.

Das nächste Haus, sagt Douglas, hat besonders ruhige Nachbarn. Es liegt am Friedhof.

Meine Mutter strahlt ihn an. Mein Vater entwendet Ben die Brille und gibt sie Douglas zurück. Ben schreit.

Könnte ich bei Ihnen im Auto mitfahren?, fragt Douglas.

Aber natürlich!, ruft meine Mutter. Mein Vater zieht die Augenbrauen hoch. Douglas sitzt neben mir, ich rieche sein zitroniges Aftershave.

Er trommelt mit den Fingern auf die Armlehne. Angelina, sagt er, was für ein hübscher Name.

Ich antworte nicht, ich spreche nicht gern Englisch. Die Wörter passen nicht in meinen Mund, und ich hasse es, Fehler zu machen. Sein Schenkel drückt leicht gegen meinen. Mit Absicht oder notgedrungen, weil es so eng ist auf dem Rücksitz? Ich atme tief ein und ziehe mein Bein einen Millimeter zurück. Eine Weile geschieht nichts, dann beugt Douglas sich vor, und sein Knie presst hart gegen meins.

Suchen Sie ein reines Ferienhaus, oder beabsichtigen Sie, sich länger in Florida aufzuhalten?, fragt er meine Eltern.

Meine Mutter macht den Mund auf. Eigentlich wollen wir ganz hierherziehen, sagt sie, Europa wird zu einem unheimlichen Ort. Krieg und Depression überall, wissen Sie?

Es wird still im Auto. Mein Vater sieht meine Mutter von der Seite an.

Sie reckt sich und lächelt in den Rückspiegel.

Verstehe, sagt Douglas und lässt sich in den Sitz zurückfallen, sein Oberarm drückt gegen meinen.

Sorry, sagt er, zieht seinen Oberarm wieder weg und setzt seine Bitex-Brille auf.

Wir sehen noch sieben Häuser. In dem einen hängen Babykleider unter Glas an der Wand, in einem anderen steht ein großer leerer Käfig in einem makellos sauberen Schlafzimmer. Um den Käfig herum sieht man die Staubsaugerspuren auf dem Teppich.

Was meinst du, Bodo?, fragt meine Mutter in jedem Haus. Mein Vater zuckt die Achseln und lächelt geduldig.

Ich habe Durst, mault Philip.

Morgen sehen wir uns nur fünf Häuser an, sagt Douglas zu ihm.

Philip stöhnt, ich halte den Atem an. Morgen?, sagt mein Vater.

Meine Mutter sieht uns lächelnd an. Bis morgen, sagt sie zu Douglas.

Er deutet eine kleine Verbeugung an. Ciao, Angelina, sagt er zu mir.

Stellt euch doch nur mal vor, sagt meine Mutter, nach der Schule könntet ihr an den Strand gehen, am Wochenende würden wir ein Boot mieten und auf dem Meer Picknick machen. Wir würden immer alle ganz braun und gesund aussehen, und nie wieder hätten wir Erkältungen. Wir würden uns selbst besser leiden können.

Wir müssen Douglas sagen, dass wir es nicht ernst meinen, sagt mein Vater.

Morgen, sagt meine Mutter, morgen sagen wir es ihm.

Im ersten Haus, das wir uns am nächsten Tag ansehen, sitzt eine alte Frau mit verschmiertem Lippenstift im Nachthemd vorm Fernseher. Ich setze mich neben sie, mein Vater gibt mir Ben auf den Schoß. Ben streckt die Hand nach der alten Frau aus, und zitternd reicht sie ihm ihre. Hunde laufen über die Mattscheibe. Wuff, sagt die alte Frau zu Ben, und Ben sieht sie nachsichtig an.

Ihre Kinder wollen das Haus verkaufen, sagt Douglas leise zu meiner Mutter, sie haben es eilig, der Preis ist günstig.

Aber meiner Mutter gefällt die Raumaufteilung nicht, und außerdem hat das Haus keine Veranda.

Die alte Frau küsst Ben zum Abschied auf den Kopf, Ben fängt an zu schreien.

Douglas hat die Autotür auf Philips Seite schon in der Hand, da überlegt er es sich anders, geht noch einmal ums Auto herum und öffnet die Tür auf meiner Seite. Er sieht mich nicht an, als er einsteigt.

Was ist schlimmer, sagt Philip, ein haariges Männerbein ablecken oder ein Kuhauge verschlucken?

Lass das, sage ich.

Was ist schlimmer, sagt er, Achselschweiß trinken oder Fußschweiß?

Philip!, ruft meine Mutter vom Fahrersitz.

Was ist schlimmer, flüstert er, in Hundescheiße ausrutschen oder einen Makler küssen?

Meine Mutter liegt im Liegestuhl am Strand und blättert in Katalogen. Häuser, klein wie Spielzeug, sind dort abgebildet, eins neben dem anderen. Mein Vater hockt neben ihr im Sand, er spendiert nur einen Liegestuhl am Tag, sie sind unverschämt teuer, sagt er.

Ich höre meine Eltern undeutlich durch die Musik aus meinem Walkman miteinander sprechen. Die Batterien neigen sich dem Ende zu, die Musik fängt an zu leiern. Ich mache den Walkman aus, aber setze den Kopfhörer nicht ab.

Eine Palme hätte ich gern vorm Haus, eine große Palme, sagt meine Mutter.

Wie lange willst du dieses Spiel noch weiterspielen?, fragt mein Vater.

Nur noch einen Tag, bitte, sagt sie.

Ich verstehe dich nicht, sagt er, warum steigerst du dich in Träume hinein, die niemals wahr werden können?

Warum eigentlich nicht?, sagt sie, erklär mir das mal.

Wie stellst du dir das denn vor?

Wir könnten, wenn wir wollten, ein ganz anderes Leben führen, sagt sie und legt die Hände auf ihren Bauch.

Mein Vater wendet sich ab und stochert mit einem Stöckchen im Sand. Ich kann dich nicht glücklich machen, sagt er, steht auf und geht zum Wasser. Seine Oberschenkel und sein Rücken sind mit Sand bepudert, von hinten sieht er aus wie ein paniertes Schnitzel.

Meine Mutter blickt sich um, sie wirkt verwirrt, als hätte sie sich verlaufen. Angelina, brüllt sie dann, weil sie meint, ich könne sie nicht hören, creme dir die Schultern ein!

Ich sitze in der Schaukel auf der Veranda, alle andern sind im Haus. Es ist ein altes Haus, die Farbe bröckelt von den Holzschindeln, Küchenschaben so groß wie Frösche krabbeln über den Boden. Der Zement im Boden auf der Veranda hat große Risse, aus denen Gras wächst.

Douglas setzt sich zu mir in die Schaukel. Sein Zitronengeruch schwappt wie eine Welle über mich.

Ich lege den Kopf in den Nacken, weil ich nicht weiß, wohin ich gucken soll. Über unseren Köpfen hängen die Zweige einer tieflila Bougainvillea.

Meine Mutter tritt in die Tür.

Ich glaube, ich bin dabei, mich zu verlieben, sagt sie, habt ihr das Zimmer im ersten Stock gesehen? Sie verschwindet wieder im Haus.

Douglas balanciert die Bitex-Brille auf seinem Schenkel. Ich nehme sie und setze sie auf. Sechs Uhr, Exxon-Tankstelle, sagt er.

Ich sehe ihn durch seine Bitex-Brille an, seine Haut schimmert bläulich, als wäre sie kalt. Ich fühle mich selbstbewusst, erwachsen, schön.

Er nimmt die Brille von meiner Nase. *Mrs. Winter,* ruft er, *I'm coming!* Wie von einem Gummiband gezogen, gehe ich widerwillig hinter ihm her.

Ein junges Mädchen mit strohblonden Haaren sitzt im Wohnzimmer an einer Nähmaschine. Ein ebenso blonder Hund mit blauen Augen liegt zu ihren Füßen.

Es ist ein gutes Haus, sagt sie zu meiner Mutter, es hat gute Schwingungen. Menschen mit bösen Herzen halten es nicht lang hier aus. Wir hatten mal 'nen Typen hier, der machte Zettel an seine Sachen im Kühlschrank. Er blieb nur 'ne Woche. Als er ging, hat er meine Uhr geklaut. Sie seufzt, krault ihren Hund hinter den Ohren und rattert dann weiter auf ihrer Nähmaschine.

Vom Zimmer im ersten Stock aus sieht man das Meer. Douglas klettert aus dem Fenster aufs Dach und reicht erst meiner Mutter, dann mir die Hand. Er drückt meine Hand leicht, bevor er sie loslässt.

Die Dachpappe glüht unter meinen Füßen. Zwei große Palmen ratteln leicht im Wind. Unten vor der Veranda steht mein Vater. Ben spielt zu seinen Füßen mit abgefallenen Bougainvilleablüten. Das blonde Mädchen kommt aus dem Haus und schließt sein Fahrrad auf. Sie setzt Ben auf den Fahrradsitz und fährt mit ihm im Kreis. Mein Vater steht in der Mitte des Kreises, der helle Hund läuft hinter dem Fahrrad her. Von hier oben sehen sie zusammen aus wie die perfekte kleine Familie. Sie lieben sich und essen Cornflakes zum Frühstück in einem lichtdurchfluteten Zimmer, sie laufen lachend über Frühlingswiesen, ihre glänzenden Haare wehen im Wind, sie kuscheln sich in schneeweißen Bademänteln am Kaminfeuer, dicke Socken an den Füßen.

Meine Mutter hebt die Hand, um ihnen zu winken, und lässt sie wieder sinken. Stell dir doch bloß mal vor, sagt sie zu mir.

Douglas sieht mich an und leckt sich über die Lippen.

Er lehnt an der Zapfsäule von Super bleifrei, von weitem sieht er arrogant und schlecht gelaunt aus. Er hat die Arme vor der Brust verschränkt, seine Augen hinter der Bitex-Brille verborgen. Er bemerkt mich nicht. Hinter einer Reklametafel für Reisen nach Mexiko bleibe ich stehen. Der lauwarme Wind streicht mir um die Beine, fährt mir unters Kleid, bauscht den Stoff, als wäre ich schwanger. Ich habe eine frische Unterhose an, mein Bauch verkrampft sich, als hätte ich etwas Falsches gegessen.

In einer Dreiviertelstunde, bei Einbruch der Dunkelheit,

muss ich wieder zu Hause sein. Ich sehe jede Minute bis dorthin vor mir liegen wie die Stufen der Maja-Ruine auf dem Plakat vor mir. Sie führen geradewegs ins Nichts, in einen leeren Himmel. Es gibt keinen Grund, sie hinaufzusteigen. Man sieht von unten, was einen oben erwartet.

Ich mag Douglas noch nicht mal.

Als ich genau weiß, dass ich ihn noch nicht einmal besonders mag, beruhigt sich mein Magen. Ich bin stärker als Douglas. Ich setze mich in Bewegung.

Hi, sage ich.

Wir fahren zu einer einsamen Stelle in den Mangrovensümpfen, rechts und links vom Weg dümpelt braunes Wasser, in der Entfernung schimmert das türkisblaue Meer. Über uns fliegen die Pelikane.

Während er mich anfasst, verfolge ich ihren Flug. Sie stürzen plötzlich ab wie abgeschossen, schießen mit dem Schnabel zuerst ins Wasser, verschwinden, dann kommen sie wieder hoch, schlucken kurz, man sieht eine Verdickung in ihren Hälsen, sie sehen sich um, als hätten sie bei einer feinen Gesellschaft heimlich die Verzierung von der Torte geklaut, lassen sich noch einen Moment auf den Wellen treiben, dann starten sie wieder, mühsam wie ein altes Flugzeug steigen sie nach oben, und das Spiel beginnt von neuem.

Seine Hand rutscht tiefer, erst spielt sie mit dem Gummiband der Unterhose, lässt sie gegen meine Haut schnippen, dann taucht sie unvermittelt in meine Unterhose hinein.

Ich halte sie mit einer blitzschnellen Bewegung fest, als wollte ich einen Fisch fangen.

Please, flüstert er in mein Ohr, *please. You are so beautiful. You are driving me crazy.*

Forty-eight dollars, sage ich.

Draußen fällt die Sonne wie eine Apfelsine ins Meer, im Auto ist es eiskalt, die Aircondition läuft, ich sehe die Gänsehaut auf meinem Bauch. Er legt das grüne Geld auf die Ablage, er lacht. Was kostet dein Herz?, sagt er. Leg dich zurück.

Ich bezahle die Brille heimlich an der Kasse, während meine Mutter noch Milch und Joghurt holt. Ich stecke sie unter mein Hemd. Die Brille berührt meine Brust, die jetzt ein Mensch mehr kennt als gestern noch.

Als meine Mutter nicht wiederkommt, schlendere ich langsam durch die Reihen von Cornflakes und Crackers zurück in die Milchabteilung.

Sie hat die Arme auf das Regal mit den Fruchtjoghurts gestützt, ihr Kopf hängt herunter, ihr Atem bildet weiße Wölkchen in der Kälte der riesigen Kühltruhe, an ihren Beinen laufen kleine rote Rinnsale entlang.

Mama, sage ich und fühle mich so hilflos, als wäre ich drei Jahre alt. Mama.

Sie richtet sich auf, Schweißperlen stehen auf ihrer Stirn, ihr Gesicht ist weiß wie Wachs. Sie verzieht ihr Gesicht. Mist, sagt sie, auf nichts ist mehr Verlass. Mit einem Taschentuch tupft sie sich die Beine ab, dann holt sie einen Plastikkanister Milch aus der Kühltruhe, hievt ihn in den Einkaufswagen und schiebt damit zur Kasse, als wäre nichts geschehen.

Mein Vater geht nicht mit an den Strand, er bleibt im Bett und liest die Zeitung. Philip boxt ihn zum Abschied in die Rippen.

Mein Vater sieht auf. Lucy?, sagt er, aber meine Mutter

ist schon mit Ben samt Sandeimerchen, Schaufel und Handtüchern aus der Tür. Ich laufe mit Philip hinter ihr her.

Am Strand zieht sie sich nicht aus, sie setzt sich im Kleid im Schneidersitz in den Sand und gräbt schweigend für Ben ein Loch.

Sehen wir uns heute keine Häuser an?, frage ich.

Sie schüttelt den Kopf. Ich stehe neben ihr, mein Schatten fällt auf ihren Schoß. Mein Hals schwillt an von langen, komplizierten Sätzen, die ich ihr gern sagen würde. Mama, fange ich an.

Sie streckt die Hand aus. Guckt doch mal, sagt sie, der Mann mit dem Kreuz!

Er zieht sein Kreuz dicht am Wasser durch den Sand, vorbei an all den hübschen Mädchen in ihren geblümten Bikinis, den jungen Männern in Bermudas und mit ihren Bitex-Brillen. Er stellt sein Kreuz gegen einen Felsen und beginnt, kleine Karten zu verteilen.

Schließlich kommt er auch zu uns. Meine Mutter streckt ihm die Hand entgegen. Auf der Karte ist er selbst mit dem Kreuz auf dem Rücken abgebildet, darunter steht ›Warum?‹.

Erklären Sie mir das, sagt meine Mutter und sieht ihn ernsthaft an.

Er kommt noch einen Schritt näher, geht vor ihr in die Hocke. Er fährt sich durch das ananasgelbe Haar und lächelt schüchtern.

Ich war ein Arschloch, sagt er, ein Alkoholiker und ein Arschloch. Bis mich Jesus gerufen hat. Er gab mir eine Aufgabe. 6000 Meilen bin ich für Ihn schon gegangen, bis runter nach Mexiko. Fünf Kreuze hat man mir bereits gestohlen. Ich habe nichts, aber Er sorgt für mich. Jeder Tag bringt das, was er bringt. Er verstummt.

Ich bewundere Sie, sagt meine Mutter.

Er lächelt. Ich tue nur meinen Job, sagt er. Gott segne Sie, Ma'am. Er steht auf und geht weiter.

Meine Mutter sieht ihm nach, dann wendet sie kurz den Kopf zu mir und sagt zusammenhanglos: Als du zwei Jahre alt warst, waren wir einmal in Spanien am Meer. Ich ging schwimmen, und du standest in einer rosa Badehose heulend am Strand, du wolltest mich nicht gehen lassen. Immer hast du hinter mir her geschrien. Keinen Schritt durfte ich allein tun. Ich brauchte mich manchmal nur zu bewegen, schon fingst du an zu schreien. Länger als alle anderen Kinder hast du das gemacht, und ich wusste nicht, warum. Ich hatte dich nie allein gelassen, nie. Zwei Jahre lang habe ich dich herumgetragen, weil ich ein Buch gelesen hatte, in dem behauptet wurde, dass Kinder, die dauernd herumgetragen werden wie bei den Indiofrauen oder Afrikanerinnen, zuversichtlicher und angstfreier sind als andere Kinder.

Ich schwamm immer weiter hinaus, und draußen war alles so friedlich, der Mond stand schon am Himmel, obwohl es erst früh am Nachmittag war, ich war allein, zum ersten Mal seit deiner Geburt ganz allein. Ich fühlte mich wie ein Mensch, den ich mal gut gekannt, aber dann aus den Augen verloren hatte. Es war so still und schön da draußen, dass ich immer weiterschwamm, immer weiter, wie unter Zwang. So lange, bis meine Nägel dunkelblau waren und ich vor Anstrengung zu zittern begann. Ich wollte nie mehr zurück. – Du hast das gewusst. Als ich aus dem Wasser kam, hörte ich dich weinen, und Bodo sagte, er habe dich einfach nicht beruhigen können. Alle Leute am Strand sahen mich vorwurfsvoll an.

Sie macht eine Pause und putzt Ben den Sand aus dem Gesicht.

Du hast das immer von mir gewusst, sagt sie. Aber es hat nichts mit euch zu tun, verstehst du das?

Ich fahre mit der einen Hand in meinen Rucksack und umklammere meine Bitex-Brille. Ja, sage ich, verstehe ich.

Eine Frau in einem silbernen Bikini mit einem fetten Arsch geht an uns vorbei.

Angelina, sagt meine Mutter, sag mir die Wahrheit, ist mein Hintern so dick wie der da?

In der Nacht, als alle schlafen, setze ich im Dunkeln die Brille auf. Ich lächle, und die Ränder der Gläser schaben leicht an meinen Wangen. Ich höre den schnellen Babyatem von Ben, das Schnarchen meines Vaters, Philips unruhige Bewegungen im Schlaf. Nur meine Mutter höre ich nicht. Sie schläft vollkommen geräuschlos.

Ich lege mich ins Kissen zurück, die Nacht ist golden-schwarz. Ich schließe die Augen hinter der Brille und weiß, ich werde nie wieder dieselbe sein.

JÖRG FAUSER

Trotzki, Goethe und das Glück

Kaum war ich von der Spritze runter,
tappte ich in die nächste Falle:
die Revolution.

Die Revolution hieß Louise,
hatte unglaublich schmale Hüften,
blitzende Augen, flatterndes schwarzes
Haar, kam aus Paris
und war Trotzkistin.

Wir wohnten zusammen in einem
der besetzten Häuser, hielten uns
glänzend in Schuss, hielten es sogar
für Liebe, und ich palaverte,
wenn Palaver gefragt war,
schwenkte Fahnen, wenn Fahnen
gefragt waren, und frühstückte
entgegen allen Lehren
des Großen Vorsitzenden
mit einer Flasche Wermut
und einem netten dekadenten Gefühl
im Bett.
Das ist das Glück, dachte ich.

Das ist das Glück, sagte ich zu Louise.
Warum lassen wir die Revolution nicht sausen,
das sinnlose Palaver und die Fahnen
und die endlosen Auseinandersetzungen
um die Maschinenfabrik in Shanghai,
suchen uns irgendeinen stillen Winkel,
wo ich in Ruhe mein Bier trinken und
zwischendurch mal'n Gedicht schreiben kann,
et du reste l'amour?

Und Trotzki?, schrie Louise,
und die Genossen im Knast?
Dein bourgeoises Glück, pah! Bier
und Gedichte, während die Revolution
organisiert wird!

Von da an ging alles schief. Als ich
im Suff mal mit einer anderen ankam,
ging Louise mit dem Messer
auf mich los. Dann mischte sie
bei einer Frauengruppe mit und ich
musste nehmen, was kam:
meistens nur Bier und manchmal irgendeine
neurotische Studentin, und später selbst das
nicht mehr, und dann
schmissen sie mich raus,
und ich zog woandershin.

Das alles ist etliche Jahre her, aber neulich
traf ich ein Mädchen, das noch in den Kreisen
verkehrt, und fragte sie nach Louise.

Louise, sagte das Mädchen –
die ist wieder in Paris.
Sitzt sie im Zentralkomitee?, fragte ich.
I wo, sagte das Mädchen, die hat irgendson
Goetheforscher geheiratet.

An dem Abend trank ich alles durcheinander,
trank wie lebensmüde, aber als ich gestern
an dem Haus vorbeikam – es sieht
inzwischen ziemlich verkommen aus,
absolut déjà vu –
dachte ich, na ja,
vielleicht hast du doch Glück gehabt.

ARTHUR SCHOPENHAUER

Glück

Alle Befriedigung, oder was man gemeinhin Glück nennt, ist eigentlich und wesentlich immer nur negativ und durchaus nie positiv. Es ist nicht eine ursprünglich und von selbst auf uns kommende Beglückung, sondern muss immer die Befriedigung eines Wunsches seyn. Denn Wunsch, d.h. Mangel, ist die vorhergehende Bedingung jedes Genusses. Mit der Befriedigung hört aber der Wunsch und folglich der Genuss auf. Daher kann die Befriedigung oder Beglückung nie mehr seyn, als die Befreiung von einem Schmerz, von einer Not: denn dahin gehört nicht nur jedes wirkliche, offenbare Leiden, sondern auch jeder Wunsch, dessen Importunität [Ungelegenheit] unsere Ruhe stört, ja sogar auch die ertödtende Langeweile, die uns das Daseyn zur Last macht. – Nun aber ist es so schwer, irgend etwas zu erreichen und durchzusetzen: jedem Vorhaben stehn Schwierigkeiten und Bemühungen ohne Ende entgegen, und bei jedem Schritt häufen sich die Hindernisse. Wann aber endlich Alles überwunden und erlangt ist, so kann doch nie etwas Anderes gewonnen seyn, als daß man von irgend einem Leiden, oder einem Wunsche, befreit ist, folglich nur sich so befindet, wie vor dessen Eintritt.

– Unmittelbar gegeben ist uns immer nur der Mangel, d.h. der Schmerz. Die Befriedigung aber und den Genuß können wir nur mittelbar erkennen, durch Erinnerung an das vorhergegangene Leiden und Entbehren, welches bei seinem Eintritt aufhörte. Daher kommt es, daß wir der Güter und Vortheile, die wir wirklich besitzen, gar nicht recht inne werden, noch sie schätzen, sondern nicht anders meinen, als eben es müsse so seyn: denn sie beglücken immer nur negativ, Leiden abhaltend. Erst nachdem wir sie verloren haben, wird uns ihr Werth fühlbar: denn der Mangel, das Entbehren, das Leiden ist das Positive, sich unmittelbar Ankündigende.

Daher auch freut uns die Erinnerung überstandener Noth, Krankheit, Mangel u. dgl., weil solche das einzige Mittel die gegenwärtigen Güter zu genießen ist. Auch ist nicht zu leugnen, daß in dieser Hinsicht und auf diesem Standpunkt des Egoismus, der die Form des Lebenswollens ist, der Anblick oder die Schilderung fremder Leiden uns auf eben jenem Wege Befriedigung und Genuß giebt, wie es Lukretius schön und offenherzig ausspricht, im Anfang des zweiten Buches:

Suave, mari magno, turbantibus aequora ventis,
E terra magnum alterius spectare laborem:
Non, quia vexari quemquam est jucunda voluptas;
Sed, quibus ipse malis careas, quia cernere suave est.
[Freude macht es am Meer, wenn stürmische Winde es peitschen,
An dem Ufer zu stehn und zu sehn, wie der Schiffer in Not ist.
Nicht als machte es Lust, zu sehn, wie der andre gequält wird,

Sondern weil es dich freut, vom Übel befreit dich zu wissen.
De rerum natura, II, I.]

Jedoch wird sich uns weiterhin zeigen, daß diese Art der Freude, durch so vermittelte Erkenntniß seines Wohlseyns, der Quelle der eigentlichen positiven Bosheit sehr nahe liegt.

Daß alles Glück nur negativer, nicht positiver Natur ist, daß es eben deshalb nicht dauernde Befriedigung und Beglückung seyn kann, sondern immer nur von einem Schmerz oder Mangel erlöst, auf welchem entweder ein neuer Schmerz, oder auch languor, leeres Sehnen und Langeweile folgen muß: dies findet einen Beleg auch in jenem treuen Spiegel des Wesens der Welt und des Lebens, in der Kunst, besonders in der Poesie. Jede epische, oder dramatische Dichtung nämlich kann immer nur ein Ringen, Streben und Kämpfen um Glück, nie aber das bleibende und vollendete Glück selbst darstellen. Sie führt ihren Helden durch tausend Schwierigkeiten und Gefahren bis zum Ziel: sobald es erreicht ist, läßt sie schnell den Vorhang fallen. Denn es bliebe ihr jetzt nichts übrig, als zu zeigen, daß das glänzende Ziel, in welchem der Held das Glück zu finden wähnte, auch ihn nur geneckt hatte, und er nach dessen Erreichung nicht besser daran war, als zuvor. Weil ein ächtes, bleibendes Glück nicht möglich ist, kann es kein Gegenstand der Kunst seyn. Zwar ist der Zweck des Idylls wohl eigentlich die Schilderung eines solchen: allein man sieht auch, daß das Idyll als solches sich nicht halten kann. Immer wird es dem Dichter unter den Händen entweder episch, und ist dann nur ein sehr unbedeutendes Epos, aus kleinen Leiden, kleinen Freuden und kleinen Bestrebungen zusammengesetzt: dies ist der häufigste Fall; oder aber es wird zur bloß beschreibenden Poesie, schildert die Schönheit der Natur, d.h. eigentlich das reine willensfreie Erkennen, welches freilich auch in der That das einzige reine Glück ist, dem weder Leiden noch Bedürfniß vorhergeht, noch auch Reue, Leiden, Leere, Ueberdruß nothwendig folgt: nur kann dieses Glück nicht das ganze Leben füllen, sondern bloß Augenblicke desselben. – Was wir in der Poesie sehn, finden wir in der Musik wieder, in deren Melodie wir ja die allgemein ausgedrückte innerste Geschichte des sich selbst bewußten Willens, das geheimste Leben, Sehnen, Leiden und Freuen, das Ebben und Fluthen des menschlichen Herzens wiedererkannt haben. Die Melodie ist immer ein Abweichen vom Grundton, durch tausend wunderliche Irrgänge, bis zur schmerzlichsten Dissonanz, darauf sie endlich den Grundton wiederfindet, der die Befriedigung und Beruhigung des Willens ausdrückt, mit welchem aber nachher weiter nichts mehr zu machen ist und dessen längeres Anhalten nur lästige und nichtssagende Monotonie wäre, der Langenweile entsprechend.

Alles was diese Betrachtungen deutlich machen sollten, die Unerreichbarkeit dauernder Befriedigung und die Negativität alles Glückes, findet seine Erklärung in Dem, was am Schlusse des zweiten Buches gezeigt ist: daß nämlich der Wille, dessen Objektivation das Menschenleben wie jede Erscheinung ist, ein Streben ohne Ziel und ohne Ende ist. Das Gepräge dieser Endlosigkeit finden wir auch allen Theilen seiner gesammten Erscheinung aufgedrückt, von der allgemeinsten Form dieser, der Zeit und dem Raum ohne Ende an, bis zur vollendetsten aller Erscheinungen, dem Leben und Streben des Menschen.

Man kann drei Extreme des Menschenlebens theoretisch annehmen und sie als Elemente des wirklichen Menschenlebens betrachten. Erstlich, das gewaltige Wollen, die großen Leidenschaften (Radscha-Guna). Es tritt hervor in den großen historischen Charakteren; es ist geschildert im Epos und Drama: es kann sich aber auch in der kleinen Sphäre zeigen, denn die Größe der Objekte mißt sich hier nur nach dem Grade, in welchem sie den Willen bewegen, nicht nach ihren äußeren Verhältnissen. Sodann zweitens das reine Erkennen, das Auffassen der Ideen, bedingt durch Befreiung der Erkenntniß vom Dienste des Willens: das Leben des Genius (Satwa-Guna). Endlich drittens, die größte Lethargie des Willens und damit der an ihn gebundenen Erkenntniß, leeres Sehnen, lebenerstarrende Langeweile (Tama-Guna). Das Leben des Individuums, weit entfernt in einem dieser Extreme zu verharren, berührt sie nur selten, und ist meistens nur ein schwaches und schwankendes Annähern zu dieser oder jener Seite, ein dürftiges Wollen kleiner Objekte, stets wiederkehrend und so der Langenweile entrinnend. – Es ist wirklich unglaublich, wie nichtssagend und bedeutungsleer, von außen gesehn, und wie dumpf und besinnungslos, von innen empfunden, das Leben der allermeisten Menschen dahinfließt. Es ist ein mattes Sehnen und Quälen, ein träumerisches Taumeln durch die vier Lebensalter hindurch zum Tode, unter Begleitung einer Reihe trivialer Gedanken. Sie gleichen Uhrwerken, welche aufgezogen werden und gehn, ohne zu wissen warum; und jedesmal, daß ein Mensch gezeugt und geboren worden, ist die Uhr des Menschenlebens aufs Neue aufgezogen, um jetzt ihr schon zahllose Male abgespieltes Leierstück abermals zu wiederholen, Satz vor Satz und Takt vor Takt, mit unbedeutenden Variationen.

Jedes Individuum, jedes Menschengesicht und dessen Lebenslauf ist nur ein kurzer Traum mehr des unendlichen Naturgeistes, des beharrlichen Willens zum Leben, ist nur ein flüchtiges Gebilde mehr, das er spielend hinzeichnet auf sein unendliches Blatt, Raum und Zeit, und eine gegen diese verschwindend kleine Weile bestehn läßt, dann auslöscht, neuen Platz zu machen. Dennoch, und hier liegt die bedenkliche Seite des Lebens, muß jedes dieser flüchtigen Gebilde, dieser schaalen Einfälle, vom ganzen Willen zum Leben, in aller seiner Heftigkeit, mit vielen und tiefen Schmerzen und zuletzt mit einem lange gefürchteten, endlich eintretenden bittern Tode bezahlt werden. Darum macht uns der Anblick eines Leichnams so plötzlich ernst.

Das Leben jedes Einzelnen ist, wenn man es im Ganzen und Allgemeinen übersieht und nur die bedeutsamsten Züge heraushebt, eigentlich immer ein Trauerspiel; aber im Einzelnen durchgegangen, hat es den Charakter des Lustspiels. Denn das Treiben und die Plage des Tages, die rastlose Neckerei des Augenblicks, das Wünschen und Fürchten der Woche, die Unfälle jeder Stunde, mittelst des stets auf Schabernack bedachten Zufalls, sind lauter Komödienscenen. Aber die nie erfüllten Wünsche, das vereitelte Streben, die vom Schicksal unbarmherzig zertretenen Hoffnungen, die unsäligen Irrthümer des ganzen Lebens, mit dem steigenden Leiden und Tode am Schlusse, geben immer ein Trauerspiel. So muß, als ob das Schicksal zum Jammer unsers Daseyns noch den Spott fügen gewollt, unser Leben alle Wehen des Trauerspiels enthalten, und wir dabei doch nicht ein Mal die Würde tragischer Personen behaupten können, sondern, im breiten Detail des Lebens, unumgänglich läppische Lustspielcharaktere seyn.

So sehr nun aber auch große und kleine Plagen jedes Menschenleben füllen und in steter Unruhe und Bewegung erhalten, so vermögen sie doch nicht die Unzulänglichkeit des Lebens zur Erfüllung des Geistes, das Leere und Schaale des Daseyns zu verdecken, oder die Langeweile auszuschließen, die immer bereit ist jede Pause zu füllen, welche die Sorge läßt. Daraus ist es entstanden, daß der menschliche Geist, noch nicht zufrieden mit den Sorgen, Bekümmernissen und Beschäftigungen, die ihm die wirkliche Welt auflegt, sich in der Gestalt von tausend verschiedenen Superstitionen [Aberglauben] noch eine imaginäre Welt schafft, mit dieser sich dann auf alle Weise zu thun macht und Zeit und Kräfte an ihr verschwendet, sobald die wirkliche ihm die Ruhe gönnen will, für die er gar nicht empfänglich ist. Dieses ist daher auch ursprünglich am meisten der Fall bei den Völkern, welchen die Milde des Himmelstriches und Bodens das Leben leicht macht, vor allen bei den Hindus, dann bei den Griechen, Römern, und später bei den Italiänern, Spaniern u. s. w. – Dämonen, Götter und Heilige schafft sich der Mensch nach seinem eigenen Bilde; diesen müssen dann unablässig Opfer, Gebete, Tempelverzierungen, Gelübde und deren Lösung, Wallfahrten, Begrüßungen, Schmückung der Bilder u. s. w. dargebracht werden. Ihr Dienst verwebt sich überall mit der Wirklichkeit, ja verdunkelt diese: jedes Ereigniß des Lebens wird dann als Gegenwirkung jener Wesen aufgenommen: der Umgang mit ihnen füllt die halbe Zeit des Lebens aus, unterhält beständig die Hoffnung und wird, durch den Reiz der Täuschung, oft interessanter, als der mit wirklichen Wesen. Er ist der Ausdruck und das Symptom der doppelten Bedürftigkeit des Menschen, theils nach Hülfe und Beistand, und theils nach Beschäftigung und Kurzweil: und wenn er auch dem ersten Bedürfniß oft gerade entgegenarbeitet, indem, bei vorkommenden Unfällen und Gefahren, kostbare Zeit und Kräfte, statt auf deren Abwendung, auf Gebete und Opfer unnütz verwendet werden; so dient er dem zweiten Bedürfniß dafür desto besser, durch jene phantastische Unterhaltung mit einer erträumten Geisterwelt: und dies ist der gar nicht zu verachtende Gewinn aller Superstitionen.

GUY DE MAUPASSANT

Das Glück

Es war zur Teestunde, bevor die Lampen hereingebracht wurden. Die Villa lag hoch über dem Meer. Die Sonne war untergegangen und hatte den Himmel auf ihrer Bahn ganz rosig, wie mit Goldstaub übergossen, zurückgelassen, und das Mittelmeer lag spiegelglatt, ohne ein Fältchen da, ohne dass eine Welle seine Oberfläche kräuselte. Es leuchtete noch immer im verdämmernden Tag wie eine riesige polierte Metallscheibe.

In der Ferne zur Rechten zeichneten die gezackten Berge ihr schwarzes Profil auf dem verblassten Purpurrot des abendlichen Himmels ab.

Wir sprachen von der Liebe, erörterten dieses alte, unerschöpfliche Thema, sagten dieselben Dinge wieder, die schon so oft gesagt worden waren. In der sanften Schwermut der Dämmerstunde fielen die Worte langsam und zögernd, die Herzen waren grundlos weich gestimmt, und das Wort *Liebe,* das immer wieder, bald von einer kräftigen Männerstimme, bald von einer hellen Frauenstimme ausgesprochen, zu hören war, schien den kleinen Salon zu erfüllen und gleich einem Vogel darin umherzuflattern oder wie ein Geist darüber zu schweben.

Kann man Jahre hindurch treu lieben?

»Ja«, behaupteten die einen.

»Nein«, versicherten die andern.

Man sichtete die unterschiedlichen Fälle, grenzte sie gegeneinander ab, führte Beispiele an, und alle, Männer und Frauen, fühlten verwirrende, lebendige Erinnerungen in sich aufsteigen, die sich ihnen auf die Lippen drängten und die sie doch nicht anführen konnten. Sie waren sichtlich ergriffen, sprachen mit tiefer Bewegung und glühender Anteilnahme von dieser alltäglichen, allgewaltigen Sache, dem innigen, rätselhaften Einklang zweier Wesen.

Doch plötzlich rief jemand, den Blick in die Ferne gerichtet: »Oh! sehen Sie dort hinten? Was ist das?«

Über dem Meer tauchte ganz hinten am Horizont eine riesige graue, undeutliche Masse auf.

Die Frauen waren aufgestanden und betrachteten verständnislos diese überraschende Erscheinung, die sie nie zuvor gesehen hatten.

Da sagte jemand: »Das ist Korsika. So kann man die Insel zwei- oder dreimal jedes Jahr unter gewissen außergewöhnlichen atmosphärischen Bedingungen wahrnehmen, wenn die Luft vollkommen klar und sichtig ist und die Insel nicht mehr von den Dunstnebeln eingehüllt ist, die sonst immer die Ferne verschleiern.«

Man unterschied undeutlich die Bergkämme, glaubte, den Schnee auf den Gipfeln zu erkennen. Und alle waren überrascht, verwirrt, fast erschreckt durch das jähe Auftauchen einer Welt, durch dieses Phantom, das aus dem Meer emporgestiegen war. Vielleicht erlebten solch geisterhafte Gesichte die Männer, die wie Kolumbus durch unerforschte Weltmeere fuhren.

Da sprach ein alter Herr, der sich bisher nicht am Gespräch beteiligt hatte: »Wissen Sie, ich habe auf dieser Insel, die sich vor uns aufrichtet, als wollte sie selbst auf alles, was wir sagten, Antwort geben und mir eine seltsame Erinnerung wieder wachrufen … ich habe dort ein wunderbares Beispiel einer standhaften Liebe, einer unwahrscheinlich glücklichen Liebe kennengelernt.

Hören Sie.

Vor nunmehr fünf Jahren machte ich eine Reise nach Korsika. Diese wilde Insel ist unbekannter und weiter von uns entfernt als Amerika, obwohl wir sie, wie heute, zuweilen von der französischen Küste aus sehen können.

Stellen Sie sich eine Welt vor, die noch im Chaos ist, ein wildes Sturmwetter von Bergen, dazwischen Schluchten, in denen Sturzbäche tosen, nirgends eine ebene Stelle, aber unermesslich hohe granitene Wogen und riesenhafte Bodenwellungen, bedeckt mit Buschwald oder hohen Kastanien- und Pinienwäldern. Es ist jungfräulicher Boden, unbebaut, öde, obschon man zuweilen ein Dorf erblickt, das aussieht wie ein Haufen Felsen auf dem Gipfel eines Berges. Kein Ackerbau, keine Industrie, keine Kunst. Nie trifft man auf ein bearbeitetes Stück Holz, einen behauenen Stein, nirgendwo auf die Erinnerung an den kindlichen oder verfeinerten Geschmack der Vorfahren für gefällige und schöne Dinge. Gerade das fällt einem in diesem herrlichen und kargen Land am meisten auf: die vererbte Gleichgültigkeit gegen das Streben nach gefälligen Formen, gegen das, was man eben Kunst nennt.

Italien, wo jeder Palazzo, selbst ein Meisterwerk, mit Meisterwerken vollgestopft ist, wo Marmor, Holz, Bronze, Eisen, Metalle und Steine für den schöpferischen Geist des

Menschen zeugen, wo die kleinsten altertümlichen Gegenstände, die in alten Häusern herumstehen, jenes göttliche Sichbemühen um anmutige Formen offenbaren, Italien ist für uns alle das heilige Vaterland, das wir lieben, weil es uns Anstrengung, Größe, Macht und Triumph des schöpferischen Geistes zeigt und beweist.

Diesem Land gegenüber ist das wilde Korsika unverändert geblieben, was es in seinen ersten Tagen gewesen ist. Dort lebt der Mensch immer noch in seiner rohen Behausung, gleichgültig gegen alles, was nicht sein eigenes Dasein oder die Händel seiner Sippe angeht. Noch immer hat er Fehler und Vorzüge der ungesitteten Rassen. Er ist gewalttätig, hasssüchtig, blutdürstig, ohne sich ein Gewissen daraus zu machen, aber auch gastfreundlich, großherzig, treu ergeben, arglos. Er öffnet seine Tür jedem, der vorbeikommt, und schenkt seine treue Freundschaft für den geringsten Beweis von Sympathie.

Seit einem Monat wanderte ich also durch diese herrliche Insel und hatte dauernd das Gefühl, ich sei am Ende der Welt. Keine Gasthöfe, keine Wirtshäuser, keine Landstraßen. Auf Maultierpfaden erreicht man die Dörfchen, die am Hang der Berge kleben, hoch über gewundenen Abgründen, aus denen man abends das unablässige Tosen, die dumpfe, tiefe Stimme des Wildbachs herauftönen hört. Man klopft an die Türen der Häuser, bittet um Obdach und Nahrung bis zum nächsten Morgen. Und dann setzt man sich an den bescheidenen Tisch und schläft unter dem armseligen Dach; am Morgen dann drückt man dem Gastgeber die Hand, der einem bis zur Dorfgrenze das Geleite gibt.

Eines Abends nun erreichte ich nach zehnstündiger

Wanderung ein einsames Häuschen unten in einer engen Talmulde, die eine Meile weiter jäh ins Meer abfiel. Die beiden steilen Berghänge, mit Buschwald, Geröll und großen Bäumen bedeckt, schlossen wie zwei düstere Mauern diese jammervoll traurige Schlucht ein.

Rings um die Hütte ein paar Rebstöcke, ein Gärtchen, und nicht weit davon mehrere hohe Kastanienbäume, genug zum Leben, für dieses arme Land ein großer Reichtum.

Die Frau, die mich empfing, war alt, sie sah streng und, ausnahmsweise, sauber aus. Der Mann saß auf einem Strohstuhl; als ich eintrat, stand er auf, begrüßte mich und setzte sich dann wieder hin, ohne ein Wort zu sagen. Seine Lebensgefährtin sagte: ›Verübeln Sie es ihm nicht; er ist stocktaub. Jetzt ist er zweiundachtzig.‹

Sie sprach ein tadelloses Französisch. Ich war überrascht und fragte sie: ›Sie sind nicht aus Korsika?‹

›Nein‹, antwortete sie, ›wir kommen von drüben. Aber wir wohnen seit fünfzig Jahren hier.‹

Ein angstvolles, beklemmendes Gefühl überlief mich beim Gedanken an die fünfzig Jahre, die hier in diesem finsteren Loch, so fern jeder Stadt, in der Menschen leben, verflossen waren. Da kam ein alter Schafhirte nach Hause, und man ging zu Tisch. Es gab ein einziges Gericht, eine dicke Suppe aus Kartoffeln, Speck und Kohl. Als das kurze Mahl beendet war, setzte ich mich vor die Tür; mein Herz war beklommen vor dieser melancholischen, düsteren Landschaft, bedrückt von jenem Angstgefühl, das den Reisenden zuweilen an gewissen trübseligen Abenden, an bestimmten trostlosen Orten befällt. Es kommt einem dann vor, als wäre jetzt gleich alles zu Ende, das eigene Dasein und die ganze Welt. Mit einem Schlag erkennt man das schaurige Elend des Lebens, die Gottverlassenheit aller Menschen, die Nichtigkeit aller Dinge und die schwarze Einsamkeit des Herzens, das sich mit Träumen einlullt und sich selbst bis zum Tode betrügt.

Die alte Frau kam zu mir heraus und fragte mich, von jener Neugier gequält, die stets auch in den schicksalergebensten Seelen fortlebt: ›Sie kommen also aus Frankreich?‹

›Ja, ich reise zu meinem Vergnügen.‹

›Sind Sie vielleicht aus Paris?‹

›Nein, ich bin aus Nancy.‹

Ich hatte den Eindruck, sie sei ungewöhnlich erregt. Wie ich das gesehen oder eher gespürt habe, weiß ich nicht.

Sie wiederholte gedehnt: ›Sie sind aus Nancy?‹

Da erschien ihr Mann unter der Tür, unbeteiligt wie alle Tauben.

Sie fuhr fort: ›Er stört uns nicht. Er hört nicht, was wir sprechen.‹

Nach einer Weile fragte sie: ›Kennen Sie viele Leute in Nancy?‹

›Ja, fast die ganze Stadt.‹

›Die Familie de Sainte-Allaize?‹

›Ja, sehr gut sogar. Sie waren mit meinem Vater befreundet.‹

›Wie heißen Sie denn?‹

Ich nannte meinen Namen.

Sie blickte mich starr an und sagte dann leise, als stiegen Erinnerungen in ihr auf: ›Ja, ja, ich erinnere mich tatsächlich gut. Und die Brisemares, was ist aus ihnen geworden?‹

›Sie sind alle gestorben.‹

›Ah, und die Sirmonts … Sie kennen sie doch?‹

›Gewiss, der Letzte ist General.‹

Da sagte sie bebend vor Erregung, vor Angst und Qual, aus ich weiß nicht welchem unklaren, mächtigen, heiligen Gefühl heraus, aus irgendeinem Bedürfnis, sich auszusprechen, alles zu sagen, sich alle die Dinge vom Herzen zu reden, die sie bis dahin tief in sich verschlossen hatte, von den Leuten zu sprechen, deren Name ihre Seele aufgewühlt hatte:

›Ja, Henri de Sirmont. Ich weiß schon. Er ist mein Bruder.‹

Ich schaute zu ihr auf, sprachlos vor Verblüffung. Und auf einmal entsann ich mich wieder.

Das war einmal früher ein großer Skandal in der vornehmen Gesellschaft Lothringens gewesen. Ein schönes, reiches junges Mädchen, Suzanne de Sirmont, war von einem Husarenunteroffizier des Regiments, das ihr Vater kommandierte, entführt worden. Er war ein schmucker Bursche, Sohn von Bauern, dem aber der blaue Dolman gut stand, dieser Soldat, der die Tochter seines Obersts verführt hatte. Wahrscheinlich hatte sie zugeschaut, wie die Schwadronen vorbeidefilierten, hatte ihn gesehen, er war ihr aufgefallen, und sie hatte sich in ihn verliebt. Doch wie hatte sie mit ihm sprechen können, wie hatten sie sich sehen, sich verständigen können? Wie hatte sie gewagt, ihm zu zeigen, dass sie ihn liebte? Das erfuhr man nie.

Niemand hatte etwas geahnt, niemand hatte es kommen sehen. Eines Abends, als der Soldat seine Zeit abgedient hatte, verschwand er mit ihr. Man suchte sie, sie blieben unauffindbar. Man hörte nie wieder von ihnen und nahm an, sie sei tot.

Jetzt fand ich sie hier in diesem düsteren Tal.

Da sagte ich zu ihr: ›Ja, ich weiß noch gut. Sie sind Mademoiselle Suzanne.‹

Sie nickte. Tränen fielen aus ihren Augen. Sie deutete mit einem Blick auf den Greis, der regungslos unter der Tür seines Hauses stand, und sagte: ›Das ist er.‹

Und da wurde mir klar, dass sie ihn immer noch liebte, dass sie ihn noch immer mit verliebten Augen sah.

Ich fragte: ›Sind Sie wenigstens glücklich gewesen?‹

Mit einer Stimme, die aus dem tiefsten Herzen kam, antwortete sie: ›O ja, sehr glücklich. Er hat mich sehr glücklich gemacht. Ich habe nie etwas bereut.‹

Ich sah sie traurig an, überrascht und überwältigt von der Allmacht der Liebe. Dieses reiche Mädchen war dem Mann, einem Bauern, gefolgt. Sie war selbst eine Bäuerin geworden, hatte sich in ihr Leben ohne Annehmlichkeiten, ohne Luxus, ohne jedes Wohlbehagen irgendwelcher Art gefunden und sich in ihre einfache Lebensweise geschickt. Sie liebte ihn immer noch, war eine Bäuerin geworden in Haube und Linnenrock. Sie aß aus einer irdenen Schüssel an einem hölzernen Tisch, auf einem Strohstuhl sitzend, ein Mus aus Kohl, Kartoffeln und Speck. Sie schlief auf einem Strohsack an seiner Seite.

Nie hatte sie an etwas anderes gedacht als an ihn! Sie hatte weder Schmuck noch schöne Stoffe vermisst, weder Behaglichkeit, weiche Sessel und die duftende Wärme mit herrlichen Wandbehängen ausgeschlagener Gemächer, noch linde Daunenkissen, in denen der Leib, wenn er ruhen will, versinkt. Sie hatte immer nur ihn gebraucht; wenn er nur da war, hatte sie nach nichts anderem Verlangen.

Ganz jung noch hatte sie das Leben und die Welt aufgegeben, die Menschen, die sie erzogen und geliebt hatten. Allein mit ihm war sie in dieses wilde Tal gekommen. Er hatte ihr alles bedeutet, alles, was man ersehnt, alles, was man erträumt, alles, was man unaufhörlich erwartet, ohne Unterlass erhofft. Er hatte ihr Leben mit Glück erfüllt, vom Anfang bis zum Ende.

Sie hätte nicht glücklicher sein können.

Und die ganze Nacht hörte ich auf den rauhen Atem des alten Soldaten, der auf seiner armseligen Lagerstatt neben der Frau lag, die ihm so weit, bis hierher gefolgt war. Ich dachte über dieses seltsame und schlichte Erlebnis nach, über dieses vollkommene Glück, das so anspruchslos und sich selbst genug war.

Als der Tag anbrach, nahm ich Abschied von den beiden alten Ehegatten und drückte ihnen die Hand.«

Der Erzähler schwieg. Eine Frau meinte: »Schön und gut, aber sie hatte eben doch ein gar zu billiges Ideal, zu primitive Bedürfnisse und stellte nicht allzu hohe Ansprüche. Sie wird wohl eine dumme Gans gewesen sein.«

Doch eine andere sagte nachdenklich: »Was tut's? Sie war glücklich.«

Weit hinten am Horizont versank Korsika in der Nacht, trat langsam ins Meer zurück, entschwand wieder mit seinem großen, dunklen Schatten, der aufgetaucht war, als wollte er selbst die Geschichte der beiden bescheidenen Liebenden erzählen, die an seinen Gestaden Zuflucht gefunden hatten.

CZESŁAW MIŁOSZ

Die Gabe

Der Tag war so glücklich.
Der Nebel fiel früh herab, ich hatte
im Garten zu schaffen.
Die Kolibris rasteten an der
Blüte des Kaprifoliums.
Es gab in der Welt kein Ding, das
ich hätte haben wollen.
Ich kannte niemanden, den
ich beneiden müsste.
Was Böses geschehen war,
hab ich vergessen.
Ich schämte mich nicht zu denken,
ich sei, wer ich bin.
Ich spürte keinerlei Schmerz im Leibe.
Aufgerichtet sah ich das blaue
Meer und die Segel.

Berkeley, 1971

YAEL HEDAYA

Die Glücksnummer

Ein paar Minuten nachdem er gegangen war, geschah etwas Merkwürdiges: Hunderte schwarzer Vögel flogen aus dem Nirgendwo herbei, stürzten sich auf die alte Palme vor meinem Haus und vertilgten die Datteln, die in Büscheln herabhingen – die Datteln, von denen er gesagt hatte, man müsse sie herunterholen, weil das dem Baum nicht guttue, sie würden ihn überlasten, ihn erdrücken und langsam, aber sicher umbringen.

Wir standen, an die steinerne Brüstung gelehnt, auf dem Balkon und beobachteten die Passanten. Wir beobachteten die Autos, die in die Straße einbogen und dann hinter der Kurve verschwanden, warfen einen Blick auf das gegenüberliegende Gebäude, auf die offenen Fenster und Balkone, und wir betrachteten die Palme. Wir sahen uns alles an, was man sich ansehen konnte, um nur einander nicht anzusehen.

Wir hatten soeben aufgehört zu streiten. Es war unser erster Streit gewesen. Ich hatte ihn begonnen und ihn zum größten Teil allein ausgefochten. Nathan hatte geschwiegen und nur dann etwas gemurmelt, wenn ich etwas sagte, was in seinen Augen nicht den Tatsachen entsprach oder besonders beleidigend war. Aber es war mehr ein Vor-sich-hin-Brummeln als ein Murmeln, etwas Dumpfes, das er zum Fußboden sagte, den Mund voller Speichelbläschen und stiller Tatsachen.

Ich hätte nie gedacht, dass aus mir einmal eine solche Frau werden würde, eine anklagende und hysterische Frau, die die Hände in die Hüften stemmt, wenn sie sich in Vorwürfen ergeht, aber als ich vor Nathan gestanden hatte, der auf dem Sofa saß und die Steinplatten anbrummelte, waren meine Hände plötzlich auf meinen Hüften gelandet und wie Saugnäpfe an ihnen haftengeblieben. Es fühlte sich an, als wären mir kleine Flügel gewachsen, die mir helfen würden, abzuheben und mit dem Streit an einen anderen, einen höheren und kultivierteren Ort zu gelangen. So jedenfalls war mir zumute, als ich, die Hände in die Hüften gestemmt, mitten im Raum stand und versuchte, unsere Beziehung zu retten.

Jetzt standen wir auf dem Balkon und schauten auf die Straße hinunter. Ich fragte, ob ich eine Wassermelone aufschneiden solle, und Nathan nickte. Ich ging in die Küche und holte die Wassermelone aus dem Kühlschrank. Ich halbierte sie, schnitt eine der Hälften in große Würfel, richtete diese auf einem Teller an und steckte in die obersten beiden Würfel je eine Gabel. Diesmal hatte ich eine süße Wassermelone erwischt, was ich als gutes Zeichen wertete. Ich wusste nicht so recht, wie man sich nach einem Streit fühlen sollte; für uns war es der erste gewesen und zugleich auch der letzte. Ich stellte den Teller zwischen uns auf die Brüstung, und wir aßen schweigend und fuhren fort, hinunter auf die Straße zu schauen, bis er meine Aufmerksamkeit auf die überfrachtete Palme lenkte.

Mit der Gabel auf den Baum deutend, sagte er, den

Mund voller Saft: »Wird langsam Zeit, diese Datteln runterzuholen.«

Ich fragte, weshalb, und er erklärte, sie würden den Baum überlasten. Ich wollte nicht über den Baum reden. Ich wollte über unsere Beziehung reden. Aber alles, was ich dazu zu sagen hatte, hatte ich vor einigen Minuten bereits gesagt, und da stand ich nun auf dem Balkon, aß Wassermelone, führte eine höfliche Unterhaltung und bedauerte den Baum und wusste, es war aussichtslos.

»Wenn man die Datteln nicht runterholt, stirbt der Baum«, erklärte er.

»Was sollen wir jetzt tun?«, fragte ich, und er antwortete: »Nichts. Es ist aussichtslos.«

Der Teller war inzwischen leer gegessen, und ich brachte ihn in die Küche. Ich stellte ihn in die Spüle, drehte den Wasserhahn auf und ließ Wasser darüberlaufen, und in der Zwischenzeit versuchte ich, mir schnell etwas auszudenken, vielleicht gab es ja doch noch etwas, das ich tun konnte. Als ich wieder auf den Balkon hinaustrat, hatte Nathan der Straße bereits den Rücken zugekehrt. Er zerbröselte vertrocknete Geranienblätter, die er aus einem der Blumenkästen abgezupft hatte.

Ich fragte, ob ich noch mehr Wassermelone aufschneiden solle. Er lehnte ab. Ich wusste, dass dies unsere letzten gemeinsamen Minuten waren, und wollte Zeit gewinnen. Ich erklärte, das sei ein Problem, es sei noch viel davon da, noch eine ganze Hälfte, und er gab zurück, er habe sowieso schon zu viel gegessen, er denke, er werde gehen. Ich fragte, ob es das jetzt gewesen sei. Er sagte: »Ja.« Er blieb noch einen Moment lang dort stehen, dann erklärte er: »Also, ich denke, ich werde jetzt mal gehen.« Ich sagte: »Ja.« Daraufhin warf er eine Handvoll zerbröselter Geranienblätter auf die Straße, rieb die Handflächen aneinander und verkündete: »Ich gehe.« Ich dachte: Das Letzte, was wir zusammen gemacht haben, war, Wassermelone zu essen.

An der Tür erklärte er, es tue ihm leid.

»Es tut mir leid, dass es so sein muss«, meinte er, und ich erklärte, er lasse mir keine andere Wahl. Er legte mir eine Hand auf die Schulter und sagte, er verstehe nicht, weshalb es so sein müsse, und ich sagte: »Es geht nicht anders.« Er wiederholte noch einmal, wie leid es ihm tue, nahm die Hand von meiner Schulter, fuhr mit den Fingern über meinen Arm und sah mich mit traurigen Augen an. Ich schloss die Tür hinter ihm, und als ich den Schlüssel im Schloss umdrehte, hörte ich ihn mit schweren Schritten die Treppe hinuntergehen und danach die Hauseingangstür ins Schloss fallen. Ich ging in die Küche und sah die halbe Wassermelone auf der Arbeitsplatte liegen. Ich packte sie in eine Plastiktüte, legte sie in den Kühlschrank und wusste, dass ich sie in ein paar Tagen herausnehmen und mitsamt der Tüte in den Mülleimer werfen würde.

Dann ging ich wieder hinaus auf den Balkon. Ich lehnte mich an die Brüstung und schaute hinunter auf die Straße, die völlig anders aussah als vor ein paar Minuten, obwohl sich nichts an ihr geändert hatte. Ich beobachtete die Autos, die in die Straße einbogen und hinter der Kurve verschwanden, ich warf einen Blick auf das gegenüberliegende Gebäude mit den offenen Fenstern und Balkonen und betrachtete anschließend noch einmal die Palme – und da kamen die Vögel angeflogen.

Sie schwärzten den Himmel, ließen sich aufgeregt kreischend auf Antennen und Baumwipfeln nieder und sandten einander Befehle, und dann scharten sie sich in schwarzen Massen auf der Palme und hackten und hämmerten auf den Datteln herum, bis sie sie vertilgt hatten.

Urplötzlich verschwanden sie wieder, und man konnte unmöglich wissen, ob die Palme jetzt erleichtert war. Die trockenen, gelben Wedel hoben sich nicht in Dankbarkeit und Freiheit, und der gebogene Stamm wurde nicht wieder gerade, nachdem die Vögel ihn, hysterisch mit den Flügeln schlagend, massenvergewaltigt hatten. Ich dachte: Schade, dass Nathan das nicht miterlebt hat. Ich fand es bedauerlich, dass sich das Ganze erst einige Minuten nachdem er gegangen war ereignet hatte. Ich ging wieder hinein, schloss die Balkontür, die Fenster und die Rollläden und sagte mir: Es ist aus. Ich habe einen Schnitt gemacht. Jetzt fängt das Leben wieder von vorne an. Dann legte ich mich auf das Sofa und fing an zu heulen.

Das Telefon klingelte, aber ich nahm nicht ab. Ich zählte vier Klingeltöne, dann sprang der Anrufbeantworter an. Meine Eltern luden mich für Samstag zum Mittagessen ein.

*

Ich hatte Nathan letztes Jahr auf einer Purim-Party kennengelernt.

Seine Kopfbedeckung wies ihn als Narren aus. Er trug nicht etwa so einen bunten Kartonkonus, wie er in Spielwarengeschäften erhältlich ist, sondern eine richtige Narrenkappe aus verschiedenfarbigen Stoffen mit weich gefüllten, ebenfalls aus Stoff gearbeiteten Hörnern, an deren Enden silberne Glöckchen hingen. Irgendwie war es rührend und kindisch zugleich.

Ich hatte mich nicht verkleidet, weil ich mir nichts vorstellen konnte, das ich an jenem Abend wirklich hätte sein wollen – außer glücklicher. Ich war dreißig, und ich wollte verliebt sein, ich wollte Selbstvertrauen besitzen und innere Ruhe. Ich ging davon aus, dass die perfekte Kostümierung für eine Frau, die all diese Dinge in sich vereinigte, darin bestand zu kommen, wie sie war, sodass man irgendwo behaupten konnte, dass ich mich doch verkleidet hatte.

Mein letztes Kostüm war ein Fiasko gewesen. Damals war ich fünf Jahre alt und als Königin Esther verkleidet. Es gab Gestalten, die mir besser gefielen als die Königin Esther; sie kam mir immer ein wenig zu biblisch und zu langweilig vor, aber andererseits wollte ich so sein wie alle Mädchen.

Das Kleid war nicht schlecht – übereinanderliegende Schichten aus weißem raschelnden Taft, die ich über einer weißen Wollstrumpfhose trug –, aber ich hatte ein Problem mit den königlichen Schuhen. Ich wollte gläserne Schuhe haben, doch meine Mutter, die es wie ein altgedienter Verkehrspolizist verstand, meine Phantasien auf Bahnen umzuleiten, die an jenem Morgen frei waren, erklärte mir, dass ich da etwas verwechselt hätte. Die gläsernen Schuhe stammten aus dem Märchen von Aschenputtel, sagte sie. Die Königin Esther habe ganz gewöhnliche Königinnenschuhe getragen. Ich fragte: »Wieso können wir denn nicht eine Limoflasche in zwei Hälften schneiden, und dann gehe ich damit zum Kindergarten?« Und sie antwortete:

»Weil es gefährlich wäre und außerdem unmöglich.« Ich sagte: »Aber ich bin dann bestimmt die Einzige mit solchen Schuhen.« Sie erklärte: »Wenn du die Einzige bist, dann brauchst du das erst recht nicht. Du brauchst etwas, was alle haben.« Ich schmollte: »Aber dann bin ich nicht die Schönste.« Und sie meinte: »Die Königin Esther war nicht schön. Aschenputtel war schön.« Und auf mein schlechtes Gedächtnis bauend, versprach sie: »Nächstes Jahr darfst du dich als Aschenputtel verkleiden.«

Was sie gesagt hatte, klang einleuchtend, und weil ich das letzte Mädchen war, das seine Märchen durcheinanderbringen wollte, zog ich voller Stolz die Sandalen an, deren Riemchen meine Mutter mit Alufolie umwickelt hatte. An jenem Morgen regnete es in Strömen – eine der üblichen Katastrophen, die Kinder an Purim heimsuchen. Meine Mutter führte mich an der Hand zum Kindergarten, und als sie mich gerade ermutigte, es würde bestimmt ganz toll werden – ich sei doch noch viel zu jung, um so tieftraurig zu sein, fand sie und war ungehalten wie mein Vater –, trat ich in eine Pfütze, und das Silber löste sich von meiner linken Sandale. In meinem Fotoalbum habe ich eine Schwarzweißaufnahme, auf der ich, den Saum des Kleides anhebend, posiere; die eine Sandale ist königlich und die andere nicht, und entsprechend steht nur ein halbes Lächeln in meinem Gesicht.

Letztes Jahr an Purim hatte es nicht geregnet. Es war eine kalte und helle Nacht gewesen, und ich war mit dem Auto zu der Party gefahren. Ich trug einen schwarzen Pullover, Jeans und Stiefel. Ich liebte das selbstsichere Aufschlagen der Absätze.

Ich betrat die laute Wohnung und suchte meine Freundin, die mit den Gastgebern bekannt war. Wir hatten verabredet, uns dort zu treffen, und sie hatte angekündigt, sie würde sich als Fee verkleiden. Feen sah ich einige, aber meine Freundin war nicht unter ihnen. Ich begab mich in die Küche und warf einen Blick auf die Bierflaschen, die schwitzend in Reih und Glied auf der Arbeitsplatte standen. Inmitten der Musik, die im Wohnzimmer spielte, vernahm ich hin und wieder sanftes Glockengebimmel. Ich nahm mir eine Flasche und öffnete sie mit dem Flaschenöffner, der an einer langen rosa Schnur aus Geschenkband vom Griff der Kühlschranktür herabbaumelte.

Es war ein verkleideter Flaschenöffner: Jemand hatte ihn mit phosphoreszierenden Sternen und Mondsicheln beklebt.

In der Küche drängten sich zwei Feen, ein Superman, eine Königin Esther und ein großer, glatzköpfiger Mann mit einer Katzenmaske. Ich sagte mir, wenn meine Fee nicht in einer Viertelstunde käme, würde ich nach Hause gehen. Ich verabscheute Partys. Sie verstärkten in mir all die Gefühle, die Partys angeblich vertreiben sollen. Ich wollte gerade das restliche Bier in die Spüle kippen und gehen, da hörte ich den Klang der Glöckchen näherkommen. Der Narr kam in die Küche und suchte nach dem Flaschenöffner.

Er war sehr groß und behäbig und hatte blaue Augen, und jedes Mal, wenn er den Kopf bewegte, bimmelte es sanft.

Er machte sein Bier auf, lehnte sich neben mich an die Arbeitsplatte und trank, gelangweilt in das dunkle Wohnzimmer starrend, in großen Schlucken. Ich musterte seine

Kappe, die Hörner, die sich über der Stirn und den Augen krümmten, und die Glöckchen, die leise klingelten. Er wirkte, als hätte er die Kappe vor vielen Jahren aufgesetzt und, weil sie ihm so bequem war, irgendwann vergessen, dass er sie auf dem Kopf hatte.

Plötzlich wurde die laute Musik von einem Kinderlied abgelöst. Die Gastgeber hatten *Der kleine, nette Clown, der tanzt mit jedermann* aufgelegt, und die Tänzer passten sich der einfachen Melodie an und nahmen mit ihren Gesten die simplen Worte auf. Sie hüpften, gestikulierten mit den Händen und legten jedes Mal fragend den Kopf schief, wenn das ›Vielleicht‹ aus dem Refrain »Vielleicht – vielleicht – vielleicht tanzt du mit mir?« ertönte.

»Magst du tanzen?«, fragte der Narr.

Ich nickte, stellte das Bier auf die Arbeitsplatte und folgte ihm ins Wohnzimmer, zu einer kleinen Lichtung, die er in der Menge fand. Ich hatte Mühe, die kindlichen Bewegungen vor einem Fremden auszuführen, aber der Narr hüpfte und hampelte mit einer Natürlichkeit vor mir herum, die beinahe zynisch wirkte. Er drehte seine Handflächen in Schraubbewegungen hin und her, legte den Kopf von einer Seite zur anderen und zuckte mit jedem ›Vielleicht‹ trotzig mit den Schultern.

Die anderen Tänzer beobachteten uns – den hüpfenden, schulterzuckenden und klingelnden Narren und mich, die ich auf der Stelle trat und ein halbes Lächeln im Gesicht hatte.

Er gab nicht etwa vor, wie ein kleiner Junge zu tanzen. Er tanzte so.

Ich fühlte mich sofort zu ihm hingezogen. Noch bevor

ich ihn gesehen hatte, hatte ich mich von ihm angezogen gefühlt – erst von dem Gebimmel der Glöckchen und dann von dem Lied und dem Tanz, die mich um fünfundzwanzig Jahre zurückversetzten, zu jenem verregneten Purim, in ein großes Zimmer voller Kinder, in dem Gerüche von Schlamm, feuchten Hamman-Taschen und Pipi hingen, dazu die Klänge desselben Liedes und der Nachhall einer großen Enttäuschung.

»Sie hat den ganzen Tag geweint«, hatte die Kindergärtnerin damals meiner Mutter erzählt, als sie mich am Mittag abholen kam. »Ich war völlig ratlos, Frau Lieberman. Sie hat sich die Sandalen ausgezogen und sich in die Ecke gehockt. Ich habe sie so gebeten, dass sie sie wieder anzieht und mit den Kindern mittanzt, aber sie hat immer nur mit den Schultern gezuckt. Ich habe sie natürlich nicht auf Strümpfen rumlaufen lassen. Es ist kalt heute, Frau Lieberman, was hätte ich tun sollen?«

Das Lied war jetzt zu Ende, und wir standen einander einen Moment lang ratlos gegenüber. Der Narr wirkte verraten und verlassen, und auch die Kappe sah aus, als wäre sie plötzlich verblüht. Ohne ein Wort zu sagen, kehrte er mir den Rücken und stapfte mit schweren Schritten in die Küche zurück. Ich lief hinterher.

Abermals standen wir da und lehnten uns an die Arbeitsplatte.

Er stellte sich vor: »Nathan.« Ich sagte: »Maja«, und er fand, das sei ein schöner Name. »Nathan auch«, meinte ich. Er fragte: »Ja? Ich mag meinen Namen überhaupt nicht.« Ich erkundigte mich, weshalb, aber er zuckte nur mit den Schultern.

Meine Augen suchten noch immer nach der Feenfreundin, aber es war mir inzwischen egal, dass sie nicht gekommen war. Dafür erschienen eine weitere Königin Esther und eine Tigerin mit einem langen, wippenden Schwanz und rotem Haar, das wunderbar zu der Farbe der Streifen in ihrem Kostüm passte. Die beiden umarmten Nathan, er machte mit dem verkleideten Öffner zwei Bierflaschen für sie auf und ging dann mit ihnen tanzen. Zu mir sagte er weder ›Entschuldigung‹ noch ›Bin gleich wieder da‹ noch ›Tschüss‹. Ich beobachtete ihn beim Tanz mit der Tigerin und der Königin Esther und fand, es sei Zeit, nach Hause zu gehen. Ich dachte an mein Bett und an die darüber verstreuten Wochenendzeitungen.

Ich dachte an meine Wohnung, an das Badezimmer, an die feuchten Handtücher und an den Geruch von Moder, der im Winter, wenn das Fenster geschlossen war, darin stand; ich dachte an meine Zahnbürste, dass sie schon alt sei und es langsam Zeit werde, sie durch eine neue zu ersetzen, und an den Spiegel über dem Waschbecken, der vor lauter Zahnpasta- und Seifenspritzern trüb war; und ich dachte an den Weg vom Badezimmer ins Schlafzimmer, die Füße in Socken, die Hände an der Wand entlangtastend und die Lichter löschend: das Licht auf der Toilette, das Licht im Badezimmer, das Neonlicht in der Küche und schließlich das Licht im Flur, bis nur noch ein Licht anblieb – die Leselampe neben dem Bett, die immer einen gelben Lichtkegel auf mein Kissen warf.

Ich ging hinunter auf die Straße und stieg in mein Auto. Ich ließ den Motor warmlaufen und schaltete die Lüftung ein, um die beschlagene Windschutzscheibe zu trocknen.

Beim Ausparken warf ich einen kurzen Blick in den Rückspiegel und sah Nathan aus dem Gebäude kommen. Ich wartete, bis sein überdimensionaler Körper, der in einem Parka steckte, in irgendeinen Wagen einsteigen würde, doch der Narr ging an meinem und auch an den anderen parkenden Autos vorbei und stapfte mit großen Schritten weiter in Richtung Hauptstraße.

Dort blieb er, die Kappe auf dem Kopf und die Hände in den Taschen, einen Moment lang stehen, und meine Scheinwerfer strahlten ihn an. Ich hupte kurz, ein krächzender Ton, und er wandte sich überrascht um. Trotz der geschlossenen Fenster und des leerlaufenden Motors und meines Herzens, das erwartungsvoll und tadelnd pochte, konnte ich hören, dass die Glöckchen sich näherten.

Er trat an meinen Wagen, beugte sich vor und spähte ins Innere, um nachzusehen, wer der Unbekannte war, der ihn da angehupt hatte. Ich kurbelte das Fenster herunter und fragte, ob er kein Auto habe.

»Nein«, antwortete er.

»Willst du dir hier ein Taxi schnappen?«

»Ich weiß nicht«, erwiderte er.

»Soll ich dich mitnehmen?«, fragte ich.

Es war das erste Mal in meinem Leben, dass ich einem fremden Mann eine Mitfahrgelegenheit anbot, aber ich dachte, jemand, der als Narr verkleidet war, konnte nicht gefährlich sein. Wortlos stapfte er hinüber zur Beifahrertür, öffnete sie und zwängte sich auf den Sitz neben mir. Seine Kappe drückte gegen die Wagendecke, und er nahm sie ab und hielt sie zusammengeknüllt in den Händen. Ich sah, dass sein Haar sich lichtete, und als hätte auch er dies zum ersten Mal bemerkt, strich er sich entschuldigend über den Kopf.

Mein Auto war zu klein für ihn. Er grätschte seine langen angewinkelten Beine – ein Knie berührte die Tür, und das andere drückte gegen das Handschuhfach – und lehnte sich in seinem Sitz, den er bis zum Anschlag nach hinten geschoben hatte, zurück, so weit er konnte. Dennoch stieß er beinahe an die Decke. Er murmelte seine Adresse, und auf dem ganzen Weg dorthin wechselten wir kein Wort. Er hatte den Geruch von nassem Pelz und zermatschten Blättern an sich, und dieser Geruch erfüllte das Wageninnere, in dem sonst die üblichen Gerüche von Skai und Plastik standen, vermischt mit einem grässlichen Geruch, der sich ›Dschungel‹ nannte und von einem Duftbäumchen abgegeben wurde, das am Rückspiegel hing. Ich hatte es an einer Tankstelle geschenkt bekommen, und obwohl ich den scharfen, synthetischen Geruch nicht ausstehen konnte, war ich immer zu faul, das Bäumchen abzunehmen, und wartete darauf, dass der Geruch von allein nachlassen würde. Jetzt wurde der Wagen von einem anderen Geruch erfüllt; vielleicht war das der Geruch, den der Luftverbesserer zu imitieren versuchte.

Ich beobachtete Nathan aus dem Augenwinkel. Er starrte durch das Seitenfenster nach draußen. Seine riesigen Hände ruhten auf der zerknüllten Mütze, und ich sah, dass er Schmutz unter den Fingernägeln hatte, etwas Rötlichbraunes, das wie Erde aussah. Sein Anblick hatte etwas Rührendes, er war so behäbig und phlegmatisch und von einer feindseligen Gleichgültigkeit, und dann dieser Geruch, und die Haarbüschel in seinem Nacken. Er blickte in derselben kindlich-unbewussten Weise, in der er getanzt hatte, nach draußen und musterte die leeren Straßen, die Häuser, die Bushaltestellen und die Reklamewände, wobei er geistesabwesend seine Kappe knetete und schwer atmete. Ich fuhr langsam, gewollt vorsichtig, wie eine Försterin, die einen verirrten Bären zurück zu seiner Höhle bringt.

Ich war enttäuscht, als ich Nathan vor seinem Haus absetzte und er mich nicht einlud, mit zu ihm nach oben zu kommen, und auch nicht um meine Telefonnummer bat. Ich beobachtete, wie er seine Kappe in die eine Jackentasche stopfte und aus der anderen Tasche seine Schlüssel holte und im Treppenhaus verschwand.

Eine gute Freundin hat mir einmal gesagt, dass ich Männern Angst mache.

»Du machst Männern Angst«, sagte Nogga, zündete sich eine Zigarette an und blies den Rauch weit von sich. Sie gehörte zu jenen Rauchern, die Zigaretten widerlich fanden, aber die Angewohnheit als solche liebten.

»Das ist so ein Muster bei dir«, fuhr sie fort, mein Problem zu analysieren, während sie mit der linken Hand – die Hand, an der sie an jedem Finger einen großen Ring trug – geistesabwesend ihren Hals berührte und über den riesigen Knutschfleck strich, den sie mir, kaum dass wir uns begrüßt hatten, sofort gezeigt hatte.

»Begreif das doch«, erklärte sie. »Erst finden sie dich total süß, und dann kriegen sie einen Mordsschreck.«

»Dann ist es ja vielleicht ihr Muster«, sagte ich.

»Nein«, sagte Nogga entschieden. »Ich weiß, wovon ich rede. Ich habe dich schon in action erlebt. Ich habe dich an der Uni erlebt. Habe dich auf Partys erlebt. Ich kenne dich nicht erst seit gestern. Du hast diese Nummer einfach nicht drauf.«

»Welche Nummer?«, wollte ich wissen.

»Da gibt es einige«, erklärte sie und schnippte mit der Zigarette nervös auf den Rand des Aschenbechers, »aber in deinem spezifischen Fall spreche ich von der ›Glücksnummer‹.«

»Was ist das – die ›Glücksnummer‹?«, fragte ich.

»Du musst ausstrahlen, dass es dir gutgeht im Leben, selbst wenn wir beide wissen, dass das nicht der Fall ist. Und erst später, im passenden Moment – und das ist ein Moment, für den es keine Regeln gibt, also frag mich nicht, wie man weiß, wann er gekommen ist –, erst da darfst du anfangen, deinen Katzenjammer auf den Tisch zu packen. Aber in kleinen Häppchen. Nicht alles auf einmal.«

Nogga und ich saßen in dem neuen Café, das bei ihr im Nachbarhaus aufgemacht hatte. Sie liebte es, neue Cafés einzuweihen und ihnen dann den Rücken zu kehren. Immer schäumte sie förmlich über vor Energie, diese Nogga, und sie hatte eine tolle Ausstrahlung. Sie war keine Schönheit im üblichen Sinne; sie war klein und pummelig und hatte krauses, strohtrockenes Haar, mit dem sie ein Leben lang kämpfte. Sie verschwendete viel Geld und Hoffnung auf Friseure, deren Pflegekuren ihr Haar nur noch widerspenstiger und krauser machten. Aber Nogga mochte sich, wie sie war, und das auf eine so absolute und neiderweckende Weise, dass niemand sich ihrem Charme entziehen konnte. Man musste sie einfach lieben.

Ich behauptete immer, dass sie sich mochte, weil die Männer sie immer mochten, aber Nogga sagte, es verhalte sich genau umgekehrt. Wir einigten uns darauf, dass es sich hier um den klassischen Fall vom Huhn und vom Ei handle.

»Dieses Café ist ganz nett«, meinte sie und sah sich gelangweilt um. »Lass es uns als Stammcafé adoptieren.« Ich sagte: »Okay«, obwohl ich wusste, dass sie für unsere nächste Verabredung wieder ein anderes Café vorschlagen würde.

»Begreif das doch«, fuhr sie fort. »Sie machen die Fliege, weil sie merken, dass du wahnsinnig klug und wahnsinnig traurig bist. Diese Kombination aus Grips und Weltschmerz ist für Männer tödlich.«

Und im selben Atemzug, die halbgerauchte Zigarette ungeduldig im Aschenbecher ausdrückend, umklammerte sie mit ihrer Hand die meine – ich bekam das Nebeneinander von Warm und Kalt, der Wärme von ihrer Hand und der Kälte von ihren Ringen zu spüren – und sagte: »Maja, ich verspreche dir: Eines Tages wirst du erleben, wie toll das ist, wenn du nach einem miesen Tag, dem beschissensten Tag deines Lebens, nach Hause kommst, und dann jemand da ist, der mit einer großen Umarmung und dem Abendessen auf dich wartet.«

Von allem, was sie gesagt hatte, war dies der Satz, der mich am traurigsten stimmte, weil ich ihn als Klischee erachtete, aber Nogga fand das ganz und gar nicht, und sie drückte meine Hand und wiederholte: »Das verspreche ich dir.«

Nogga hatte immer Freunde, die ihr ein oder zwei Monate nachdem sie sich kennengelernt hatten anboten, doch bei ihnen einzuziehen – vielleicht weil sie in ihren Augen bedürftig wirkten, als ob jeder Tag in ihrem Leben der beschissenste Tag ihres Lebens wäre, vielleicht aber auch, weil sie eine wunderbare Köchin war. Im letzten Jahr war Nogga allein gewesen, weil sie in jemanden verliebt war, der eine Freundin hatte. Für jemanden, der in jemanden verliebt war, der seinerseits in eine andere verliebt war, wirkte sie äußerst gelassen.

Sie hegte diese Gewissheit, dass es schon noch klappen würde, und übte sich in Geduld.

Es war meine Freundin Nogga gewesen, die sich als Fee hatte verkleiden wollen. Am Ende war sie überhaupt nicht zu der Party gekommen. Wie sie mir einige Tage später mit einer Kombination aus Leidenschaft und siegesbewusster Gleichgültigkeit erzählte, war Folgendes passiert: Sie war kurz davor gewesen, die Wohnung zu verlassen, in einem selbstgenähten weißen Satinkleid mit Rüschen aus Tüll und Krinoline und weißen Ballerinaschuhen, die sie sich vor Jahren anlässlich der Hochzeit einer unserer Freundinnen aus Kindertagen gekauft hatte – Schuhe, die man außer zu Hochzeiten oder Purim-Partys nie tragen konnte. Sogar kleine Flügel hatte sie sich angesteckt, an denen sie eine geschlagene Woche gearbeitet hatte – zurechtgebogener Draht, überspannt mit schimmernder Fallschirmseide –, und in der Hand hatte sie einen kleinen Zauberstab gehabt, den sie sich in einem Spielwarengeschäft besorgt hatte.

Und als sie sich gerade den Mantel überziehen und aus der Tür gehen wollte, kam Amir vorbei. Er stand in der Tür und erzählte ihr, dass er sich von seiner Freundin getrennt habe. Er war den Tränen nahe. Mit dem Zauberstab in der Hand stellte sich Nogga in ihrem Feenkostüm in die Küche und kochte ihm einen Tee. Einen Tag später fragte er sie, ob sie bei ihm einziehen wolle.

Sie sagte: »Begreif das doch. Du musst weicher sein, ein bisschen hilfloser. Ich weiß, dass das nicht deine Art ist, aber du solltest es wenigstens mal versuchen. Du darfst nicht traurig sein, ich habe dir schon mal gesagt: Blanker Weltschmerz ist nicht gut. Es macht ihnen Angst. Zu viel Stärke ist auch nicht angebracht. Ein bisschen Stärke ist okay, das ist sogar sexy. Aber es darf nicht zu viel sein. Man muss das richtige Maß finden, es muss ausgewogen sein. Versuch mal, ein kleines bisschen das arme Würstchen zu spielen, wenn du kannst, und du wirst sehen, das funktioniert. Wie ein Zauber.«

»Aber Amir ist gekommen, um sich an deiner Schulter auszuweinen. Er war das arme Würstchen. Wo genau liegt in diesem Fall der Zauber?«

Sie lächelte geheimnisvoll und erwiderte: »Du hast noch immer nicht begriffen, wie es funktioniert.«

Ich sagte: »Nein. Wie funktioniert es denn? Gerade eben hast du mir gesagt, ich soll die Glückliche spielen.«

»Natürlich«, gab sie zurück, »aber auch das darf man keinesfalls übertreiben, dann denken sie nämlich, dass du sie nicht brauchst. Natürlich habe ich ihm meine Schulter angeboten, damit er sich erst mal ausheulen kann. Ich habe ihm einen Tee gemacht und ihn ein bisschen gestreichelt, ganz sanft, nicht, um ihn anzumachen, bloß so. Ich habe meine Hand auf seine Hand gelegt und ihm zugehört – eine geschlagene Dreiviertelstunde hat er über seine blöde Ex geredet, ohne Punkt und Komma –, und du wirst nicht glauben, was ich dann getan habe.«

»Was denn?«, fragte ich.

»Ich bin in Tränen ausgebrochen!«, prustete Nogga.

»Du bist in Tränen ausgebrochen?«

»Ja«, sagte sie, »du kennst mich doch, ich kann den Hahn auf- und zudrehen, wie ich gerade lustig bin. Also: Wir sitzen so im Wohnzimmer, und er erzählt mir, wie schlecht es ihm geht, und fragt, wie es jetzt weitergehen soll, da habe ich plötzlich den Hahn geöffnet, und die Tränen sind mir nur so runtergelaufen. Erst hat er es gar nicht mitgekriegt, so beschäftigt war er mit sich, aber dann hat er mich plötzlich angeschaut und gefragt: ›Was ist denn mit dir?‹ Er war total fertig. Du hättest ihn sehen sollen. ›Bloß so‹, habe ich geantwortet. ›Ich finde es traurig für dich. Ich finde es traurig, dich so zu sehen. Ich finde es traurig, wie einsam wir alle sind auf dieser Welt.‹«

»Das hast du gesagt?«, fragte ich. »Ist das dein Ernst?«

»Ja«, erwiderte sie, »so ungefähr.«

»Aber das ist doch ein schreckliches Klischee!«, rief ich.

»Klischees sind eine feine Sache«, gab sie zurück, »und schreckliche Klischees sind große Klasse. Vor allem aber muss man lernen, sie nicht nur auszusprechen, ohne dabei rot zu werden, sondern sie auch hemmungslos auszuleben.«

Sie winkte der Kellnerin und erklärte mir, sie habe es eilig. Sie müsse gleich zu Amir. Sie hätten vereinbart, sich am Mittag zu treffen, um zusammen seine Küche zu renovieren.

*

Der vorige Mann, mit dem ich geschlafen hatte, war groß und dünn gewesen und schöner als Nathan. Micki hatte ebenfalls blaue Augen gehabt, aber sein schwarzes, lockiges Haar war füllig gewesen. Und er hatte miserable Gedichte geschrieben.

Wir saßen in meiner Wohnung auf dem Sofa, und er reichte sie mir, eines nach dem anderen, wobei er die Seiten zwischen den Fingerspitzen hielt, als wären sie zerbrechlich oder die Tinte noch feucht. Auf einige der Seiten hatte er kleine Zeichnungen gekritzelt, meistens Musiknoten und Vögel.

Als ich seine Gedichte gelesen hatte, tat er mir nur leid.

Ich hatte ihn an der Universität kennengelernt. Ich arbeitete an meinem Doktorat in Vergleichender Literaturwissenschaft und teilte mir einen kleinen Raum mit einem Assistenten, der unser Zimmer immer nur aufsuchte, um eine Runde zu schlafen oder sich mit seiner Freundin am Telefon zu streiten. Micki studierte Betriebswirtschaft und Management.

Er begegnete mir eines Abends, als er gerade die Flure der Fakultät für Geisteswissenschaften nach einem öffentlichen Telefon abklapperte. Seine Batterie sei leer, erklärte er, er müsse einen Abschleppdienst rufen. Er sei extrem genervt, weil die Karre neu sei. Ich bot ihm an, von meinem Raum aus zu telefonieren.

Zwei Stunden lang saßen wir dort und warteten auf den Mann vom Abschleppdienst. Wir redeten über Autos und Lyrik. Mit derselben Wut, mit der Micki über die Batterie sprach, die ihn im Stich gelassen hatte, sprach er auch über die Frau, in die er einmal verliebt gewesen war. Dann fragte er, ob ich Lust hätte, irgendwann mal seine Gedichte zu lesen.

Als ich sie gelesen hatte, sagte ich zu ihm, seine Gedichte seien rührend. Hier und dort ließ ich mich sogar über eine Metapher aus, und als ich sah, wie geschmeichelt er sich fühlte, tat er mir noch mehr leid. Tief im Sofa versunken saß er da, den Stapel Seiten im Schoß. Er schrieb über verregnete Straßen und über enttäuschte Liebe. In jeder Zeile kam eine gewisse Rinat vor, umgeben von Vögeln, Musiknoten und Fingerabdrücken. Sie war einmal seine Freundin gewesen, auf dem Gymnasium, seine erste Liebe und die Inspiration für diesen ganzen unverarbeiteten Weltschmerz.

Meine Eltern hatten sich an jenem Morgen scheiden lassen, und ich war froh gewesen, als Micki anrief und fragte, ob ich noch wisse, wer er sei – »der Typ mit der Batterie«. Ich hatte erwidert: »Ja, klar weiß ich das noch. Wie geht's dir? Was ist mit deinem Auto?«

»Alles bestens«, hatte er geantwortet, »ich habe die Batterie auswechseln lassen.«

Dann hatte er gefragt, ob er am Abend vielleicht mit seinen Gedichten vorbeikommen könne.

Nun saßen wir Schulter an Schulter auf dem Sofa, und zwischen uns lagen die miserablen Gedichte. Als wir sie zu Ende analysiert hatten, stapelte er sie auf dem Fußboden und seufzte. Er beugte sich über die Seiten, starrte sie noch eine Weile lang an und las sie verkehrt herum, obwohl er sie auswendig kannte. Dann legte er seine Hand auf meinen Arm. Selbst durch den Pullover hindurch konnte ich seine kalten Finger spüren und dass sie so gut wie kein Gewicht hatten. Ich war enttäuscht über seine leichten Hände.

»Sie fehlt mir noch immer«, erklärte er. »Komisch. Seit fünfzehn Jahren habe ich sie nicht gesehen, aber ich empfinde noch immer etwas für sie.«

»Was denn?«, fragte ich.

»Schmerz«, antwortete er, »und das Gefühl, etwas verpasst zu haben.«

»Aber ihr wart damals ganze siebzehn Jahre alt«, meinte ich. »Es war eine erste Liebe.«

»Und für mich anscheinend die letzte«, sagte er und lachte verlegen, und seine dünnen Finger kitzelten mich am Hals.

»Ich hatte schon ein paar Freundinnen seit damals. Mit einer habe ich sogar ein Jahr lang zusammengelebt. Ich weiß nicht, vielleicht passiert ja eines Tages etwas.«

»Was soll denn noch passieren?«, fragte ich.

»Du würdest es doch nur kindisch finden.«

»Nein«, meinte ich. »Sag's mir.«

»Ich warte auf eine Frau, die so radikal anders ist als sie, so absolut nicht wie sie, das heißt dermaßen das krasse Gegenteil von Rinat, dass ich es eventuell genau deshalb schaffen könnte, mich in sie zu verlieben. Verstehst du?«

»Ich verstehe«, erwiderte ich.

»Ich würde mich rasend gern verlieben. Das würde jetzt wirklich gut passen.«

»Was ist denn jetzt mit ihr?«, wollte ich wissen. »Habt ihr noch Kontakt zueinander?«

»Null«, entgegnete er. »Ab und zu kriege ich von Freunden mit, was sie so treibt. Inzwischen hat sie geheiratet. Und sie hat ein Kind.«

»Und du bist traurig, dass es nicht dein Kind ist.«

»Ja«, sagte er. »Woher weißt du das?«

»Weil ich schlau bin«, gab ich zurück.

»Du bist wirklich schlau«, meinte er. »Und ich rechne es dir hoch an, dass du bereit warst, dir meine Gedichte anzusehen. Es ist mir wichtig zu wissen, was du denkst. Es ist alles andere als einfach, Leute zu finden, die auf einen eingehen, und zwar so richtig auf einen eingehen. Und an die man sich auch manchmal ein bisschen anlehnen kann. Alle meine Freunde studieren BWL und Management. Verstehst du?«

»Ja«, sagte ich und legte vorsichtig meinen Kopf an seine Schulter. »Ich verstehe. Man kann sich nicht an sie anlehnen.«

»Ich hoffe, du findest es nicht schlimm, dass ich mich heute Abend so aufgedrängt habe«, fuhr er fort und trommelte mit den Fingern im Rhythmus einer Melodie, die er in seinem Kopf trällerte, auf meine Schulter. Ich fragte mich, was das wohl für eine Melodie sein mochte, vielleicht ein Lied, das er auf dem Gymnasium gern gehört hatte. Er räusperte sich und meinte: »Weißt du, was? Manchmal fühle ich mich brutal einsam –«, und genau da klingelte das Telefon, und ich stand auf, um abzunehmen.

Es war mein Vater. Er hatte sich vertan. Eigentlich hatte er meine Mutter anrufen wollen und aus Versehen meine Nummer gewählt. Er entschuldigte sich: »Ach, du bist es, Maja? Eigentlich wollte ich deine Mutter anrufen –«

Es war das erste Mal, dass er meine Mutter ›deine Mutter‹ genannt hatte.

»Weißt du vielleicht, wo sie ist?«

Ich antwortete, sie sei jetzt wahrscheinlich in ihrer Vorlesung an der Uni. Monatelang war sie mir mit der Frage in den Ohren gelegen, was sie am besten studieren sollte und was meiner Meinung nach zu ihr passen könnte. Sie hatte in den Vorlesungsverzeichnissen herumgeblättert wie in Modejournalen und mit dem Nagel ihres Zeigefingers auf alle möglichen skurrilen Kurse gedeutet. Am heutigen Abend war sie endlich Gasthörerin geworden.

»Sie wollte zu einer Vorlesung gehen«, erklärte ich.

»Aber so spät noch?«, fragte er.

»Keine Ahnung, Papa«, gab ich zurück. »Manchmal ziehen sich diese Vorlesungen eben etwas hin.«

Er sagte: »Aha. Gut.« Dann legten wir auf. Während unseres Telefonats konnte ich hören, wie er in der möbellosen Wohnung auf und ab ging. Ich fragte mich, ob er jetzt wohl auf einem der Stühle saß, die ich ihm geliehen hatte – die Stühle, die ich vor zehn Jahren bei meinem Auszug aus der elterlichen Wohnung mitgenommen hatte. Ich fragte mich, ob er jetzt in seinem kleinen Transistorradio seinen Lieblingssender hörte. Und ich fragte mich, ob er weinte.

Ich hatte nur einmal im Leben gesehen, wie die Schultern meines Vaters zitterten, weil er weinte – ein paar Tage nachdem meine Mutter sich mit mir wegen des Rechtsanwalts beraten hatte. Ich war zu ihnen in die Wohnung gegangen und hatte mit meinem Schlüssel aufgesperrt. Ich hatte nicht damit gerechnet, meinen Vater um diese Uhrzeit zu Hause vorzufinden. Es waren die Stunden, in denen er gewöhnlich seine Besorgungen machte, die Stunden, die er am meisten liebte. Jeden Morgen von Sonntag bis Freitag zwischen acht und zwölf Uhr war mein Vater unterwegs, bestieg diverse Busse und suchte diverse Ämter auf, immer mit einem abgenutzten Aktenordner unter der Achsel.

Er hielt ein Schwätzchen mit Busfahrern, Behördenangestellten und Wachmännern, riss Witze und saß gut gelaunt und geduldig die langen Wartezeiten ab.

Zwei Jahre davor war er in Rente gegangen. Seine Kollegen vom Steuerberaterbüro, in dem er fünfundvierzig Jahre gearbeitet hatte, richteten eine Abschiedsfeier für ihn aus. Monate vor seinem Ausscheiden aus der Firma hatte mein Vater bereits angefangen, sich für die Beleidigung zu wappnen, mit einer goldenen Armbanduhr bedacht zu werden.

»Was soll ich mit einer Golduhr?«, hatte er immer wieder gemurrt, aber im Laufe der Zeit konnte er sich zu der Einsicht durchringen, dass er mit einer goldenen Armbanduhr doch etwas anfangen könnte. Am Morgen vor der Abschiedsfeier hatte er erklärt: »Na gut, dann gibt's eben eine goldene Armbanduhr«, und hatte, ehe er ins Büro gegangen war, seine alte Uhr vom Handgelenk abgenommen und sie in die Schublade seines Nachttischs gelegt. Aber dann hatte er doch keine goldene Armbanduhr bekommen.

Einer der beiden Büroinhaber, Offer Horowitz – ein Mann ungefähr meines Alters –, überreichte ihm feierlich einen luxuriösen Terminkalender mit Kunstledereinband und einen Umschlag mit Einkaufsgutscheinen über zweihundert Schekel von einem Geschäft für Haushaltsgegenstände und Geschenkartikel.

Die drei Buchhalterinnen aus der Abteilung meines Vaters hatten Geld gesammelt und ihm Blumen gekauft. Und es gab auch Kuchen aus der Konditorei von gegenüber. Mit den Gutscheinen kaufte meine Mutter einen Wok und fing an, sich in chinesischen Kochkünsten zu üben, doch der luxuriöse Terminkalender blieb geschlossen und ohne Einträge und lag, noch halb in Geschenkpapier eingewickelt, auf dem Berg alter Anzüge meines Vaters, der sich während der Sommer- und Herbstmonate auf meinem Jugendbett auftürmte.

An jenem Morgen war mein Vater nicht losgezogen, um seine Erledigungen abzuarbeiten. Vielleicht erachtete er das Weinen ebenfalls als Erledigung – etwas, was man tun musste, um es hinter sich zu bringen. Meine Mutter war beim Friseur; Donnerstag war ihr Friseurtag. Er saß mit dem Gesicht zum Balkon auf einem Stuhl im Wohnzimmer. Die Jalousien waren geschlossen, aber ein einzelner Sonnenstrahl drang herein und erhellte die Stelle, an der in einem Quadrat aus Licht mein Vater saß. Ich weiß nicht, ob er mich überhaupt hat hereinkommen hören. Er gab keinen Laut von sich, und seine Schultern bebten, und ich wollte zu ihm hingehen und ihm eine Hand auf die Schulter legen, aber ich wusste, das wäre wie ihm den Mund verbieten. Ich stellte mich abwartend hinter ihn, und als ich hörte, wie er die Nase hochzog, fragte ich, ob er wegen der Scheidung weine. Er zuckte mit den Schultern und gab keine Antwort.

»Es ist schon traurig«, meinte ich.

»Ich bin müde«, meinte er. »Verstehst du? Ich bin nicht so traurig, wie ich müde bin. Diese ganze Rennerei zum Rabbinat, jetzt, in meinem Alter. Wer hat die Energie dafür?«

»Dann gehe ich«, erbot ich mich. »Ich werde versuchen, euch von dieser Rennerei so viel wie möglich abzunehmen.«

Aber ich wusste, dass er etwas anderes gemeint hatte.

Er liebte Rennereien und Erledigungen, aber er liebte Erledigungen, die einen Sinn hatten, Erledigungen, die er angekurbelt hatte, und in dieser Scheidung sah er keinen Sinn; er hatte sie nicht angekurbelt, und er hatte Angst vor dem Alleinsein.

Er war ein großer Anhänger der Zweisamkeit, mein Vater.

Er kannte nichts anderes. Bevor er meine Mutter kennenlernte, die einige Jahre als Telefonistin im Steuerberaterbüro Horowitz-Ammit arbeitete, hatte er eine andere Frau gehabt, Violette. Wir haben nie auch nur ein Foto von ihr gesehen, weil er sie allesamt verbrannt hat. Violette war überfahren worden. Mein Vater war zehn Jahre in kinderloser Ehe mit Violette verheiratet gewesen. Violette, so hatte meine Mutter mir erzählt, hatte es nie gern eilig gehabt.

Meine Mutter war diejenige gewesen, die Wasser über meinen Vater geschüttet hatte, als er an dem Morgen, an dem man ihm mitteilte, Violette sei tödlich verunglückt, ohnmächtig geworden war. Violette, die es nie und nirgendwohin gern eilig gehabt hatte, wollte unbedingt ihren Bus noch erwischen.

Sie war über die Straße gerannt und von einem Bus, der aus der Gegenrichtung kam, überfahren worden. ›Linie 4‹ war alles, was mein Vater freiwillig verriet, als Talli und ich mit der gesunden Neugier heranwachsender Mädchen mehr darüber erfahren wollten, und bis heute wissen wir nicht, ob Linie 4 der Bus war, der sie überfahren hatte, oder der Bus, den sie hatte erwischen wollen. Meine Mutter behauptet: »Sowohl als auch.« Auch sie redet nicht gerne über Violette.

Meine Mutter hatte in der Telefonzentrale gesessen, als es passierte. Sie sah meinen Vater die Treppe herunterkommen; er ging an ihrem Glaskasten vorüber, stand einen Moment lang unschlüssig am Eingang, tastete nach der Wand und brach zusammen. Sie war diejenige gewesen, die ihm einige Minuten davor den Anruf der Polizei durchgestellt hatte, und sie hatte Schlimmes geahnt. Als sie meinen Vater zusammenbrechen sah, nahm sie das Marmeladenglas mit den Blumen – sie kaufte sich jeden Morgen Blumen auf dem Weg zum Steuerberaterbüro Horowitz-Ammit, um in ihrem Glaskasten eine häusliche Atmosphäre zu schaffen – und eilte zu ihm hin. In ihren Armen kam er, klitschnass und umringt von Nelken, wieder zu sich und blieb dort.

Ich versprach meinem Vater, auf dem Rabbinat erste Informationen einzuholen. Gleich am nächsten Tag fuhr ich hin, doch man erklärte mir, die Eltern müssten selbst vorsprechen.

Ich fragte den Rabbinatsangestellten, ob er mir keine Auskunft erteilen wolle, weil ich eine Frau sei.

»Nein«, erwiderte der Rabbinatsangestellte, »so ein Unsinn – Frau. Das tut hier nichts zur Sache. Der Vater und die Mutter müssen selbst vorsprechen, und wenn es ihnen Mühe bereitet, kann die Tochter mitkommen.«

Er sagte ›Tochter‹, als ginge es um eine Tochter im übertragenen Sinne. Anschließend erklärte er mir noch, wo man immer einen Parkplatz kriegen konnte, und verkündete wie ein Herold: »Die Eltern müssen persönlich bei uns vorsprechen!«, als wollte er sagen: Möge das königliche Elternpaar sich die Ehre geben und uns mit seiner Anwesenheit beglücken.

Und nachdem ich mich für die Information bedankt hatte und schon auf der Treppe war, rief er mir noch nach: »Die beiden Eheleute müssen sich schon selbst herbemühen!«

»Wer war das?«, fragte Micki, als ich mich wieder neben ihn auf das Sofa setzte und versuchte zu rekapitulieren, wo ich in meinen Gedanken stehengeblieben war. Micki legte das Gedicht, das er gerade durchlas, wieder auf den Stapel zurück.

»Mein Vater«, antwortete ich. »Er hat sich verwählt. Eigentlich wollte er meine Mutter anrufen.«

»Wie – leben sie nicht zusammen?«, fragte er.

»Sie haben sich heute früh scheiden lassen«, erwiderte ich.

»Oh, Mann. Ich habe auch Wahnsinnsprobleme mit meinen Eltern«, stöhnte er.

»Ach ja?«

»Mein Vater hat sich letzte Woche beim Skifahren das Bein gebrochen. In der Schweiz. Sie fahren jeden Winter in die Schweiz.«

»Wie alt sind sie?«, fragte ich.

»Weiß ich nicht genau. Etwas über fünfzig ... Fünfundfünfzig vielleicht? So was in der Richtung, glaube ich. Warte. Mein Vater ist genau fünfundfünfzig, er hatte kürzlich Geburtstag. Und meine Mutter ist etwas jünger, vielleicht dreiundfünfzig ... Eventuell aber auch erst zweiundfünfzig.«

Plötzlich beneidete ich ihn. Nicht, weil seine Eltern noch so jung waren, sondern weil er nicht einmal ihr genaues Alter im Kopf hatte.

»Und deine Eltern haben sich also heute scheiden lassen«, nahm er den Faden wieder auf.

»Ja«, erwiderte ich und legte wieder meinen Kopf an seine Schulter. »Ich war mit ihnen auf dem Rabbinat. Es war ein Alptraum.«

»Hm«, murmelte er. »Weißt du, was? Ich glaube, sie ist auch gerade dort, mit ihrem Mann und dem Kind.«

»Von wem redest du?«, fragte ich.

»Von Rinat. Sie hat einen Anwalt geheiratet. Sie sind auch jedes Jahr in Sankt Moritz beim Skifahren. Ich glaube, sie fahren ins selbe Hotel wie meine Eltern. Meine Mutter hat gesagt, sie hätte sie dort vor zwei Jahren gesehen, mit dem Kind. Aber – egal«, seufzte er. »Jedenfalls ist mein Vater jetzt den ganzen Tag zu Hause und treibt meine Mutter in den Wahnsinn. Er ist unglaublich anspruchsvoll. Mein großer Bruder und ich, wir müssen ständig vorbeikommen und ihn unterhalten und Schach und Tetris mit ihm spielen. Der Gips kommt erst in fünf Wochen ab. Ein Alptraum.«

»Ein Alptraum«, wiederholte ich.

Wir trieben es auf dem Sofa. Es war zu schmal für uns beide, sodass wir irgendwann zu Boden glitten, erregt, aber nicht erregt genug, um nicht zu merken, dass wir die Gedichtseiten zerknitterten, und auch nicht erregt genug, um den Gedichten ernsthaften Schaden zuzufügen. Als ich aufstand, klebte mir ein Gedicht am Hintern. Ich schälte es vorsichtig ab, entschuldigte mich und übergab es Micki, der im Schneidersitz auf dem Fußboden saß und völlig verstört registrierte, was seinen Gedichten da zugestoßen war. Dann krabbelte er auf allen vieren herum, um sie einzusammeln, strich die Ecken glatt und blies den Staub von den Seiten. Wir tranken Tee, und ich bemerkte, wie er sich mit der Entscheidung quälte, ob er bei mir übernachten solle. Ich erklärte ihm, dass ich gerne alleine schlafe, und er wirkte erleichtert. Als er gegangen war, bekam ich plötzlich auch Lust, ein miserables Gedicht zu schreiben – ich wusste, dass ich dazu fähig war –, aber noch ehe ich es niederschreiben konnte, war ich eingeschlafen.

HEINRICH HEINE

Das Glück ist eine leichte Dirne

Das Glück ist eine leichte Dirne,
Und weilt nicht gern am selben Ort;
Sie streicht das Haar dir von der Stirne
Und küsst dich rasch und flattert fort.

Frau Unglück hat im Gegenteile
Dich liebefest ans Herz gedrückt;
Sie sagt, sie habe keine Eile,
Setzt sich zu dir ans Bett und strickt.

F. SCOTT FITZGERALD

Das Liebesschiff

I

Das Schiff glitt den Fluss hinunter durch die Sommernacht, frei von allen Fesseln wie ein Luftballon an einem festtäglichen Himmel. Die Decks waren hell erleuchtet, lebhaft bevölkert von tanzenden Menschen, aber Bug und Heck lagen im Dunkel, weshalb das Schiff nicht mehr Kontur hatte als ein Sternhaufen im All. Es glitt zwischen schwarzen Uferbänken dahin, teilte sanft die massige, dunkle Strömung, die vom Meer herkam, und hinterließ in seinem Kielwasser aufgeregte kleine Wirbel aus Musik – immer wieder *Babes in the Woods* und *Moonlight Bay*. Es glitt vorbei an den vereinzelten Lichtern von Pokus Landing, wo ein Dichter von seinem Mansardenfenster aus blondes Haar in der Drehung eines Tanzschritts aufleuchten sah. Vorbei an Ulm, wo der Mond aus einer Kesselschmiede aufstieg, und an West Esther, wo er, von niemandem vermisst, hinter einer Wolke verschwand.

Der strahlende Glanz des Schiffs allein genügte auch den drei jungen Harvard-Absolventen vollkommen; sie waren müde, ein wenig deprimiert und ließen sich ohne Widerstand von seinem Zauber gefangen nehmen. Ihr eigenes Boot trieb steuerlos auf dem Wasser, ein Zusammenstoß schien fast unvermeidlich, trotzdem machte keiner von ihnen irgendwelche Anstalten, den Motor anzuwerfen, um auszuweichen.

»Mich macht das sehr traurig«, sagte einer von ihnen. »Es ist so schön, dass ich heulen könnte.«

»Heul ruhig, Bill.«

»Heulst du mit?«

»Wir heulen alle zusammen.«

Sein lautes, theatralisches »Buh-Huh!« hallte durch die Nacht, erreichte den Dampfer und brachte eine kleine, muntere Gruppe an die Reling.

»Seht mal da! Ein Motorboot!«

»Ein paar Jungs mit einem Motorboot.«

Bill kam auf die Füße. Die beiden Schiffe waren kaum noch drei Meter voneinander entfernt.

»Werft uns ein Seil zu«, bat er gewandt. »Kommt schon – macht mal etwas Impulsives. Tut mir doch den Gefallen.«

Vielleicht einmal in hundert Jahren ist so ein Seil zufällig auch zur Hand. In dieser Nacht war dies der Fall. Mit einem dumpfen Geräusch schlug das Tau auf dem hölzernen Boden auf, und wenig später schoss das Motorboot hinter dem Dampfschiff her wie hinter einem harpunierten Wal.

Fünfzig Highschool-Pärchen verließen die Tanzfläche und drängelten sich um einen Platz an der plötzlich interessant gewordenen Heckreling. Fünfzig Mädchen stießen archetypische kleine Schreie der Erregtheit und der vorgetäuschten Angst aus. Fünfzig junge Männer vergaßen die leise Wichtigtuerei, die ihr Verhalten an diesem Abend gekennzeichnet hatte, und betrachteten neiderfüllt die sehr viel effektvollere Form von Angeberei der drei anderen. Mae Purley fügte, ohne auch nur versehentlich mit der Wimper zu zucken, den jungen Mann, der aufrecht im Boot stand, in ihren momentanen Traum ein, wo er Al Fitzpatrick mit lächerlicher Leichtigkeit verdrängte. Sie legte ihre Hand auf Al Fitzpatricks Arm, drückte ihn ein wenig, weil sie vollkommen aufgehört hatte, an ihn zu denken, und meinte, er müsste es spüren. Al, der das Motorboot in ihrem Schlepptau mit zusammengekniffenen Augen gemustert hatte, sah zärtlich auf Mae herab und versuchte, seinen Arm um ihre Schulter zu legen. Doch Mae Purley und Bill Frothington, gutaussehend und ein einziges leidenschaftliches Versprechen, hielten sich mit den Augen über den trennenden Zwischenraum hinweg aneinander fest.

Sie liebten sich. Einen Augenblick lang liebten sie sich, wie man es nachher doch nie wagt. Ihr Blick war enger als jede Umarmung, drängender als jeder Ruf. Es gab dafür keine Worte. Hätte es sie gegeben und hätte Mae sie gehört – sie wäre in die dunkelste Ecke der Damentoilette geflohen und hätte ihr Gesicht in einem Papierhandtuch vergraben.

»Wir wollen an Bord!«, rief Bill. »Wir sind Schwimmwesten-Verkäufer! Könntet ihr uns nicht an eine Seite heranziehen?«

Mr. McVitty, der Rektor, erschien zu spät am Schauplatz des Geschehens, um noch intervenieren zu können. Die drei jungen Harvard-Absolventen – Ellsworth Ames total durchnässt, unbewusst byronesk mit seinen dunklen, an der Stirn klebenden nassen Locken; Hamilton Abbot und Bill Frothington, sicherer auf den Beinen und trocken geblieben – kletterten hinauf und wurden über die Reling gezogen. Das Motorboot tanzte weiter auf den Wellen.

Mit einer Art instinktiver Ehrfurcht vor diesem Moment hielt Mae Purley sich im Schatten, nicht etwa, weil sie zu wenig Selbstvertrauen besaß, sondern zu viel. Sie wusste, er würde auf dem kürzesten Weg zu ihr kommen. Das war nie das Problem bei ihr, war es nie gewesen – das Problem bestand darin, ihr eigenes Interesse aufrechtzuerhalten, nachdem sie die intensive, aber beiläufige Neugier ihrer Lippen befriedigt hatte. Doch heute Nacht würde es anders sein. Das wusste sie, als sie sah, dass er sich nicht im Geringsten beeilte; er lehnte an der Reling und nahm ein paar älteren Schülern – die sich plötzlich reichlich unreif vorkamen – ihre Befangenheit.

Einmal sah er sie kurz an.

›Alles in Ordnung‹, sagten seine Augen, ohne dass sein Gesicht dabei die geringste Regung zeigte, ›ich weiß es genauso wie du. Ich bin in einer Minute bei dir.‹

Das Leben brannte heiß in ihnen beiden; der Dampfer und die Menschen darauf wichen weit in die Dunkelheit zurück. Es war einer dieser Momente.

»Ich bin auch ein Harvard-Mann«, sagte Mr. McVitty gerade, »Examensjahrgang 1907.« Die drei jungen Männer nickten mit höflichem Desinteresse. »Ich bin froh zu hören, dass wir das Rennen gewonnen haben«, fuhr der Rektor fort, täuschte einen wiedererwachten Enthusiasmus vor, der nie existiert hatte. »Ich war seit fünfzehn Jahren nicht mehr in New London.«

»Bill hier ist als Nummer zwei gerudert«, sagte Ames. »Das da hinten ist das Motorboot des Trainers.«

»Oh, Sie waren in der Mannschaft?«

»Das mit der Mannschaft ist jetzt passé«, antwortete Bill ungeduldig. »Alles ist passé.«

»Trotzdem, herzlichen Glückwunsch.«

Bald darauf fror die Unterhaltung ein. Sie waren nicht sein Schlag Harvard-Mann; seinen Namen hätten sie auch nach vier gemeinsamen Studienjahren nicht behalten können. Dennoch wären sie sehr viel freundlicher und höflicher bei der Sache gewesen, hätte es sich nicht ausgerechnet um diesen Abend gehandelt. Schließlich hatten sie sich nicht aus der ausgelassenen Menge von Klassenkameraden und Verwandten in New London fortgestohlen, um mit dem Rektor einer Provinz-Highschool Verlegenheitsfloskeln auszutauschen.

»Dürfen wir tanzen?«, wollten sie wissen.

Wenige Minuten später spazierten Bill und Mae Purley Seite an Seite das Deck entlang. Das Leben schlug über Al Fitzpatricks Kopf zusammen und verschlang ihn. Die zwei klaren Sätze: »Vielleicht möchten Sie mit mir tanzen?«, eine Frage von so sanfter Zuversicht wie das Mondlicht selbst, und ihre Antwort: »Sehr gern«, waren nichts, gegen das sich anstreiten ließe, nicht einmal durch das Doppelte dessen, was Al Fitzpatrick zu sein vorgab. Er wurde einzig durch den Gedanken getröstet, dass man sich vielleicht noch wegen der beiden in die Haare geraten würde.

Worüber sprachen sie? Wer hatte es gehört? Wer kann sich noch erinnern? Später in jener Nacht erinnerte sie sich nur noch an sein helles, gewelltes Haar und die langen Gliedmaßen, denen sie über die Tanzfläche folgte.

Sie war schmal, eine durchsichtige, lodernde Flamme,

farblos und doch frisch. Erst zeigte sich ihr Lächeln nur zögernd, dann brach es ungestüm hervor, direkt aus ihrem Herzen, schüchtern und kühn, als ob alles Leben aus diesem kleinen Körper für einen Augenblick in ihren Mund geströmt wäre und eine leere, dürre Hülle zurückgelassen hätte, die der erste Windhauch mit sich forttragen würde. Sie war ein Wechselbalg, bei dem nur die Lippen der Verwandlung entgangen waren, bei dem die Lippen den einzigen Berührungspunkt mit der Realität darstellten.

»Also wohnst du hier in der Nähe?«

»Nur etwa fünfundzwanzig Meilen von dir weg«, sagte Bill. »Wie komisch, nicht wahr?«

»Wie komisch.«

Sie sahen sich an, ein bisschen eingeschüchtert angesichts eines derart unausweichlichen Schicksals. Sie standen zwischen zwei Rettungsbooten auf dem Oberdeck. Maes Hand lag auf seinem Arm und spielte mit einem losen Faden an seiner Tweedjacke. Noch hatten sie sich nicht geküsst – dazu kamen sie gleich. Dazu kamen sie jetzt jeden Moment, sobald sie den letzten ergiebigen Becher der Mondscheinstimmung bis zur Neige geleert und weggeworfen hatten. Sie war siebzehn.

»Bist du froh, dass ich so nah bei dir wohne?«

Sie hätte sagen können: »Ich bin glücklich«, oder: »Natürlich bin ich das.« Aber sie flüsterte nur: »Ja, und du?«

»Mae – mit einem e«, sagte er und lachte leise, mit rauher Stimme. Schon hatten sie ihren ersten gemeinsamen Scherz. »Du bist so verdammt schön.«

Sie akzeptierte das Kompliment wortlos, indem sie seinen Blick erwiderte. Er drückte sie nur mit ihrem Ellenbogen an sich, in einer Weise, die unmöglich gewesen wäre, hätte sie es nicht selbst gewollt. Er dachte nicht im Traum daran, sie nach diesem Abend noch einmal wiederzusehen.

»Mae.« Sein Flüstern drängte. Maes Augen kamen näher, wurden immer größer, lösten sich vor seinem Gesicht auf wie Augen auf einer Leinwand. Ihr zerbrechlicher Körper atmete unmerklich in seinen Armen.

Ein Tanz war zu Ende. Man klatschte um eine Zugabe. Dann wieder Applaus um eine Zugabe, obwohl kaum mehr zwischen den beiden Forderungen zu liegen schien als ein einziger armseliger Takt Musik. Es folgte ein weiterer Tanz, kaum länger als ein Kuss. Die zwei besaßen ein ausgesprochenes Talent für die Liebe, sie hatten auch beide schon früher mit ihr gespielt.

Unten hatte Al Fitzpatricks Wahrnehmungsvermögen von Zeit und Raum einen Grad erreicht, der für einen Mathematiker auf Einsteins Spuren von unermesslichem Wert gewesen wäre. Stück für Stück zeigte sich ihm das Schiff, wie es wirklich war, ein unförmiger Haufen Holz, grell beleuchtet von Vierzig-Watt-Birnen, bevölkert von gewöhnlichen jungen Leuten aus einer gewöhnlichen Stadt. Der Fluss war Wasser, der Mond ein flaches, bedeutungsloses Symbol am Himmel. Wollte man ein Klischee verwenden, würde man sagen, er litt Höllenqualen. Aber er hatte einfach furchtbare Angst; seine Kehle war trocken, sein Mund sank zu der Form eines liegenden Halbmonds herab, während er versuchte, mit einigen der anderen Jungen zu sprechen – schüchternen, unglücklichen Jungen, die am Heck herumhingen.

Al war älter als die anderen – zweiundzwanzig – und

schon seit sieben Jahren draußen in der Welt. Er arbeitete in den Hammacker-Spinnereien und besuchte Abendkurse an der Highschool. In einem Jahr würde er vielleicht schon zum Assistenten des Abteilungsleiters befördert, und Mae Purley hatte – mit etwa so viel Begeisterung, wie man von einem Mädchen erwarten konnte, das immer seinen Willen bekam – halb versprochen, ihn zu heiraten, sobald sie achtzehn wäre. Er gehörte nicht zu den Gemütern, die an einer Sache zerbrechen. Als er bis an die Grenzen seines Temperaments gegrübelt hatte, verspürte er das dringende Bedürfnis, etwas zu unternehmen. Unglücklich und verzweifelt stieg er zum Oberdeck hinauf, um Unruhe zu stiften.

Bill und Mae standen dicht beieinander am Rettungsboot, schweigend, abwesend und glücklich. Bei seinem Näherkommen rückten sie ein wenig auseinander. »Bist du's, Mae?«, rief Al mit harter Stimme. »Kommst du nicht mit runter zum Tanzen?«

»Wir waren gerade auf dem Weg.«

Sie gingen ihm in Trance entgegen.

»Was soll denn das?«, fragte Al heiser. »Jetzt bist du schon über zwei Stunden hier oben.«

Die Gleichgültigkeit der beiden verursachte ihm körperliche Schmerzen; Schmerzen, die sich immer weiter ausbreiteten, ihm den Atem abschnürten.

»Kennst du schon Mr. Frothington?« Sie lachte schüchtern über die Unvertrautheit des Namens.

»Jaja«, antwortete Al grob. »Ich verstehe nur nicht, warum er dich hier oben festhält.«

»Tut mir leid«, sagte Bill. »Wir haben gar nicht gemerkt, wie …«

»Ach was, nein? Aber ich.« Seine Eifersucht durchdrang ihre Weltvergessenheit. Sie reagierten darauf mit dem Bemühen, sich zu beeilen und unpersönlich zu bleiben, seinen Wünschen zu entsprechen. Unfreundlich folgte er ihren schnellen Schritten aufs Unterdeck hinunter, wo sich gerade eine unangenehme Situation zusammenbraute.

Ellsworth Ames lehnte lächelnd, doch mit leicht gerötetem Gesicht an der Reling, während Ham Abbot sein Bestes tat, um einen zornigen und athletischen jungen Mann zu beruhigen, der dauernd versuchte, sich an ihm vorbeizudrängen und an Ames heranzukommen. Neben ihnen stand ein aufgebrachtes Mädchen, dem ein anderes Mädchen beschwichtigend den Arm um die Taille gelegt hatte.

»Was ist los?«, fragte Bill rasch.

Der erregte junge Mann starrte ihn an. »Bloß so ein paar Wichtigtuer, die versuchen, allen hier die Stimmung kaputtzumachen!«, schrie er wild.

»Er mag mich nicht«, sagte Ellsworth lässig. »Ich hab sein Mädchen zum Tanzen aufgefordert.«

»Sie wollte doch überhaupt nicht mit dir tanzen!«, rief der andere. »Du denkst wohl, du bist wer weiß wie unwiderstehlich – frag sie doch, ob sie mit dir tanzen wollte.«

Das Mädchen murmelte etwas Unverständliches und lehnte jede Verantwortung ab, indem sie zu weinen anfing.

»Du bist einfach unverschämt, das ist das Problem!«, fuhr ihr Beschützer fort. »Ich weiß, was du zu ihr gesagt hast, als du vorhin mit ihr getanzt hast. Was glaubst du denn, was diese Mädchen sind? Sie sind genauso viel wert wie eure, kapiert?«

Al Fitzpatrick kam dichter heran.

»Wir sollten sie allesamt vom Schiff befördern«, schlug er vor, trotzig und beschämt. »Die haben hier doch überhaupt nichts verloren.«

Milder Protest stieg aus der Menge auf, insbesondere bei den Mädchen, und Abbot legte versöhnlich seine Hand auf die Schulter des jungen Athleten. Aber es war zu spät.

»Du mich vom Schiff befördern?«, sagte Ellsworth kalt. »Wenn du es wagst, mir in die Quere zu kommen, bügle ich dir dein Gesicht zurecht.«

»Halt's Maul, Ellie!«, schnauzte Bill. »Es hat keinen Zweck, ungemütlich zu werden. Sie wollen uns nicht; also gehen wir besser.« Er trat dicht zu Mae heran und flüsterte: »Gute Nacht. Vergiss nicht, was ich gesagt habe. Ich komme dich am Sonntagnachmittag besuchen.«

Als er rasch ihre Hand drückte und sich abwandte, sah er, wie der streitsüchtige Junge plötzlich gegen Ames ausholte, der den Schlag mit seinem linken Arm abfing. Eine Sekunde später prügelten sie sich keuchend, Knie an Knie, auf dem engen Raum, den ihnen die wachsende Zuschauermenge ließ. Gleichzeitig fühlte Bill eine Hand an seinem Ärmel zupfen, drehte sich um und stand Al Fitzpatrick gegenüber. Jetzt brach auf dem ganzen Deck wilder Tumult aus: Abbots Versuch, Ames und seinen Widersacher voneinander zu trennen, wurde falsch aufgefasst; augenblicklich war er in seine eigene Keilerei verwickelt, wurde hin und her katapultiert zwischen den beiden anderen Paarungen, rutschte auf dem glatten Deck aus, prallte gegen Nichtkämpfer und auseinanderstiebende, schrill kreischende Mädchen. Er sah Al Fitzpatrick plötzlich mit dem ganzen Körper auf dem Deck aufschlagen, wo er auch liegen blieb.

Er hörte Rufe wie »Holt doch Mr. McVitty!«, dann wurde sein eigener Gegner durch einen Schlag ausgeschaltet, der von fremder Faust stammte, und Bills Stimme sagte: »Los, aufs Boot zurück!«

Die nächsten paar Minuten vergingen in rasendem Durcheinander. Da Bills hammerartige Arme schon ihre beiden Champions gefällt hatten, wichen ihm die Highschool-Jungen aus, versuchten aber, Ham und Ellie zu Boden zu reißen, weshalb sich das gejagte Grüppchen nur drängelnd und rotierend der Heckreling nähern konnte.

»Wie beim Football!«, keuchte Bill. »Pass zu Haughton. Ich bin G-Gardner, ihr seid Bradlee und Mahan – hepp!«

Mr. McVittys erschrockenes Gesicht tauchte über dem Schlachtgetümmel auf, und seine hohe Stimme, zuerst noch wirkungslos, durchdrang schließlich doch die Hitze des Gefechts.

»Schämt ihr euch denn nicht! Bob ... Cecil ... George Roberg! Aufhören, sag ich!«

Abrupt war die Schlacht beendet; die schwer atmenden Kämpfer sahen sich im Mondschein ungerührt an. Ellie lachte und bot der Runde eine Schachtel Zigaretten an. Bill machte das Motorboot los und ging mit der Fangleine nach vorn, um es längsseits zu bringen.

»Es heißt, Sie hätten eins von den Mädchen beleidigt«, sagte Mr. McVitty unsicher. »Das ist aber wirklich nicht gerade das richtige Verhalten, nachdem wir Sie an Bord genommen haben.«

»Kompletter Unsinn«, protestierte Ellie zwischen zwei Japsern. »Ich habe ihr nur gesagt, ich würde sie am liebsten in den Hals beißen.«

»Finden Sie, dass ein Gentleman so etwas sagt?«, fragte Mr. McVitty hitzig.

»Los, komm, Ellie!«, rief Bill. »Wiederschaun allerseits. Entschuldigt den Ärger!«

Sie waren schon Schatten der Vergangenheit, als sie einer nach dem anderen über die Reling hinabglitten. Die Mädchen wandten sich behutsam wieder ihren eigenen Herren zu; niemand erwiderte den Gruß oder winkte ihnen zum Abschied zu.

»Ein Haufen von Gipsköpfen«, bemerkte Ellie ironisch. »Ich wünschte, ihr Ladys da oben hättet alle einen gemeinsamen Hals, dann könnte ich alle auf einmal beißen. Ich hab eben Damenhälse zum Fressen gern.«

Das löste vereinzelt schwache Reaktionen aus, wie gedämpfte Pistolenschüsse.

»Good night, ladies«, sang Ham, als Bill von der Seite abstieß.

»Good night, ladies.
Good night, ladies.
We're going to leave you now-ow-ow.«

Das Schiff bewegte sich durch die Sommernacht den Fluss hinauf, während das Boot, erfasst vom Wellengang, sanft im breiten Lichtpfad des Mondes hin und her schaukelte.

2

Am darauffolgenden Sonntagnachmittag fuhr Bill Frothington von Truro aus zu dem schäbigen ländlichen Nest namens Wheatly Village hinüber. Er war aus einem Haus voller Gäste, die sich zur Hochzeit seiner Schwester versammelt hatten, weggeschlichen, um dem nachzugehen, was seine Mutter als eine »unwürdige Affäre« bezeichnen würde. Aber er hatte gerade, nach einer eher strengen Jugendzeit, sein Studium in Harvard ausgesprochen erfolgreich hinter sich gebracht, und noch in diesem Herbst würde er für den Rest seines Lebens im Bankhaus Read, Hoppe & Co. in Boston verschwinden. Er vertrat die Überzeugung, dieser Sommer gehöre ihm allein. Und wäre die Lauterkeit seiner Absichten in Bezug auf Mae Purley in Frage gestellt worden, hätte er sich mit dem Zorn des Gerechten verteidigt. Fünf Tage lang hatte er an sie gedacht. Sie zog ihn heftig an, und er folgte dieser Anziehung mit Augen, die nicht sehend werden wollten.

Mae lebte im weniger abstoßenden Teil des Städtchens im dritten Stock des einzigen Apartmenthauses, einem traurigen Relikt aus glücklicheren Tagen neuenglischer Textilweberei, die vor zwanzig Jahren ihr Ende gefunden hatten. Ihr Vater war ein Aufseher, der aus dem Stehkragenproletariat herausgefallen war; ihre beiden älteren Brüder arbeiteten am Webstuhl. Bills einziger Eindruck beim Betreten der schäbigen Wohnung war der des hoffnungslosen Niedergangs. Die riesenhafte, schmuddlige Mutter, zugleich misstrauisch und ehrerbietig, und der anämische, ausgelaugte Angelsachse, der auf der Couch sein Sonntagsschläfchen hielt, waren kaum mehr als Schatten auf den armseligen Wänden. Doch Mae wirkte sauber und frisch. Kein Hauch von Schmutz haftete ihr an. Die blasse, reine Jugend ihrer Wangen und ihr schmaler, kindlicher Körper, der durch ein neues Organdykleid schimmerte, wurden dem Sommertag vollauf gerecht.

»Wohin gehen Sie mit meiner Kleinen?«, fragte Mrs. Purley ängstlich.

»Ich brenne mit ihr durch«, lachte er.

»Nicht mit meinem Mädchen.«

»O doch, ich tu's. Ich verstehe gar nicht, warum bis jetzt noch niemand mit ihr durchgebrannt ist.«

»Nicht mit meiner Kleinen.«

Sie hielten sich an den Händen, während sie die Treppe hinuntergingen, aber es dauerte eine ganze Stunde, bis sie sich nicht mehr wie engvertraute Fremde fühlten. Als der Wind um fünf Uhr zum ersten Mal den verheißungsvollen Geruch des Abends herantrug, als das Licht von Weiß nach Gelb wechselte, trafen sich ihre Blicke auf eine ganz bestimmte Art, und Bill wusste, dass die Zeit gekommen war. Sie bogen in eine Seitenstraße ein, kamen auf einen Waldweg, und plötzlich umhüllte sie wieder dieser Zauber – das gegenseitige, bei beiden gleich starke Verlangen, das sie zueinandertrieb. Sie sprachen über sich, und dann verstummten ihre Stimmen, und sie küssten sich; Kastanienblüten zogen weiße Diagonalen durch die Luft und landeten auf dem Wagen. Viel später sagte ihr ein Instinkt, dass sie lange genug geblieben waren. Er fuhr sie heim.

So ging es zwei Monate. Er holte sie am späten Nachmittag ab, worauf sie an die Küste fuhren, um zu Abend zu essen. Danach fuhren sie in der Umgebung herum, bis sie das Zentrum der Sommernacht gefunden hatten, wo sie parkten und sich von der verzauberten Stille sorgsam zudecken ließen. Eines Tages würden sie natürlich heiraten.

Zurzeit war das unmöglich; er musste im Herbst anfangen zu arbeiten. Doch irgendwie und mit mehr als nur einem Anflug von Traurigkeit erkannten beide, dass das nicht der Wahrheit entsprach; hätte Mae einer anderen Schicht angehört, wäre umgehend die Verlobung bekanntgegeben worden. Sie wusste, dass er in einem großen Landhaus lebte, mit Park und Verwalterhäuschen, mit Stallungen voll von Pferden und Wagen, und dass dort den ganzen Sommer hindurch Partys und Bälle stattfanden. Einmal waren sie am Tor vorbeigefahren, und Maes Herz war schwer wie Blei geworden beim Anblick dieses riesigen Besitzes, der ihr Leben lang zwischen ihnen liegen würde.

Bill seinerseits wusste, dass er Mae Purley unmöglich heiraten konnte. Er war der einzige Sohn, und sein typischer Neuengland-Nachname hatte diesen ganz bestimmten Klang von Kontinuität. Schließlich brachte er den Gegenstand seiner Mutter gegenüber zur Sprache.

»Es ist nicht ihre Armut und Unbildung«, sagte seine Mutter unter anderem. »Es ist das Fehlen jeglicher Wertvorstellungen – gewöhnliche Frauen bleiben ihr ganzes Leben gewöhnlich. Sie wäre beeindruckt von billigen und oberflächlichen Menschen, von billigen und oberflächlichen Dingen.«

»Aber, Mutter, wir haben doch nicht mehr 1850. Es ist doch nicht so, als würde sie in die königliche Familie einheiraten.«

»Wenn das der Fall wäre, würde es keine Rolle spielen. Du aber hast einen Namen, der seit vielen Generationen für Führerschaft und Selbstbeherrschung steht. Menschen, die weniger aufgegeben und weniger Verantwortung auf sich genommen haben, blieb nur betretenes Schweigen, wenn Männer wie dein Vater und dein Onkel George und dein Urgroßvater Frothington ihre Häupter erhoben hielten. Wirf deinen Stolz weg, und dann sieh dir an, was dir mit fünfunddreißig noch übrigbleibt, um dich durch den Rest deines Lebens zu bringen.«

»Aber man kann doch nur einmal leben«, protestierte er – obwohl ihm bewusst war, dass sie, was ihn betraf, recht hatte. Seine ganze Erziehung hatte man darauf ausgerichtet, ihm diese Auslegung von Überlegenheit zu verdeutlichen. Er hatte erfahren, was es bedeutet, der Beste zu sein, daheim, in der Schule, in Harvard, wo in seinem letzten Jahr andere Studenten nachweislich hinter einer Hausecke versteckt auf ihn warteten, um neben ihm den Harvard Yard durchqueren zu können – nicht, weil sie aus simpler, armseliger Wichtigtuerei mit ihm gesehen werden wollten, sondern um etwas von jenem Nicht-Greifbaren abzubekommen, das er besaß, etwas von der weniger offensichtlichen, weniger leicht erkennbaren Erfahrung seines Menschenschlags.

Einige Tage später fuhr er wieder zu Mae und traf sie, als sie gerade die Wohnung verließ. Im Halbdunkel setzten sie sich auf die Treppenstufen.

»Denk nur an diese Treppe hier«, sagte er mit belegter Stimme. »Überleg dir mal, wie viele Male du mich auf diesen Stufen geküsst hast. Nachts, wenn ich dich nach Hause gebracht habe. Auf jedem Absatz. Im letzten Monat, als wir fünfmal zusammen rauf- und runtergegangen sind, weil wir es nicht fertigbrachten, einander gute Nacht zu sagen.«

»Ich hasse diese Stufen. Ich wünschte, ich brauchte sie nie wieder zu betreten.«

»O Mae, was sollen wir bloß tun?«

Einen Moment lang antwortete sie nicht. »Ich habe in den letzten drei Tagen sehr viel nachgedacht«, begann sie. »Ich finde es nicht fair mir gegenüber, so weiterzumachen – oder auch gegenüber Al.«

»Gegenüber Al«, sagte er erstaunt. »Hast du dich mit Al getroffen?«

»Wir hatten gestern Abend ein langes Gespräch.«

»Al!«, wiederholte er ungläubig.

»Er möchte mich heiraten. Er ist nicht mehr böse.«

Plötzlich versuchte Bill, die Situation, der er zwei Monate lang ausgewichen war, in den Griff zu bekommen, aber die Situation entschlüpfte, mit geübter Gewandtheit, um die Ecke. Er rutschte eine Stufe höher, bis er neben Mae saß, und legte seinen Arm um sie.

»Oh, lass uns heiraten!«, rief sie verzweifelt. »Du kannst. Wenn du nur willst, dann kannst du es auch.«

»Ich will ja auch.«

»Warum können wir dann nicht?«

»Wir können ja, aber jetzt noch nicht.«

»O Gott. Das hast du schon so oft gesagt.«

Eine tragische Woche lang stritten sie sich über ungelöste Probleme und unvereinbare Tatsachen, nicht ohne sich immer wieder zu versöhnen. Doch schließlich gingen sie wegen einer ganz trivialen Frage auseinander, von der Art, ob er sie einmal eine halbe Stunde hatte warten lassen oder nicht.

Bill nahm das erstbeste Schiff nach Europa, um sich bei einer Sanitätseinheit zu melden. Als Amerika in den Krieg eintrat, wechselte er zu den Fliegern, und Maes helles

Gesicht mit den brennenden Lippen verblasste mehr und mehr, bis es vor dem aufgewühlten, düsteren Hintergrund des Krieges endgültig verschwand.

3

Im Jahre 1919 verliebte sich Bill höchst romantisch in eine junge Frau seines Standes. Er traf sie im Lido, flirtete mit ihr auf Golfplätzen, in mondänen Speakeasys, in nächtlich parkenden Wagen und liebte sie von Anfang an weit mehr, als er Mae je geliebt hatte. Sie war ein besserer Mensch, hübscher, intelligenter und mit gütigerem Herzen. Sie liebte ihn; beide hatten fast völlig den gleichen Geschmack und Geld mehr als genug.

Es kam ein Kind, nach einer Weile waren es vier Kinder, dann wieder nur noch drei. Nachdem Bill die dreißig überschritten hatte, begann er wie die meisten Sportler etwas zur Fülle zu neigen, weshalb er sich dauernd vornahm, sich irgendwie körperlich zu betätigen und wieder in Form zu kommen. Er arbeitete hart und trank etwas zu viel an seinen Wochenenden. Später erbte er das Landhaus, wo er von da an den Sommer verbrachte.

Nach acht Jahren Ehe fühlten sich Bill und Stella miteinander sicher, sicher vor den Katastrophen, die die Mehrzahl ihrer Freunde heimgesucht hatten. Stella brachte das Erleichterung, aber als Bill die Vorstellung von Sicherheit zwischen ihnen beiden akzeptiert hatte, empfand er eine gewisse Unzufriedenheit, eine Art chemische Ruhelosigkeit. Obwohl er sich gegenüber Stella nicht ganz loyal vorkam, horchte er schüchtern seine Freunde über dieses Thema aus und erfuhr, dass fast alle Männer seines Alters dieselben Symptome zeigten. Einige schoben es auf den Krieg: »So was wie den Krieg gibt es nie wieder.«

Es war nicht etwa weibliche Abwechslung, die er begehrte. Der bloße Gedanke daran erschreckte ihn. Frauen gab es immer in seiner Nähe. Fand er an einer Gefallen, lud Stella sie übers Wochenende ein, und Männer, die Stella entweder brüderliche oder sogar etwas romantischere Zuneigung entgegenbrachten, waren genauso häufig im Haus. Doch das Gefühl ließ sich nicht abschütteln, es wurde stärker. Manchmal überkam es ihn beim Abendessen – eine intensive, nostalgische Sehnsucht –, ließ die Menschen am Tisch vor seinen Augen verschwimmen und seltsame Erinnerungen aus seiner Jugend ins Gedächtnis zurückkehren. Auslösen konnte diese Empfindung in ihm auch ein vertrauter Geschmack oder Geruch, aber hauptsächlich stand sie mit Sommernächten in Zusammenhang.

Eines Abends, bei einem Verdauungsspaziergang mit Stella über den Rasen, schien ihm das Gefühl zum Greifen nahe. Es lag im Rauschen der Kiefern, im Wind, im Radio des Gärtners hinter dem Tennisplatz.

»Morgen«, sagte Stella, »haben wir Vollmond.«

Sie war in einer breiten Schneise aus Mondlicht stehen geblieben und betrachtete ihn. Ihr Haar war hell und wunderschön in der weichen Beleuchtung. Einen Moment lang sah sie ihn seltsam an, er machte einen Schritt auf sie zu, als wollte er sie in die Arme nehmen, aber dann hielt er inne, teilnahmslos und unzufrieden. Stellas Gesichtsausdruck veränderte sich leicht, und sie gingen weiter.

»Das ist aber schade«, sagte er plötzlich. »Morgen muss ich nämlich weg.«

»Wohin denn?«

»Nach New York. Versammlung des Schulkuratoriums. Jetzt, wo die Kinder dorthingehen, finde ich, sollte ich das tun.«

»Bist du am Sonntag zurück?«

»Wenn nichts dazwischenkommt, ja. Ich ruf dich an.«

»Ad Haughton kommt am Sonntag, vielleicht auch die Ameses.«

»Schön, dass du nicht allein bist.«

Plötzlich war Bill das Schiff wieder eingefallen, wie es den Fluss hinunterglitt, mit Mae Purley auf dem Deck unter dem Sommermond. Das Bild wurde zum Symbol seiner Jugend, seiner Einführung ins Leben. Er erinnerte sich nicht nur an die starke Erregung dieser Nacht, er spürte sie auch, ihr Gesicht, das seines berührte, die Brise, die sie beide umwehte, während sie neben dem Rettungsboot standen, das Gewebe der Segeltuchabdeckung unter seiner Hand.

Als ihn sein Wagen am folgenden Nachmittag in Wheatly Village absetzte, ergriff ihn ein Gefühl der Furcht. Elf Jahre – sie könnte schon tot sein; sehr wahrscheinlich war sie weggezogen. Jeden Moment konnte er ihr auf der Straße begegnen, einer müden, früh verblühten Frau, die einen Kinderwagen schob und ein anderes Kind an der Hand führte.

»Ich suche eine Miss Mae Purley«, sagte er zu dem Taxifahrer. »Sie könnte jetzt auch Fitzpatrick heißen.«

»Fitzpatrick oben von der Spinnerei?«

Eine Nachfrage an der Taxistation bestätigte, dass Mae Purley tatsächlich Mrs. Fitzpatrick war. Sie wohnten gleich vor der Stadt.

Zehn Minuten später hielt das Taxi vor einem weißen Haus im Kolonialstil.

»Das war früher mal 'ne Scheune. Sie haben sie umgebaut«, erklärte der Taxifahrer unaufgefordert. »War sogar mit Bild in einem von diesen Magazinen.«

Bill bemerkte, wie ihn jemand durch die Fliegengittertür hindurch beobachtete. Es war Mae. Die Tür öffnete sich langsam: Sie stand im Eingang, unverändert, schlank wie damals. Instinktiv hob er die Arme, um sie dann, nach einem weiteren Schritt auf sie zu, ebenso instinktiv wieder sinken zu lassen.

»Mae.«

»Bill.«

Da war sie. Einen Augenblick lang besaß er sie, ihre Zerbrechlichkeit, ihre schmale, erregende Schönheit; dann hatte er sie wieder verloren. Er konnte sie genauso wenig umarmen, wie er eine Fremde hätte umarmen können.

Auf der Glasveranda starrten sie sich an. »Du hast dich überhaupt nicht verändert«, sagten sie gleichzeitig.

Es war nichts mehr an ihr. Worte, zufällig, trivial und unaufrichtig, ergossen sich aus ihrem Mund, als wollten sie die plötzliche Lücke in seinem Herzen füllen:

»Stellte mir vor, wie es wäre, dich mal zu sehen … hätte dich überall wiedererkannt … dachte, du hättest mich vergessen … erzählte erst neulich Abend von dir.«

Mit einem Mal fiel ihm nichts mehr ein. Sein Gehirn war völlig leer, und trotz größter Anstrengung gelang es ihm nicht, zu einem Verhalten zu finden, das das Vakuum gefüllt hätte.

»Ein schönes Plätzchen habt ihr hier«, sagte er dümmlich.

»Uns gefällt es. Du wirst es nicht glauben, aber das ist eine Scheune, die wir umgebaut haben.«

»Der Taxifahrer hat's mir schon erzählt.«

»... stand hier hundert Jahre leer ... haben sie für fast nichts bekommen ... Bilder von vorher und nachher in *Home and Country Side*.«

Ohne Vorwarnung leerte sich sein Kopf erneut. Was war denn nur los? War er etwa krank? Er hatte sogar vergessen, weshalb er überhaupt hier war.

Er wusste nur, dass er wohlwollend lächelte und dass er dieses Lächeln nicht aufgeben durfte, da er es sonst nie wieder zustande bringen würde. Was hatte das zu bedeuten, wenn das Denkvermögen plötzlich aussetzte? Er musste gleich morgen zum Arzt.

»... weil Al sich so gut gemacht hat. Natürlich verlässt sich Mr. Kohlsatt auf ihn, darum kommt er ja so wenig raus. Ich komme wenigstens mal nach New York. Manchmal kommen wir auch beide unter die Leute.«

»Also ihr habt es wirklich schön hier«, sagte er verzweifelt. Er musste gleich morgen früh zum Arzt. Zu Doktor Flynn oder Doktor Keyes oder Doktor Given, der mit ihm zusammen in Harvard gewesen war. Oder vielleicht zu jenem Spezialisten, den ihm diese Frau bei den Ameses empfohlen hatte; oder zu Doktor Gross oder Doktor Studeford oder Doktor de Martel ...

»... ich selbst rühre ja nichts an, aber Al hat immer etwas

im Haus. Al ist gerade in Boston, aber ich denke, ich weiß, wo der Schlüssel ist.«

... oder zu Doktor Ramsey oder dem alten Doktor Ogden, der ihn auf die Welt geholt hatte. Ihm war nie bewusst gewesen, dass er so viele Ärzte kannte. Er musste eine richtige Liste anlegen.

»... bist wirklich noch ganz derselbe.«

Plötzlich legte er sich beide Hände auf den Bauch, lachte kurz und heiser auf und erklärte: »Nicht hier.« Sein eigenes Benehmen verwunderte und überraschte ihn, aber es vertrieb wenigstens für kurze Zeit die Leere; er fing an, die Bruchstücke seines Nachmittags zusammenzusuchen. Ihrem Geplapper entnahm er, dass sie sich einbildete, ihn einmal, in grauer, sentimentaler Vorzeit, verlassen zu haben. Vielleicht hatte sie recht. Wer war das überhaupt – diese harte, gewöhnliche Person, die sich mit Maes Körper als lebendige Maske verkleidet hatte? Trotz stieg in ihm auf.

»Mae, ich habe über das Schiff nachgedacht«, begann er.

»Welches Schiff denn?«

»Der Dampfer auf der Thames, Mae. Ich finde, wir sollten uns nicht einfach so alt werden lassen. Nimm deinen Hut, Mae. Lass uns heute Abend eine Bootsfahrt machen.«

»Aber ich sehe nicht ein, wozu das gut sein soll«, protestierte sie. »Glaubst du, dass es Leute jung erhält, wenn sie auf einem Schiff herumfahren? Kann ja sein, wenn es Salzwasser wär ...«

»Erinnerst du dich denn nicht an den Abend auf dem Dampfer?«, fragte er, als spräche er mit einem Kind. »So haben wir uns doch kennengelernt. Zwei Monate später hast du mich verlassen und Al Fitzpatrick geheiratet.«

»Aber da habe ich Al doch noch gar nicht geheiratet«, sagte sie. »Das war erst zwei Jahre später, als er diese leitende Stellung bekam. Es gab da einen Harvard-Mann, mit dem ich zusammen war und den ich beinahe geheiratet hätte. Er kannte dich. Er hieß Abbot – Ham Abbot.«

»Ham Abbot – du hast ihn wiedergetroffen?«

»Wir sind fast ein Jahr miteinander gegangen. Ich weiß noch, wie wütend Al war. Er meinte, wenn ich noch einmal mit einem Harvard-Mann ankommen würde, würde er ihn erschießen. Aber da war gar nichts dabei. Ham war eben vollkommen verrückt nach mir, und ich hab ihn einfach schwärmen lassen.«

Bill hatte irgendwo gelesen, dass sich in jedem Menschen alle sieben Jahre ein Wandel vollzog, der seine Persönlichkeit im Vergleich zu vorher völlig veränderte. Er klammerte sich verzweifelt an diese Idee. Halb betäubt sah er diese Person ihm ein gewaltiges Glas Apfelbrand einschenken, halb betäubt leerte er es in großen Zügen und kämpfte sich unter einer Beschreibung des Hauses zur Haustür.

»Schau dir die Originalbalken an. Diese Balken, die mochten wir auf Anhieb am allermeisten …« Sie brach unvermittelt ab. »Jetzt erinnere ich mich an das Schiff. Du warst auf einem Motorboot und kamst in jener Nacht zusammen mit Ham Abbot an Bord.«

Der Schnaps hatte es in sich. Offensichtlich verbreitete er auch einen gewissen Duft, denn bei der Abfahrt schlug der Taxifahrer vor, dem Gentleman zu zeigen, wo er mehr davon bekommen könne. Er würde ihn persönlich in eine Kneipe unten am Kai einführen.

Bill saß an einem schmuddeligen Tisch hinter einer

Schwingtür und trank noch vier Gläser Apfelbrand, während die Sonne hinter der Thames unterging. Dann fiel ihm ein, dass das Taxi noch immer auf ihn wartete. Draußen sagte ihm ein Junge, der Fahrer sei zum Abendessen nach Hause und werde in einer halben Stunde zurück sein.

Er schlenderte zu einem Frachtballen hinüber, setzte sich und schaute der gemächlichen Betriebsamkeit am Kai zu. Es begann zu dämmern. Vor dem erleuchteten Laderaum eines Lastkahns tauchten kurz ein paar Stauer auf, um zügig ein unsichtbares Gefälle hinunter zu verschwinden. Direkt neben dem Kahn lag ein Dampfer, bei dem gerade Passagiere an Bord gingen; erst nur wenige, dann eine immer größer werdende Menge. Eine Brise lag in der Luft, und ein goldrosa Mond erschien am Himmel, von einem Schleier umgeben.

Jemand rannte in der Dunkelheit ungestüm in ihn hinein, strauchelte, fluchte und kam wieder auf die Beine.

»Tut mir leid«, sagte Bill fröhlich. »Haben Sie sich weh getan?«

»Entschuldigen Sie«, stammelte der junge Mann. »Hab ich Sie verletzt?«

»Nein, gar nicht. Hier haben Sie Feuer.«

Zigarette berührte Zigarette.

»Wo fährt der Dampfer da drüben hin?«

»Nur den Fluss runter. Heute ist die Dampferfahrt der Highschool.«

»Die was?«

»Die Dampferfahrt der Wheatly Highschool. Der Dampfer fährt bis Groton, wendet dann und kommt wieder hierher zurück.«

Bill dachte blitzschnell nach. »Wer ist der Rektor der Schule?«

»Mr. McVitty.« Der junge Mann zappelte ungeduldig hin und her. »Bis dann, Kumpel. Ich muss an Bord.«

»Ich auch«, flüsterte Bill zu sich selbst. »Ich auch.«

Trotzdem blieb er noch einen Moment träge sitzen und lauschte den Geräuschen, die jetzt klar und deutlich vom Oberdeck herüberklangen: dem hellen Geplapper der Mädchen, den Jungen, die sich durch die Nacht bedeutungsvolle, aber obskure Witze zuriefen. Er fühlte sich prächtig. Die frische Luft schien den Apfelbrand in alle angerosteten und unbenutzten Winkel seines Körpers verteilt zu haben. Er kaufte sich noch eine Flasche, verstaute sie in seiner Jackentasche und ging mit der ganzen Zufriedenheit und Nonchalance eines Ozeanreisenden an Bord.

Ein Mädchen, das in einer Gruppe nahe am Landungssteg stand, hob den Blick, als er an ihr vorüberging. Sie war schmal und schön. Ihre Mundwinkel zeigten nach unten, rutschten plötzlich hinauf, als sie lächelte, halb zu ihm, halb zu dem jungen Mann neben ihr. Jemand machte eine Bemerkung, und die Gruppe lachte. Noch einmal glitt ihr Blick zur Seite und traf den seinen für einen winzigen Augenblick, bevor er sie hinter sich ließ.

Mr. McVitty war auf dem Oberdeck zusammen mit einem halben Dutzend Lehrerkollegen, die bei Bills schwungvollem Auftritt zur Seite traten.

»Guten Abend, Mr. McVitty. Sie werden sich wohl nicht mehr an mich erinnern.«

»Ich fürchte nein, Sir.« Der Direktor betrachtete ihn mit zögernden, unverbindlichen Augen.

»Und doch habe ich mit Ihnen einmal auf diesem Dampfer eine Fahrt gemacht, genau heute Abend vor elf Jahren.«

»Dieses Schiff hier, Sir, ist erst letztes Jahr gebaut worden.«

»Gut, dann eben auf einem ähnlichen Schiff«, sagte Bill. »Ich hätte den Unterschied allein nie bemerkt.«

Mr. McVitty gab keine Antwort. Nach kurzer Pause fuhr Bill selbstsicher fort: »An jenem Abend haben wir entdeckt, dass wir beide Söhne von John Harvard sind.«

»Ja?«

»Es war sogar so, dass ich noch genau an jenem Tag gegen jemanden gerudert war, den ich als den guten alten Yale bezeichnen könnte.«

Mr. McVittys Augen wurden schmal. Er trat näher zu Bill heran und rümpfte leicht die Nase.

»Den alten Eli«, sagte Bill, »genauer gesagt: Eli Yale.«

»Ich verstehe«, meinte Mr. McVitty trocken. »Und was kann ich heute Abend für Sie tun?«

Jemand kam herauf und stellte eine Frage, und während der erzwungenen Pause wurde es Bill bewusst, dass er sich unter dem banalsten aller Vorwände an Bord aufhielt – einer weit zurückliegenden, nicht bestätigten Bekanntschaft. Er war erleichtert, als ein dumpfes Rumpeln und Erzittern des Decks das Ablegen des Schiffs signalisierten.

Mr. McVitty, wieder befreit, wandte sich ihm mit leichtem Stirnrunzeln zu. »Mir scheint, ich erinnere mich jetzt an Sie«, sagte er. »Drei von Ihnen haben wir von einem Motorboot an Bord genommen und ließen Sie hier mittanzen. Unglücklicherweise endete der Abend mit einer Schlägerei.«

Bill zögerte. In elf Jahren hatte sich sein Verhältnis zu Mr. McVitty irgendwie verändert. Er hatte Mr. McVitty als einen weit weniger beachtenswerten, weit umgänglicheren Mann in Erinnerung. So unangenehme Komplikationen wie diese hatte es damals nicht gegeben.

»Vielleicht fragen Sie sich, wie es kommt, dass ich hier bin?«, half Bill sanft nach.

»Um ehrlich zu sein, ja, Mr. …«

»Frothington«, vervollständigte Bill, worauf er dreist hinzufügte: »Für mich ist das hier eigentlich eine Reise in die Vergangenheit. Meine größte Romanze fing an dem Abend an, von dem Sie sprechen. Hier habe ich sie zum ersten Mal getroffen – meine Frau.«

Jetzt hatte er Mr. McVittys Aufmerksamkeit doch noch gewonnen. »Sie haben eines unserer Mädchen geheiratet?«

Bill nickte. »Und darum wollte ich die Fahrt heute Abend mitmachen.«

»Haben Sie Ihre Frau mitgebracht?«

»Nein.«

»Ich verstehe nicht …« Er brach ab, um dann behutsam die Vermutung zu äußern: »Oder vielleicht doch. Ihre Frau … ist sie gestorben?«

Nach einem kurzen Moment nickte Bill. Zu seiner nicht geringen Überraschung rollten plötzlich zwei große Tränen seine Wangen hinab.

Mr. McVitty legte ihm die Hand auf die Schulter. »Es tut mir sehr leid«, sagte er. »Ich verstehe Ihre Gefühle, Mr. Frothington, und ich achte sie. Bitte, fühlen Sie sich ganz wie zu Hause.«

Nach einem kleinen Schluck aus seiner Flasche stellte

sich Bill an die Tür zum Salon und schaute den Tanzenden zu. Genau wie vor elf Jahren. Genau dieselben Highschoolcharaktere, über die Ham, Ellie und er später so gelacht hatten – der dicke Junge, ganz bestimmt Verteidiger im Footballteam, und der jugendliche Held mit der Schmalzlocke und den angeberhaft guten Manieren, der Klassensprecher. Das hübsche Mädchen, das ihn am Landungssteg angesehen hatte, tanzte an ihm vorüber, und mit einem beschleunigten Herzschlag ordnete er auch sie ein: ihr Selbstvertrauen und die breitgefächerte, aber sorgfältige Verteilung ihrer Gunstbezeugungen – sie war das beliebteste Mädchen der Schule, so wie Mae es vor elf Jahren gewesen war.

Beim nächsten Mal, als sie an ihm vorbeikam, berührte er die Schulter des Jungen, der mit ihr tanzte. »Dürfte ich auch einmal?«, fragte er.

»Was?«, keuchte ihr Partner.

»Darf ich etwas von diesem Tanz abhaben?«

Der Junge starrte ihn an, ohne seine Umarmung aufzugeben.

»Oh, ist schon in Ordnung, Red«, sagte sie ungeduldig. »So geht das heute eben.«

Schmollend trat Red zur Seite. Bill beugte seinen Arm, so weit er konnte, in den qualvollen Klammergriff, den hier alle praktizierten, und tanzte los.

»Ich hab gesehn, wie Sie mit Mr. McVitty sprachen«, sagte das Mädchen, wobei es mit strahlendem Lächeln zu ihm aufschaute. »Ich kenne Sie nicht, aber ich nehme an, es ist in Ordnung so.«

»Ich habe Sie vorher schon gesehen.«

»Wann denn?«

»Als ich aufs Schiff kam.«

»Ich kann mich nicht erinnern.«

»Wie heißen Sie?«, fragte er.

»May Schaffer. Was ist denn?«

»Schreiben Sie sich mit e?«

»Nein; warum?«

Ein Quartett von Jungen hatte sich zu ihnen herangedrängt. Einer von ihnen stürzte unvermittelt los, als würde er von der Gruppe nach vorn katapultiert, und stieß ungeschickt gegen Bill.

»Kann ich etwas von diesem Tanz abhaben?«, fragte der Junge mit einer Art Kichern.

Nicht sehr begeistert ließ Bill sie los. Nach Beginn des nächsten Tanzes klatschte er sie wieder ab. Sie war entzückend. Auch ein weniger hübsches Mädchen hätte verklärt gewirkt, wäre es so glücklich über sich selbst, über diesen Abend gewesen wie sie. Er wollte sich mit ihr unter vier Augen unterhalten, war gerade dabei, ihr vorzuschlagen, mit ihm hinauszugehen, als sich das Spiel von vorhin wiederholte – ein junger Mann wurde offenbar mit Gewalt von einer Gruppe an Bills Seite befördert.

»Darf ich was von diesem Tanz abkriegen?«

Bill gesellte sich zu Mr. McVitty an der Reling. »Ein angenehmer Abend«, bemerkte er. »Tanzen Sie nicht?«

»Ich tanze recht gern«, sagte Mr. McVitty; er fügte spitz hinzu: »In meiner Position dürfte es allerdings nicht ganz das Richtige sein, mit jungen Mädchen zu tanzen.«

»Aber das ist doch Unsinn«, erwiderte Bill freundlich. »Wollen wir etwas trinken?«

Mr. McVitty ließ ihn plötzlich stehen.

Als er wieder mit May tanzte, wurde sie fast sofort wieder abgeklatscht. Überall auf der Tanzfläche schienen jetzt Leute diese Methode anzuwenden – offensichtlich hatte er irgendetwas in Gang gebracht. Er klatschte sie erneut ab, versuchte zum zweiten Mal, sie zu bitten, einen Deckspaziergang mit ihm zu machen, bemerkte aber, dass ihre Aufmerksamkeit von herumalbernden Jungen auf der andern Seite des Raumes gefesselt wurde.

»Ich hab 'ne tolle Liebeslaube oben in der Bronx«, sagte jemand.

»Kommen Sie mit hinaus?«, fragte Bill. »Der Mond ist so schön heute.«

»Ich möchte lieber tanzen.«

»Wir können ja draußen tanzen.«

Sie drehte sich von ihm weg und schaute mit unschuldigem Spott zu ihm auf.

»Wo nehmen Sie das eigentlich alles her?«

»Her – was?«

»Ihre ganze Fröhlichkeit.«

Bevor er antworten konnte, klatschte sie ihm wieder jemand ab. Einen Moment lang bildete er sich ein, der Junge hätte gesagt: »Etwas von diesem Tanz, Papi?«, aber sein Ärger über Mays Desinteresse ließ ihn den Gedanken schnell vergessen. Bei der nächsten Gelegenheit kam er ohne Umschweife zur Sache.

»Ich lebe hier in der Nähe«, sagte er. »Ich würde mich sehr freuen, wenn ich Sie besuchen und irgendwann mal für ein Wochenende einladen dürfte.«

»Was?«, fragte sie abwesend. Wieder hörte sie einer Miniatur-Farce zu, die in einer Ecke aufgeführt wurde.

»Meine Frau würde sich auch freuen, wenn Sie kämen«, fuhr Bill fort. Große Träume davon, was er alles um der alten Zeiten willen für dieses Mädchen tun könnte, nahmen in seinen Gedanken Gestalt an.

Ihr Kopf schwang neugierig zu ihm herum. »Aber Mr. McVitty hat doch irgendjemandem erzählt, Ihre Frau sei tot.«

»Das stimmt nicht«, sagte Bill.

Aus dem Augenwinkel sah er das unvermeidliche Katapult auf sich zukommen und tanzte flink aus seiner Schusslinie.

Eine Stimme rief weithin hörbar: »Seht mal, wie der alte Papi springen kann.«

»Frag ihn, ob ich was von diesem Tanz abbekommen kann.«

Später konnte sich Bill an den Abend nur noch bis zu diesem Punkt erinnern. Eine Menschenmenge wirbelte um ihn herum, und jemand fragte dauernd, wer von ihnen ein Footballspieler sei.

Es war nur natürlich, dass er beschloss, ihnen eine Lektion zu erteilen, wie er es schon einmal getan hatte, was er ihnen auch mitteilte. Darauf folgte eine ellenlange Diskussion darüber, ob er wohl schwimmen könne oder nicht. Jetzt nahm das Durcheinander noch zu; es gab ein paar Fausthiebe und einen kurzen, heftigen Kampf. Nach einer Unterbrechung von bestimmt mehreren Minuten nahm er den Faden der Geschichte wieder auf, als sein Kopf aus dem kühlen Wasser der Thames auftauchte.

Der Fluss schimmerte weiß vom Licht des Mondes, der sich hoch am Himmel von einer goldrosa Erscheinung in eine Scheibe aus glänzendem Käse verwandelt hatte. Es dauerte einige Zeit, bis er im Wasser paddelnd die Richtung zum Ufer ausgemacht hatte, aber das beunruhigte ihn nicht. Der Dampfer wirkte inzwischen nur noch wie ein kleiner Fleck, weit unten auf dem Fluss, und er lachte bei dem Gedanken, wie unwichtig es war, wie unwichtig alles war. Dann begann er, mit dem sicheren Gefühl, genug Atem zu haben, und beschäftigt mit der Frage, ob das Taxi wohl noch immer in Wheatly Village wartete, auf das dunkle Ufer zuzukraulen.

4

Er war nervös, als er sich am nächsten Nachmittag seinem Zuhause näherte, ergriffen von dunkler, gegenstandsloser Furcht. Natürlich rührte sie von seinem dummen Fehltritt her. Stella würde irgendwie davon erfahren. In seiner gegenwärtigen Verfassung, dem genauen Gegenteil der heiter-selbstbewussten Stimmung der vergangenen Nacht, schien es ihm unvermeidlich, dass sie davon erfahren würde.

»Wer ist alles hier?«, fragte er sogleich den Butler.

»Niemand, Sir. Die Ameses waren vor einer Stunde hier, aber da keine Nachricht hinterlassen worden war, sind sie wieder gegangen. Sie meinten nur …«

»Ist meine Frau denn nicht da?«

»Mrs. Frothington verließ das Haus gestern gleich nach Ihnen.«

Peitschenhiebe panischer Angst gingen auf ihn nieder.

»Wie lange nach mir?«

»Fast sofort, Sir. Das Telefon klingelte, sie sprach mit irgendjemandem, und fast gleich danach ließ sie ihre Reisetasche packen und verließ das Haus.«

»Mr. Ad Haughton ist nicht gekommen?«

»Ich habe Mr. Haughton nicht gesehen.«

Es war passiert. Der Abenteuergeist hatte auch Stella gepackt. Er wusste, dass sie in ihrem Leben immer wieder von verliebten Männern bedrängt worden war, aber dass sie irgendwohin gehen würde, ohne es ihm zu sagen …

Er warf sich mit dem Gesicht nach unten auf eine Couch. Was war nur geschehen? Er hatte doch nicht gewollt, dass so etwas passierte. War es das, was sie gemeint hatte, als sie ihn in der vergangenen Nacht so eigenartig angesehen hatte?

Er ging hinauf. Fast im selben Augenblick, in dem er das große Schlafzimmer betrat, sah er die Nachricht, auf blauem Schreibpapier geschrieben, damit er sie auf dem weißen Kopfkissen nicht übersehen konnte. In seinem Elend kam ihm ein alter Rat seiner Mutter wieder in den Sinn: »Je schrecklicher die Dinge zu sein scheinen, desto mehr musst du Haltung bewahren.«

Zitternd entledigte er sich seiner Kleider, ließ ein Bad einlaufen und seifte sich das Gesicht ein. Dann goss er sich einen Drink ein und rasierte sich. Er war wie ein Traum, dieser Wandel in seinem Leben. Sie war also nicht mehr die seine; auch wenn sie zurückkommen sollte, sie würde nicht mehr die seine sein. Alles war anders – dieses Zimmer, er selbst, alles, was gestern noch existiert hatte. Plötzlich wollte er es zurück. Er stieg aus der Wanne, kniete sich daneben auf die Badematte und betete. Er betete für Stella, für sich selbst, für Ad Haughton; er betete wie besessen für die Wiederherstellung seines Lebens – eines Lebens, das er wie ein Verrückter gerade eben selbst zerstört hatte. Als er in ein Frottiertuch gehüllt aus dem Badezimmer kam, saß Ad Haughton auf dem Bett.

»Hallo, Bill. Wo ist denn deine Frau geblieben?«

»Moment mal«, antwortete Bill. Er drehte sich um, verschwand im Bad und nahm einen ordentlichen Schluck Franzbranntwein, Garant für heftige gastritische Störungen. Danach steckte er, als wäre nichts, den Kopf durch die Tür.

»Mund voll Mundwasser«, erklärte er. »Wie geht's dir, Ad? Mach doch mal den Umschlag da auf dem Kopfkissen auf, dann wissen wir, wo sie steckt.«

»Sie ist mit 'nem Zahnarzt nach Europa … nein, ihr Zahnarzt geht nach Europa, und darum musste sie noch mal schnell nach New York …«

Er hörte es kaum. Sein Denken, befreit von jeglicher Sorge, war ihm erneut entglitten. Heute Nacht würde Vollmond sein, oder fast Vollmond. Einmal war bei Vollmond etwas geschehen. Was es gewesen war, fiel ihm im Moment nicht ein.

Sein langer, schlaksiger Körper, seine kleine, im Universum verlorene Seele saßen dort am Badezimmerfenster.

»Ich bin wahrscheinlich der schlimmste Typ der ganzen Welt«, sagte er und schüttelte im Spiegel den Kopf über sich selbst, »wahrscheinlich der schlimmste Typ der ganzen Welt. Aber ich kann's nicht ändern. In meinem Alter kann man nicht mehr gegen das ankämpfen, von dem man weiß, dass man's ist.«

Durchdrungen von dem Willen, sich zu bessern, blieb er eine Stunde getreulich dort sitzen. Dann brach die Dämmerung herein, Stimmen klangen von unten herauf, und da war es plötzlich am Himmel über seinem Rasen, alles rastlose Sehnen nach entschwindender Jugend auf der ganzen Welt – der strahlende, unerreichbare Mond.

DIRK VON LOWTZOW

Idiotentest

Ich war seit einiger Zeit viel alleine und versuchte, neue Songs zu schreiben. Meine Tage begannen früh, ich trank Kaffee im Bett, frühstückte im Stehen und setzte mich kurz danach im Pyjama an den Esstisch im Wohnzimmer, an dem meine Akustikgitarre bereits vom Vorabend griffbereit lehnte. Um mich herum hatte ich Bücher gestapelt, in denen ich bei Bedarf blättern konnte, als Prokrastination. Vor mir lagen ein Blatt Papier und ein Kugelschreiber mit Minion-Motiven. Minions sind kleine gelbe Quälgeister, die wie irr in Laboratorien herumexperimentieren, was meistens in heftigen Explosionen endet.

Nach dem frühen Abendessen war ich oft erschöpft, aber alleine zu Hause hielt ich es nicht lange aus. Ich suchte im Theater, im Kino oder im Konzert nach Inspiration und wollte die Illusion aufrechterhalten, meine Arbeit sei geistig mit diesen ungleich größeren künstlerischen Leistungen verbunden.

Man will ein Stück des Weges am Fluss gemeinsam gehen, denn dieser Spaziergang schenkt Mut und Selbstvertrauen, auch wenn man instinktiv weiß, dass man bald anderswo jemand anderer sein wird. Am Abend des 2. September fuhr ich deshalb in die Berliner Philharmonie, wo gerade das alljährliche Musikfest stattfand. Auf dem Spielplan standen zwei Orchesterwerke von John Adams und ein Vokalstück von Steve Reich.

Ich beobachtete die Besucher, die langsam in den Saal strömten, und ertappte mich dabei, dass ich sie in Gruppen einteilte und mich fragte, aus welchen Beweggründen dieser oder jene heute Abend den Weg in die Philharmonie gefunden hatte und welchen Beschäftigungen sie sonst nachgingen. Um mich abzulenken, blätterte ich im Programmheft.

In der Werkauflistung las ich, dass der dritte Satz von John Adams' Kammersinfonie mit *Roadrunner* betitelt sei. Sofort kam mir der gleichnamige Song von Jonathan Richman in den Sinn. Es ist einer der wenigen Rocksongs, von denen ich wünschte, sie würden niemals enden. Auch *I'm the Ocean* von Neil Young gehört in diese Kategorie. Kommt das Lied einmal in Fahrt, scheint es wie von den Rädern eines Perpetuum mobile getrieben, das sich Paul Scheerbart hätte ausdenken können. John Adams hingegen wurde von der Cartoon-Figur aus den fünfziger Jahren inspiriert, wie ich dem Programmheft entnahm. Richtig, Roadrunner wird gejagt von Karl, dem hungrigen Coyoten. Er düst den Highway entlang und gibt dabei, wie als Countdown zur Zündung des Turboantriebs, ein piepsendnasales Geräusch von sich.

Während des Steve-Reich-Stücks schlich ich mich aus dem Saal. Die hyperaktiven, aggressiven und akrobatischen Kompositionen Adams' hatten mich unruhig gemacht. Ich bekam urplötzlich Lust, mit dem Auto durch die Stadt zu düsen. Während ich den Parkautomaten umständlich mit Kleingeld fütterte, las ich die SMS eines Freundes. Ob man sich nicht in der Kantine der Volksbühne treffen wolle. Die letzten warmen Abende waren ein Versprechen, die Kantine und ihr kaminartiger Innenhof, in dem man die Durchsagen der Inspizientin hören konnte, Sehnsuchtsorte.

Auf dem Bücherstapel auf meinem Esstisch liegt seit Langem ein Buch, das ich nie ganz gelesen habe, auf das ich aber immer wieder zurückkomme. Es ist, als führte es ein Eigenleben und riefe mich in regelmäßigen Abständen zu sich. Das Buch ist, kurz gesagt, eine Analyse »glücklicher Räume«. Es handelt davon, wie Keller, Dachböden, Winkel und Gänge in unseren Erinnerungen die Charakteristik von Zufluchtsorten annehmen. Ich habe viele solcher Räume gekannt. Räume, in denen ich mich sicher und aufgehoben fühlte und in denen sich meine Träume verwirklichen konnten. Die Einliegerwohnung unseres Reihenhauses, in die ich als Jugendlicher zog, der Jugendkeller der Anne-Frank-Schule, wo ich mit meinen Freunden Punk-Konzerte veranstaltete, oder das »Heinz Karmers Tanzcafe«, ein einsames und heruntergekommenes Haus am Rande St. Paulis, wo Arne, Jan und ich unsere ersten Auftritte hatten. Und natürlich die Volksbühnenkantine, an deren schweren, runden Tischen ich viele Abende mit René Pollesch und dem Ensemble unserer Oper *Von einem der auszog, weil er sich die Miete nicht mehr leisten konnte* verbracht hatte.

Ich fuhr die Leipziger Straße entlang, meiner Verabredung entgegen. Die Spätsommersonne verschwand allmählich hinter dem großen Coca-Cola-Schild auf dem Hochhausdach am Spittelmarkt, von der Spree her wehte der Ostwind durch das heruntergelassene Seitenfenster. Vor mir sah ich das Einkaufszentrum Alexa wie eine grell beleuchtete Version von Böcklins *Toteninsel* aus dem Boden wachsen. Dann fuhr ich in den Tunnel, der aus der Unterwelt direkt zur Volksbühne führt.

Drei Stunden später kehrte ich alleine an die Oberfläche zurück und setzte mich schwer angetrunken ins Auto. Ich wollte auf meiner gewohnten Route von der Linienstraße über die Zolastraße in die Torstraße einbiegen. Dann wäre ich in weiteren fünf Minuten zu Hause, wo ich mich noch einmal an den Schreibtisch setzen würde. Ich bemerkte in meinem Zustand nicht, dass die Fahrbahn der Linienstraße verbreitert wurde und deshalb in meiner Richtung gesperrt war. Prompt setzte ich das Auto in den Baustellengraben. Irritiert stieg ich aus und stellte fest, dass die Räder der linken Fahrzeughälfte zu tief in die Baugrube abgesunken waren, um den Wagen herauszufahren. Ich zündete mir eine Zigarette an und dachte kurz darüber nach, ob ich, jetzt, da der Karren ohnehin im Dreck steckte, noch ein Bier in der Kantine trinken sollte. Stattdessen rief ich den ADAC an. Ich schilderte meine missliche Lage, so gut ich konnte. Diese Leute sind solche Pannen gewohnt, sagte ich mir und legte auf. Der Abschleppwagen sollte, so der ADAC-Mitarbeiter, in dreißig Minuten an meinem Standort sein. 180 Euro für Nichtmitglieder.

Ich stand am Straßenrand und blickte müde zu der Granitbank der Bildhauerin Michaela Meise an dem kleinen Platz, den der spitze Winkel zwischen Weydinger- und Bartelstraße bildet. Die Sitzfläche schien mir verlockend. In diesem Augenblick kam von rechts, fast lautlos gleitend, ein Polizeiauto. Eine Polizistin stieg aus und fragte mich, was ich hier mache, und vor allem, warum mein Auto vor mir im Straßengraben liege. Ich gab ihr zu verstehen, dass mir ein kleines Malheur passiert sei, es bestehe aber überhaupt kein Grund zur Sorge, der ADAC sei bereits informiert. Über Funk orderte die Beamtin Verstärkung, und kurze Zeit später hielten mir zwei Polizisten einen Alkomaten unter die Nase. 1,6 Promille. »Das wird teuer«, hörte ich einen der Beamten murmeln.

Mein Auto wurde abgeschleppt und ich in einen Polizeiwagen gesteckt.

Ich wartete über zwei Stunden in einem kargen, fahl beleuchten Raum der Polizeiwache Moabit auf meine Blutabnahme durch den Amtsarzt. Neben mir beschimpfte ein betrunkener alter Mann die vorbeilaufenden Polizisten unablässig als »Fotzen« und »Arschlöcher«. Inzwischen war es drei Uhr nachts. Dennoch hielt ich mich halbwegs gerade auf der unbequemen Holzbank und schaute auf die bekritzelten Wände. Es roch nach Urin, der Betonboden war übersät von Schmauchspuren heimlich ausgetretener Kippen. Ich musste plötzlich an mein erstes Auto denken, einen 2CV, den ich mir nach dem Abitur gekauft hatte. Auf einer Rückfahrt von Freiburg nach Offenburg fing er kurz vor der Autobahnausfahrt heftig zu qualmen an. Ich rollte mit letzter Kraft vor das Haus meiner Eltern, stellte den Wagen ab und schaffte es sogar noch, meine Lederjacke, meine Gitarre und den Verstärker aus dem Kofferraum zu zerren, dann ging die Ente in Flammen auf. Unser Nachbar rannte auf die Straße und filmte das Geschehen stolz mit seiner neu erworbenen Videokamera. Mein Vater rief die Feuerwehr. Es war 1991. Kurz zuvor hatten Sonic Youth ihr Album *Goo* mit dem ikonischen Cover von Raymond Pettibon veröffentlicht. »*I stole my sister's boyfriend. It was all whirlwind, heat, and flash. Within a week we killed my parents and hit the road.*«

Ein knappes halbes Jahr nach meinem Besuch auf der Polizeiwache Moabit unterzieht mich eine überaus kompetente russischstämmige Verkehrspsychologin einer sanften Gehirnwäsche. Ich denke über mein Fahrverhalten nach, trinke vier Monate lang keinen Alkohol, büffele intensiv für den Idiotentest und überstehe die Festivalsaison im Nightliner dennoch erstaunlich gut. Glücklich und nüchtern liege ich nach den Auftritten in einer der Schlafwaben des Busses. Die frische Bettwäsche umhüllt mich wie geronnener Honig. Wir fliegen über die Betonplatten der süddeutschen Autobahn, der Rhythmus wiegt mich in den Schlaf: »Idiot. Idiot. Idiot. Idiot.«

Kalk

Seit meinem vierzigsten Lebensjahr sind mir Kalk, Staub und Krümel unerträglich. Lebte ich vorher in einer wissentlich und willentlich herbeigeführten Unordnung, mittels derer ich mich vom bürgerlichen Streben nach Macht und Kontrolle abzusetzen versuchte, sei es in meinem Jugendzimmer im Keller des Elternhauses, sei es im Fond meines ersten Autos, sei es in meiner ersten eigenen Wohnung in Barmbek, so änderte sich dieses Verhalten schlagartig ab den Jahren 2010 ff. Mehr noch, es überkamen mich ein ausgeprägter Ordnungszwang und Putzfimmel, auf deren Vorhandensein mich zuerst meine Schwester hinwies, als ich sie einmal um die Nennung meiner schlechten Eigenschaften für eine psychologische Untersuchung bat.So kann es seitdem passieren, dass ich nachts, wenn ich nach Hause komme, zunächst sorgfältig meine völlig verrauchte Kleidung zusammenlege, mir die Zähne putze und dann Kalkreste von den Armaturen des Waschbeckens entferne. Ich tue dies in der Gewissheit, dass ich erst ruhig schlafen werde, wenn die quälenden Gefühle der Schande und der Schuld getilgt sind.Es ist bemerkenswert, dass die Kalkpanik abnimmt, je weiter ich mich von meiner Wohnung entferne. Außerhalb der Stadt- oder Landesgrenze ereilt sie mich nur selten. Der Irrgarten der eigenen vier Wände scheint die Angst erst hervorzurufen. Allerdings führen das permanente Bücken und Wischen in den Innenräumen zu einer gedanklichen und körperlichen Beweglichkeit, die ich vorher an mir nicht gekannt habe. Und das Glück, das mir ein sauberes Waschbecken beschert, ersetzt die vergessenen Freuden der Jugend fast vollständig.

ROBERT GERNHARDT

Rede vom Glück

Wie übers Glück reden?
Wenn das einmal glückte:
Wäre das nicht ein Glück?

Mir glückte es nie,
ohne das Glück zu beschwören
ohne Unglücksgrundierung.

Als ob das Glück,
um zu glücken, bedürfte
der Folie des Unglücks.

Braucht nicht das Unglück
vielmehr das Glück?
das Mißglücken das Glücken?

Der Wortstamm ist: Glücken.
Mißglücken, Nichtglücken:
Verunglückte Zweige,
Glücklose Triebe
auf glückhaft wurzelndem
Grundglück.

Vor allem Unglück
war Glück. Vor allem
Mißglücken glückte es.

Ihr glücklichen Tage!
Nur wen ihr beglückt,
der kennt glücklose Nächte.

Wir glücklichen Menschen!
Vor unserem Glück erst
erstrahlt hell euer Unglück.

MARTIN PAGE

Antoine oder die Idiotie

Die Praxis von Dr. Edgar Vaporski befand sich im dritten Stock eines schönen Hauses im xx. Arrondissement, Rue des Pyrénées, ganz in der Nähe der Place Gambetta. Antoine war sein Patient, seit er zwei Jahre alt war, und hatte niemals einen anderen Arzt gehabt als ihn. Er war zwar Kinderarzt, kannte Antoine aber besser als irgendwer sonst. Und weil sie sich bereits seit dreiundzwanzig Jahren kannten, bestand zwischen ihnen eine gewisse Vertrautheit: Sie nannten sich beim Vornamen und gingen von Zeit zu Zeit gemeinsam aus, denn sie verband auch eine Leidenschaft für das Brady, ein altes Kino am Boulevard de Strasbourg.

Seitdem er zwanzig war, war es ihm ein wenig unangenehm, als einziger Erwachsener ohne Kind im Wartezimmer zu sitzen. Die Eltern blickten über den Rand ihrer Illustrierten und musterten Antoine so diskret es eben ging, die Kinder starrten ihn an. Er konnte sich noch so nahe zu Frauen ohne Begleitung setzen, irgendwann kam die Tatsache, dass er überhaupt kein Kind hatte, immer ans Licht. Daher nahm er inzwischen jedes Mal den Enkel seiner Nachbarin mit oder sonst irgendein gerade verfügbares Kind. An diesem bewussten Tag hatte er die kleine Coralie mitgeschleppt, die Tochter des Hausmeisters in seinem

Haus, die nicht besonders begeistert war, ihm als Alibi zu dienen.

Edgar öffnete die Türe des Wartezimmers und trug noch den Mundschutz im Gesicht. Er ließ Antoine und Coralie in sein Sprechzimmer eintreten. Der Raum erinnerte an jedes x-beliebige Sprechzimmer, die beigefarbenen Wände hingen voll mit irgendwelchen Diplomen, im Bücherregal standen große Bände, wunderschön in Leder von einem Rind gebunden, das wohl Gold gefressen haben musste. Und als ob das Kupferschild am Eingang nicht schon genügte, verbreitete die Praxis zusätzlich noch eine diplomierte Kompetenz. Die Farben und das Mobiliar strahlten Seriosität aus. Wer immer dort eintrat, wurde von dieser feierlichen Atmosphäre erfasst, spürte die Allmacht der Medizin und war gezwungen, sich ihr zu unterwerfen. Häufig zwingt einen der Besuch beim Arzt auf ganz natürliche Weise dazu, die Selbstkontrolle aufzugeben: Man gehört sich eigentlich nicht mehr wirklich, man liefert seinen Körper mit allen dazugehörigen Dysfunktionen den Zauberern der Wissenschaft von den Krankheiten aus. Die Ähnlichkeit zwischen dem Firlefanz, den man in allen Arztpraxen vorfindet, und dem, der das Geheimnis im Empfangszimmer eines Wahrsagers oder eines Marabuts ausmacht, ist erstaunlich. Ein kritischer und respektloser Geist könnte die beiden Inszenierungen zusammenbringen: Allein schon im Geruch von Medikamenten und Räucherstäbchen liegt die gleiche Intention, ein vergleichbarer Manipulationsversuch der Psyche des Patienten oder Kunden. Doch Edgars Sprechzimmer erfüllte das Klischee nicht ganz, denn Kinderzeichnungen hingen an der Wand, Kritzeleien, Spielzeug und Knetmasse bedeckten den Fußboden und den Schreibtisch. Ein roter Power Ranger auf seinem Rezeptblock entschärfte die Symbolkraft seiner Eigenschaft als Arzt.

Das Fenster stand offen, ein leichter Geruch von Tränengas hing noch im Raum, was auch Edgars Atemschutzmaske erklärte. Er nahm sie ab, man konnte die Luft wohl wieder atmen. Dennoch machte Antoine ihn auf den Geruch aufmerksam, während Coralie eine Grimasse schnitt und sich die Nase zuhielt.

»Ein etwas wilder Junge von zehn Jahren hat versucht, meinen Rezeptblock zu stehlen.«

»Und deshalb hast du dich gleich mit Tränengas gewehrt?«, entrüstete sich Antoine.

»Der hatte einen Nunchaku«, antwortete Edgar und warf die Arme zum Himmel. »Einen Nunchaku, Antoine!«

»Mein Gott, und das passiert dir häufiger?«

»Nein, zum Glück nicht. Bonjour, Coralie«, sagte Edgar, nachdem er sich hinter seinen Schreibtisch gesetzt hatte. »Geht es um dich oder um Antoine?«

»Um ihn«, sagte sie fast vorwurfsvoll. »In seinem Alter muss ich ihn immer noch zum Arzt begleiten!«

»Ich bezahle dich, Coralie«, sagte Antoine. »Und ziemlich gut dazu.«

»Zwei Schokoladenbrötchen und die Zeitschrift *Première* … Ich muss meine Tarife wirklich noch einmal unter dem Aspekt der Hausse überdenken. Schließlich sollte sich die Inflation auch in den menschlichen Beziehungen widerspiegeln.«

»Lässt deine Mutter dich etwa den Börsen- und Wirtschaftsteil der Zeitungen lesen, Coralie? Das ist ja unglaublich.«

»Daran musst du dich gewöhnen, das ist die neue Generation. Na dann, Antoine, was gibt's denn?«

Aus seinem Beutel zog Antoine, nachdem er in einem Wust von Büchern, Zeitungen und verschiedenen Papieren herumgekramt hatte, die Photokopie einer schematischen Querschnittsdarstellung des menschlichen Gehirns hervor und legte sie ihm auf den Schreibtisch. Dann nahm er Edgars Kugelschreiber und zeigte auf die einzelnen Bereiche des Gehirns. »Die höheren Erkenntnisfunktionen werden durch die Großhirnrinde des Neocerebrum sichergestellt. Sind wir da einer Meinung?«

»Ja … Was hast du dir diesmal wieder ausgedacht? Worauf willst du hinaus? Hast du dich entschlossen, Neurochirurg zu werden?«

»Die vorderen Hirnlappen hier«, fuhr Antoine unbeirrt fort und kreiste die entsprechenden Bereiche ein, »sind für die Kommunikation zwischen den Ich-Strukturen und den Erkenntnisfunktionen zuständig …«

»Das ist hervorragend, Antoine. Ich bin Arzt, du sagst mir da nichts Neues. Das ist alles bekannt.«

»Gut«, sagte Antoine und blickte weiterhin auf seine schematische Darstellung, »ich habe mir gedacht, dass du mir einen Teil der Großhirnrinde herausnehmen oder, wenn dir das lieber ist, einen vorderen Hirnlappen lahmlegen kannst, so etwa …«

Edgar sah Antoine bestürzt an, während dieser die Teile seines Gehirns markierte, die herausgenommen werden sollten. Er zog die Augenbrauen zusammen und starrte seinen Freund und Patienten an. Coralie saß etwas entfernt auf einer Couch und las eine Filmzeitschrift.

»Wovon redest du, lieber Gott?«, fragte Edgar und stand auf. »Ich kann dir nicht ganz folgen. Hast du den Verstand verloren? Bist du jetzt völlig bekloppt geworden oder was?«

»Das wäre ich gerne«, antwortete Antoine tiefernst, »das ist ja gerade die Absicht von allem. Ich …«

»Du willst, dass ich eine Leukotomie an dir vornehme?«, unterbrach ihn Edgar entsetzt.

»Ja, richtig, ich glaube aber, dass eine Teilleukotomie ausreicht: Ich will ja noch ein Streichholz anzünden und meinen Kühlschrank aufmachen können. Vermeiden wir es, die Fehler von *Einer flog über das Kuckucksnest* zu machen … Aber schließlich bist du ja der Arzt, tu, was du für das Beste hältst.«

»Das Beste wäre, man würde dich in eine Anstalt einliefern. Was kommt dir nur in den Sinn?«

»Nein, nein, es ist durchaus nicht so, wie du glaubst. Das ist bei völlig gesundem Verstand überlegt, im Vollbesitz meiner geistigen Kräfte, worum ich dich da bitte. Ich stelle dir ein Entlastungsschreiben aus. Ich habe lange darüber nachgedacht. Ich treffe diese Entscheidung nach bestem Wissen und Gewissen. Das war ja auch nicht meine erste Wahl, das sage ich dir gleich, zuerst wollte ich Alkoholiker werden, und dann habe ich versucht, mich umzubringen, aber das hat alles nicht geklappt.«

»Du wolltest dich umbringen?«

»Eine Katastrophe. Reden wir nicht davon.«

Edgar ging um den Schreibtisch herum und setzte sich neben Antoine. Er legte ihm eine Hand auf die Schulter, voller Sorge um seinen so lange vertrauten, ihm so nahe stehenden Patienten, seinen Freund.

»Bist du deprimiert? Wo klemmt es denn?«, fragte er beunruhigt.

»Alles klemmt, Edgar. Aber mach dir keine Sorgen, ich bin auf der Suche nach einer Lösung. Die beste, scheint mir, ist, dass ich Idiot werde.«

»Was?«

»Kannst du mir einen Gefallen tun? Beschreib mich doch mal. Wenn du jemandem von mir erzählen wolltest, was würdest du ihm dann sagen?«

»Keine Ahnung … Dass du brillant bist, intelligent, kultiviert, eigenartig im Doppelsinn des Wortes, sympathisch, lustig, ein bisschen zu zerstreut und unentschlossen, unruhig …« Während der Kinderarzt alle Eigenschaften aufzählte, die seinen Freund auszeichneten, verdüsterte sich Antoines Gesicht, als würde es sich hier um die Auflistung schwerer Krankheiten handeln.

»Das ist doch alles unendlich schmeichelhaft oder zumindest sollte es das sein, doch mein Leben ist die Hölle. Ich kenne eine Menge völlig idiotischer Leute, unmögliche Typen, vollgestopft mit Gewissheiten und Vorurteilen, perfekte Schwachköpfe … und die sind glücklich! Ich dagegen bin auf dem besten Weg, ein Magengeschwür zu bekommen, ich habe schon ein paar graue Haare … So kann ich nicht mehr leben, ich kann einfach nicht mehr. Nach einer gründlichen Studie meines Falles bin ich zu der Überzeugung gelangt, dass meine soziale Inkompetenz von meiner sulfurischen Intelligenz herrührt. Sie lässt mir keine Ruhe, lässt sich nicht bändigen, sie verwandelt mich in ein

Geisterhaus, düster, gefährlich, beunruhigend, besessen von meinem gequälten Verstand. Ich verfolge mich selbst.«

»Auch wenn deine Intelligenz die Ursache für dein Problem sein sollte, kann ich nicht tun, was du von mir verlangst. Weil ich Arzt bin, kann ich es nicht. Das ist gegen jede Ethik. Und weil ich dein Freund bin, will ich es nicht.«

»Ich kann das Denken nicht mehr länger ertragen, Ed, du musst mir helfen. Mein Gehirn läuft Tag und Nacht einen Marathon, pausenlos, wie in einem Hamsterrad.«

»Tut mir leid, aber ich kann's nicht. Ich verstehe dich nicht: Du bist phantastisch, originell, du bist dir über dein Glück überhaupt nicht im Klaren. Du musst lernen zu leben, dich zu selbst zu akzeptieren. Für eine Weile, für die Zeit, die du brauchst, um wieder auf die Beine zu kommen und die Zügel in die Hand zu nehmen, werden wir schon eine Lösung finden und dir dein Leben erleichtern.«

»Mein Leben erleichtern hieße, dumm zu werden.«

»Das ist idiotisch.«

»Ich bin also auf dem besten Weg. Kann man nicht wenigstens einen Teil meiner Neuronen herausnehmen? Es gibt doch Organbanken, Blutbanken, Samenbanken, dann muss es doch auch Neuronenbanken geben, oder? Auf diese Weise könnten alle, die zu viele Neuronen haben, denen welche abgeben, die zu wenige haben. Außerdem wäre es eine humanitäre Geste.«

»Nein, so etwas gibt es nicht, Antoine. Tut mir leid.«

»Also, was kann ich tun, Ed? Was soll aus mir werden? Warum bin ich anders? Ich will die Banalität des Lebens, ich will so sein wie die anderen. Nur eine Ameise inmitten anderer Ameisen.«

Während er sprach, bekritzelte Antoine die schematische Querschnittsdarstellung des Gehirns. Er zeichnete Ameisen um die gesamte Abbildung, und dann eine große Ameise, die ihn darstellen sollte.

»Erinnerst du dich an das Buch, das du mir zu meinem zehnten Geburtstag geschenkt hast?«

»Monsieur Rums?«

»Ja, Monsieur Rums. Bei all seinen Abenteuern hat er Pech: Wenn er aus dem Haus geht, regnet es, er stößt sich überall den Kopf an, vergisst den Kuchen im Backofen, verliert alle seine Sachen, verpasst immer den Bus ... Wieso? Weil er Monsieur Rums ist! Edgar, ich habe das Gefühl, dass ich dabei bin, Monsieur Rums zu werden ... Monsieur Rums bin ich!«

Heiße Tränen liefen über Antoines Gesicht. Edgar nahm ihn in die Arme und klopfte ihm leicht auf die Schulter, was dazu führte, dass Antoine einen langanhaltenden Hustenanfall bekam. Aus einer Schublade nahm Edgar einen Saft, von dem er Antoine zwei Löffel verabreichte, dann bot er ihm einen Riegel Twix an. Antoine biss gierig in den mit Schokolade überzogenen Riegel, seine Augen waren jetzt trocken, und er wurde nach und nach ruhiger.

»Hast du schon einmal daran gedacht, einen Psychologen aufzusuchen?«

»Ich war schon da«, sagte Antoine kraftlos und hob die Hände.

»Und?«

»Er sagt, das alles sei völlig normal: Ich hätte psychisch nichts Pathologisches, keine ... Weißt du, was er mir gesagt hat? ›Genießen Sie das Leben, junger Mann, entspannen

Sie sich. Hören Sie auf, sich den Kopf zu zermürben.‹ Welche psychoanalytische Schule hat der wohl besucht, um so etwas sagen zu können? Etwa die Tomjonessche Schule von der Ursache?«

»Also gut. Was ich dir vorschlagen kann«, sagte der Arzt, »ist Heurozack, das kann ich dir geben. Ich bin zwar im allgemeinen gegen diese Art von Medikamenten, aber deine Versuche, dich umzubringen und Alkoholiker zu werden, dein Gesamtzustand – das alles veranlasst mich, dir dieses Mittel zu verschreiben. Aber es wird deine Probleme nicht lösen, es heilt nicht.«

»Ich will ja nur weniger denken, Ed.«

»Heurozack hat eine beruhigende und antidepressive Wirkung. Das ist genau das, was du brauchst. Aber es ist auch nicht ohne Risiken, und deshalb musst du jeden Monat vorbeikommen, um ein neues Rezept zu bekommen oder auch nicht.«

»Nicht ohne Risiken? Was heißt das?«

»Die üblichen kleinen Nebenwirkungen der Medikamente: Austrocknen der Schleimhäute, mögliche Schwindelzustände, Mattigkeit ... Und vor allem eine sehr angenehme Abhängigkeit. Du musst unbedingt den Beipackzettel lesen und dich streng an die Dosierungsanweisung halten.«

»Mit diesem Mittel«, fragte Antoine hoffnungsvoll, »werde ich weniger denken?«

»Du wirst fast so etwas wie ein Zombie werden, das garantiere ich dir. Das Leben wird dir einfacher und schöner vorkommen. Das ist natürlich nicht der Fall, aber dir wird es nicht bewusst sein. Du musst wissen, das kann nur eine vorübergehende Lösung sein.«

»Das ist sehr gut«, versicherte Antoine schließlich, »du hast recht, lieber nichts Endgültiges. Ich habe mich ein bisschen hinreißen lassen. Ich betrachte das wie eine Boje, verstehst du, es wird mir über eine bestimmte Zeit helfen, danach komme ich dann wieder alleine zurecht.«

Am Tag nach dem Arztbesuch bei Edgar, am Donnerstag, dem 25. Juli, begann Antoine mit der Einnahme von Heurozack, das ihn vor seinem eigenen Verstand schützen sollte. Die Dosierungsanweisung sprach von einer Tablette pro Tag. Antoine erhöhte sie gleich aufs Doppelte. Er wünschte sich eine spürbare und schnelle Wirkung und nicht einen oberflächlichen Balsam. Die Wirkung stellte sich nach ein paar Tagen ein und gab ihm gerade so viel Zeit, wie notwendig war, um sich in aller Arglosigkeit auf ein neues Leben vorzubereiten.

Erste Etappe. Er schickte einen Kündigungsbrief an die Universität Paris v. René Descartes. Seit zwei Jahren gab er einen alle zwei Wochen stattfindenden Lehrgang von jeweils anderthalb Stunden über *Die Apocoloquintose des göttlichen Claudius* (das heißt Verwandlung in einen Kürbis), ein satirisches Bühnenstück von Seneca. Außerdem sprang er gelegentlich als Vertretung in Fächern ein, in denen er einige solide Kenntnisse besaß: darunter Biologie, Schmetterlinge und Falter, Aramäische Rhetorik, Film. Seine Fachkenntnisse umfassten zwar eine ganze Reihe von Fächern, so dass er einen krank gewordenen Professor ohne weiteres ersetzen konnte, allerdings waren sie zu lückenhaft, um ein Universitätsfach wirklich zu beherrschen und einen Vertrag in Aussicht zu stellen.

Zweite Etappe. Er entledigte sich all jener Dinge, die ihn der Gefahr aussetzten, seinen Geist zu sehr zu stimulieren. Er packte seine Bücher in Kartons, Hunderte von Romanen, theoretischen Werken, Wörterbüchern und Lexika, dazu seine CDs, seine kiloschweren Mitschriften und Materialien, seine naturwissenschaftlichen, historischen, literarischen Zeitschriften ... Er befreite die Wände seines Appartements von Filmplakaten, von den Postern seiner Helden, den Reproduktionen von Rembrandt-, Schiele-, Edward-Hopper- und Miyazaki-Gemälden.

Dritte Etappe. Als sein Appartement leer war, fragte sich Antoine, wie er nur so viel auf einem so engen Raum hatte einlagern können. Jetzt ging es darum, ihn mit harmlosen Dingen auszustatten, die seinen Geist in Frieden ließen. Nach einigen in dieser Sache unternommenen Ausflügen zu Nachbarn, deren hervorragenden Immunschutz gegen die Intelligenz er außerordentlich schätzte, wusste er, wie der vollkommene Rahmen für sein neues Leben aussehen sollte. Ein benachbartes Paar, bestehend aus einem Professor, der Alain hieß, und einer Journalistin mit Namen Isabelle, schien ihm das erbauliche Beispiel für ein Leben zu sein, das jeglicher Form von Intelligenz entsagte. Er hatte die beiden schon geraume Zeit beobachtet und im Grunde seines Herzens bewundert: Sie standen so voll im Leben, verfügten so souverän über alle Schattierungen einer schillernden Dummheit, einer reinen Idiotie voller Unschuld, glücklich und vollkommen, einer für sie und ihre Umgebung angenehmen Idiotie, die nicht im entferntesten böse oder gefährlich war. Mit ernster Betroffenheit, mit absolut charmanter Naivität berieten Alain und Isabelle ihn bei der

Einrichtung seines Appartements. Er fand ein altes Fernsehgerät, das er als beherrschendes Symbol seines Vorsatzes in der Mitte des Zimmers aufstellte. Mit Tesafilm befestigte er an den Wänden Poster vom *König der Löwen,* mit Sportwagen und jungen Frauen von sinnlicher Üppigkeit, Photos mit Schauspielern und Schauspielerinnen, die sich als Universalgenies inszenierten, und Bilder von unsterblichen Intellektuellen wie Alain Minc und Alain Finkielkraut. Zuerst schockierte ihn das, er fühlte sich unwohl in einer derart sterilen Umgebung. Doch beruhigte er sich selbst, indem er sich sagte, dass ihm dank der Chemie von Heurozack all das schon bald wunderbar erscheinen würde. Alain und Isabelle empfahlen ihm CDs, die seine synaptische Ruhe nicht gefährdeten, zeitgenössische Musik mit elektronischen Hammerschlägen auf zusammengepresste Klaviere nebst Alben mit internationaler Folklore.

Am Ende erschien ihm die neugestaltete Wohnung vollkommen unschädlich für sein erschlaffendes Gehirn. Gleichwohl wusste Antoine, obgleich die Außenwelt den ähnlichen Tendenzen folgte, dass er sich nicht der Hoffnung hingeben durfte, die spärlichen kulturellen und intellektuellen Gefahren völlig aus der Gesellschaft ausmerzen zu können.

Heurozack begann zu wirken. Antoine war entspannter, Zweifel und Angst waren von ihm gewichen. Die Alchimie, die sich in seinem Gehirn zu schaffen machte, und sein Nervensystem verwandelten die bleierne Realität in einen goldenen, farbigen Glitterpuder.

Bisher hatten ihn alle möglichen Fragen, alle möglichen

Prinzipien, die seinen Verstand durcheinanderbrachten, daran gehindert, sein Leben zu leben. So pflegte er beispielsweise die Herkunft aller Kleidungsstücke, die er kaufte, zu überprüfen, um sich keinesfalls an der Ausbeutung von Kindern in den asiatischen Fabriken von Nike und der anderen Multinationalen zu beteiligen. Und weil die Werbung pausenlos Anschläge auf die Freiheit verübte, einen subtilen Staatsstreich gegen den Verbraucher, gegen seine Vorstellungskraft und sein Unterbewusstsein, hatte er ein Heft mit den Namen sämtlicher Marken angelegt, die an diesem psychologischen Krieg teilnahmen, und sie von seiner Einkaufsliste gestrichen. Ebenso führte er eine Liste mit allen Unternehmen, die in nichtdemokratischen Ländern in moralisch verwerfliche, umweltschädigende Aktivitäten investierten oder Arbeiter entließen, sobald ihre Gewinne kletterten. Er kaufte auch keine chemische Nahrung, keine Produkte, die Konservierungsmittel, Farbstoffe oder Antioxydierungsmittel enthielten, und bevorzugte, sofern seine finanziellen Mittel es zuließen, Produkte aus ökologischem Anbau. Und das nicht etwa, weil er umweltbewusst, pazifistisch, internationalistisch war, sondern einfach, weil er seinem kompromisslosen Gewissen folgte. Sein alltägliches Verhalten war eher das Ergebnis moralischer Vorstellungen gewesen als das politischer Überzeugungen. Hierin zeigte Antoine deutliche Züge eines Märtyrers der Konsumgesellschaft.

Andererseits sah er durchaus klar, wie sehr seine unnachgiebige Haltung der christlichen Kasteiung glich. Das machte ihn verlegen, denn er war Atheist, aber er konnte nicht anders handeln als in dieser Art eines Laien-Christus und Apostaten. Beim Versuch, nichts vor sich selbst zu verbergen, hatte Antoine sich gesagt, dass dieser schmerzliche, ja doloristische Rigorismus möglicherweise seine Art war, mit der Schuld umzugehen, die er als »westlicher Ausbeuter der Dritten Welt« auf sich geladen hatte. Wie jeder abstinente Kanzleischreibergehülfe hatte er einigermaßen strenge Grundsätze: Er weigerte sich, in die Falle der neuen Technologien zu tappen, die den Verbraucher zwingen, sich in regelmäßigen Abständen mit dem letzten Schrei des Fortschritts einzudecken. So warf er die CDs weg und begnügte sich sehr zu Recht mit der hervorragenden Qualität der Langspielplatten und seines alten Plattenspielers.

Doch das Verhalten eines verantwortungsbewussten, humanistischen Verbrauchers hatte unglücklicherweise auch seinen Preis. Antoine bezahlte alles wesentlich teurer. Das Ergebnis seiner Moral und seines geschärften Verantwortungsgefühls war, dass er nur die nötigsten Kleidungsstücke besaß und oft Hunger litt. Doch er beklagte sich nie.

Unter der chemischen Sonne von Heurozack entdeckte Antoine nun endlich die Welt. Er nahm sie ganz neu wahr. Vorher waren die Landschaften, die Luft, die Straßen, die Menschen, die gesamte Wirklichkeit von der Gewalttätigkeit der Kriege überlagert gewesen, von Arbeitslosigkeit und schlimmen Krankheiten, vom täglichen Unglück des Großteils der Menschen. Er konnte die Sonne nicht genießen, ohne an die Menschen in Afrika zu denken, für die diese flammende Majestät ein Synonym für verbrannte Ernten und Hunger war. Er konnte den Regen nicht wertschätzen, weil er um die Toten und die Zerstörungen wusste, die der Monsun in Asien mit sich brachte. Wenn er den Strom der Autos betrachtete, drängten sich seinem mitfühlenden Verstand Bilder Tausender Toter und Verwundeter auf den Straßen auf. Die Schlagzeilen der Zeitungen mit ihren Litaneien von Katastrophen, Morden und Ungerechtigkeiten waren es, die seinen Himmel kolorierten, sie bestimmten die Temperatur seiner Tage, die Qualität der Luft, die er atmete.

Seitdem er seine kleinen roten Pillen schluckte, war eine erlösende Undurchdringlichkeit zwischen der Welt und ihren tiefgreifenden Folgen entstanden.

Er bekümmerte sich jetzt nicht mehr um die bedrohten Arten, wurde nicht mehr vom Elend der Welt, von den Attentaten, den Kriegen, den gesellschaftlichen Ungerechtigkeiten, deren Opfer er ja auch selber war, berührt. Nein, er war Realist geworden. Er fand die Armut zwar entsetzlich, ebenso Gewalt jeglicher Art, das war wirklich furchtbar, aber … hehhh! Was konnte er denn schon machen? Er verfügte schließlich nicht über die Mittel, um alleine irgendetwas zu verändern. An die Stelle seiner schmerzvollen Empathie war aufrichtige Sympathie getreten.

Antoine ging spazieren und empfand schlichte Freude dabei, nur herumzuschauen, einfach herumzuschauen, er spürte ein vibrierendes Vergnügen, wenn er feststellte, dass sein Herz schlug und dass er atmete. Er sog die Morgenluft im Park von Montreuil ein, die großen Augen weit geschlossen vor der Wirklichkeit der Welt; er bewunderte die Rotkehlchen, ohne dass ihm der aufgrund der Umweltverschmutzung schwindelnde Niedergang ihrer Langlebigkeit ins Bewusstsein kam. Er schaute den jungen Mädchen in ihren Sommerkleidern nach, ohne sich zu fragen, ob sie wohl Bücher in ihren Taschen trugen; er gewahrte die Welt in ihrer einfachsten Form, als würde sie sich, ohne dass er in die Ferne schweifen musste, darbieten und er ihre selbstverständlichen Freuden in Anspruch nehmen können.

Weil er sich wie ein ganz normales Individuum verhalten wollte, lud Antoine seine Nachbarn zum Abendessen ein, sah sich jedwedes Spiel mit ihnen an und begeisterte sich für die Geschäftsleute in Turnhosen. Er, der viel zu viel gezweifelt hatte, versuchte nun, einseitige Urteile zu fällen und die Vorlieben der anderen niederzumachen. Er war auf dem besten Wege, sich ganz allmählich in der Normalität einzurichten, als er beschloss, sich der höchsten Prüfung zu unterziehen, die seine gelungene Integration beweisen sollte: bei McDonald's. Nie zuvor wäre ihm auch nur der Gedanke gekommen, in diese Höhle des imperialistischen Kapitalismus, dieses Dealers mit Fettmachern und Zucker, dieses Symbols der Uniformierung von Lebensweisen einzudringen. Aber inzwischen war er ja ein anderer geworden.

Er suchte sich den McDonald's von Montreuil aus, der sich nur wenige Minuten entfernt befand. Während seiner früheren Existenz – das war nun schon die Ewigkeit von vier Monaten her – hatte Antoine sich gesagt, dass er, wäre er nicht prinzipiell gegen jede Form von Gewalt, gerne eine Bombe in dieses Etablissement geworfen hätte. Aber dann hatte er sich gleich vor Augen gehalten, dass dort ausgebeutete Studenten und Angestellte arbeiteten und es ungerecht wäre, sie zu verletzen und überdies zu Arbeitslosen zu machen.

Das Gebäude war geräumig und hoch und farbenfroh, Plakate luden dazu ein, das Leben leicht und zu einem erträglichen Preis anzugehen. Ein großes M zierte die Wand des Fast-Food-Restaurants. An der Eingangstür hieß ihn ein sympathischer Plastikclown mit erhobener Hand und einem spontanen Lachen willkommen. Antoine trat ein und grüßte mit einem leichten Nicken die beiden Wachmänner, die ganz zweifelsfrei da waren, um die Kunden vor den schlagkräftigen Gangs von Pommesdieben zu schützen. Er kam zur Theke:

»*Bonjour!*«, sagte er zu der jungen Frau, die da vor ihm stand.

»Was wollen Sie?«

Antoine war verzaubert von dieser Ökonomie der Beziehung: Es war gar nicht mehr nötig, eine mechanische Höflichkeitsfloskel von sich zu geben. Daher enthielt er sich ihrer. Das war letztlich auch viel freier, viel ehrlicher. Er betrachtete die Liste mit den Menüs.

»Best of McDeluxe«, entzifferte er auf der Leuchttafel, die mit dem Versprechen lockte, dass man für zweiunddreißig Francs ein Gericht bekam, das das Wort »Luxe« in seinem Namen enthielt.

»Trinken?«

»Oh, ja, sicher. Super.«

»Was wollen Sie trinken?«, fragte die junge Frau leicht gereizt.

»Eine Cola, ja, probieren wir's doch mal mit Cola.«

Entsprechend den Sitten und Gebräuchen dieses neuen Umfelds, enthielt er sich geistesgegenwärtig jeglichen Dankes. Er setzte sich an einen der beigefarbenen Tische und begann, seine Pommes zu verspeisen und seinen Drittel Liter brauner, sprudelnder Flüssigkeit zu sich zu nehmen. Neugierig beäugte er eine Fritte, tunkte sie in ein Gemisch aus Ketchup, Senf und Mayonnaise und biss entschlossen hinein. Noch ein paar Tage würde er wohl nicht umhinkönnen darüber nachzudenken, selbst wenn er einfach nur in eine Fritte biss, er würde an die blutige Geschichte der Kartoffel denken müssen, an die Menschenopfer, die die aztekische Kultur in ihrem Namen vollzog. Dass diese schlichte Knolle so viele Tote auf dem Gewissen hatte, würde ihn ganz ohne Frage daran hindern, sie in vollem Umfang zu genießen. Ungeschickt schlug er seine Zähne in den Mac. Ein Teil des zähflüssigen Belags fiel auf seinen Teller. Er musste zugeben, dass er das Ganze mochte. Sicher war das weder gesund noch die Verpackung umweltfreundlich, aber es war einfach, billig, sehr kalorienreich und von beruhigendem Geschmack. Der Geschmack erfüllte ihn mit der wohligen Ahnung, zu einer grenzenlosen Familie zu gehören, sich zu Millionen von Menschen zu gesellen, die in ebendiesem Augenblick in einen Hamburger von genau der gleichen Art bissen. Wie in einer Länder und Kontinente übergreifenden Choreographie vollzog er die gleichen Bewegungen beim Kauf, beim Transport des Tabletts, beim Schlürfen der Cola und beim Knabbern der Pommes und des Hamburgers wie all die anderen tanzenden Verbraucher in den ungezählten identischen Tempeln weltweit. Er empfand ein tiefes Behagen, eine wärmende Zuversicht und eine neue Kraft, nun, da er endlich so war wie die anderen, Teil des Großen und Ganzen.

In seinem unbeirrbaren Glück erschien es Antoine, als sei sein Körper mit den kleinen weichen Federn einer jungen Gans angefüllt, die durch seine Adern strömten und seine Organe auspolsterten. Herz und Hirn quollen ihm über von bunten Marshmallows. Am Dienstag, dem 1. August, erhielt er einen Brief von seiner Bank, die ihn darüber in Kenntnis setzte, dass sein Konto überzogen war. In diesem Augenblick spürte er zum ersten Mal seit Beginn seiner Behandlung Angst. Allzu sorglos, hatte er völlig vergessen, sich um eine Einnahmequelle zu kümmern; stattdessen kaufte er mit nie gekannter Lüsternheit Dinge, die ihm noch einige Wochen zuvor überflüssig vorgekommen wären. Er musste also Geld auftreiben: Das Leben ist ein Tier, das sich von Schecks und Kreditkarten ernährt.

WILHELM BUSCH

Fortuna

Fortuna lächelt,
doch sie mag nur ungern
voll beglücken;
schenkt sie uns
einen Sommertag,
so schenkt sie uns
auch Mücken.

JÖRG FAUSER

Ich war da

Sie standen am Getränkeautomaten in der B-Ebene, ein Großer mit schütterem, schmutzigblondem Haar und schiefer Nase, der ein gestreiftes Hemd und eine karierte Hose anhatte, die ihm eine Nummer zu klein war, und ein Graukopf mit einem verschmitzten, roten Trinkergesicht. Er trug einen alten Anzug und ausgelatschte Schuhe, klopfte sich aber in einem weg Staub vom Ärmel und achtete auf die Pfützen und den Dreck am Boden.

Es war halb zwei in der Frühe. Ab zwei Uhr gab der Automat nur noch alkoholfreie Getränke heraus, und so beeilten sie sich, leerten die Zweiliterflasche Roten und zogen dann einen Dreierpack Reblaus, denn der Beton staute die Hitze des Tages, und der perlende Wein erfrischte. Der Alte schlürfte mit Genuss und setzte ihr Gespräch fort: »Auch ich hätte nach dem Krieg die Lizenz haben können, um in die Politik zu gehn. Aber ich war eben zu gutmütig dafür, und ich war nicht käuflich. Ebenso mit der Ehe – zu gutmütig für die Ehe, und nicht käuflich genug. Man muss als Chef geboren werden, wie man zum Dreigroschenjungen geboren werden muss, sonst bleibt man sein Leben lang ehrlich und ein armes Schwein. Ich kannte einen, der fing nach der Währungsreform mit einer Büchse gestohlener Knackwurst und einer Kochplatte an, und heute ist er Millionär und putzt sich mit seinem Geld erst mal die Schuhe, ehe er damit einen Staatsmann kauft. Aber eben – das erste Wort, das er aussprechen konnte, als er noch an seiner Mutterbrust hing, war Wurst gewesen. Hat er mir selbst gesagt. Chef ist eben Chef. Natürlich, Glück ist wieder was andres.«

»Würstchen, zum Kotzen.« Der Große riss die Kappe von der zweiten Flasche Reblaus. »Gib mir eine Kohlroulade, und ich sage dir, wer sie gekocht hat. Wenn ich meine Frau nicht erwischt hätte, wie sie es mit dem Zigeuner trieb, als ich von Montage kam, hätte ich nie ein Würstchen anfassen müssen, mein Lebtag nicht.«

»Das Glück!«, sagte der Alte, faltete eine Zeitung auseinander, legte sie über eine Treppenstufe und nahm mit der dritten Flasche Platz.

»Damit machen sie einen nur verrückt«, sagte der Große. »In Wirklichkeit gibt es gar kein Glück.«

»Das Glück!«, wiederholte der Alte und rieb mit dem Handballen über die Schuhe, ohne die Risse in dem Kunstleder verreiben zu können.

»Sag bloß, du glaubst an den Quatsch.«

»Das Glück«, sagte der Alte und bot dem Großen eine Zigarette an, »kann man nicht am Passfoto erkennen und nicht am Parfüm, und auch nicht daran, ob die Roulade schmeckt.«

»Wie kann man was erkennen, was es nicht gibt? Aber die Kohlroulade, die gab's. Wenn du meine Frau gekannt hättest …«

»Ich habe deine Frau gekannt«, sagte der Alte, »denn kennt man eine Frau, kennt man im Prinzip alle Frauen.«

»Nie im Leben«, sagte der Große, »keine Kohlroulade ist so wie die andre, und keine Frau ist wie die andre. Man darf sie nur nicht alleine lassen, das ist es. Aber du verstehst ja nichts von der Ehe.«

»Richtig. Die Ehe hat aber nichts mit dem Glück zu tun. Das Glück kann man nicht heiraten, und essen kann man es auch nicht.«

»Du hättest mich zu Hause sehen sollen, samstags, wenn es Kohlroulade gab und Zwetschgenkuchen zum Kaffee. Mein kleiner Bub spielte im Garten, ich legte eine Platte auf, *Zigeunerbaron,* meine Frau brachte mir das kalte Bier und machte sich schön ... wenn sie sich nur nicht so oft schön gemacht hätte, ich würde heut noch ihre Kohlrouladen essen.« Der Große blickte hilflos von seiner Kippe zum Automaten, vom Automaten zur Treppe. »Und du willst wissen, was das Glück ist?«

»Ich glaube schon«, sagte der Alte nach einer Weile.

»Ja und?« Der Große klopfte an den Automaten. »Mach schon, hopp, erzähl.«

Der Alte wischte etwas Staub von seinem Ärmel und sagte schließlich: »Vielleicht ziehst du noch eine Packung Reblaus. Ich finde das Prickeln so angenehm, und der Geruch erinnert mich an die Zeit, als ich in der Pfalz im Weinfach tätig war. Wenn ich nicht an unheilbarer Unruhe gelitten hätte, könnte ich heute noch dort sein und mir einen guten Tag machen. Einmal hab ich sogar eine Weinkönigin im Bett gehabt!« Er nahm die Reblaus, die der Große ihm gab.

»Eine Weinkönigin?«

»Na ja, eine ehemalige immerhin.«

»Wann war das?«

»Ich zähle die Jahre nicht. Aber so lange es her ist, ich erinnere mich immer noch an die Weinkönigin. Sie hieß Martha, und auf ihrer rechten Arschbacke hatte sie ein Muttermal mit zwei Härchen. Und nachts erzählte sie mir, dass ihr Mann bei der ss gewesen war und Gott weiß wie viele Juden auf dem Gewissen hatte und im Rausch mit ihnen prahlte und am nächsten Tag zitternd im Keller hockte, weil er fürchtete, entdeckt zu werden. Wahrscheinlich nur eine spezielle Form von Delirium tremens, bei der du statt weiße Mäuse tote Juden siehst. Martha weinte und sagte: ›Und im Bett ist er ein Versager!‹ Ich sagte: ›Warum verlässt du ihn nicht?‹ Und sie sagte: ›Aber er ist doch mein Mann.‹«

»Ich dachte, du willst mir erzählen, was das Glück ist«, sagte der Große verdrossen. Auf der Normaluhr war es zwanzig vor zwei.

»Hab ich das nicht getan?« Der Alte wehrte mit der Hand den Protest des Großen ab und sagte: »Nein, ich will dich nicht verkohlen. So wie ich das Glück kenne, ist es zu mächtig, um jemand damit aufziehn zu können. Es ist nur, dass mich schon so lange niemand nach dem Glück gefragt hat. Unsereiner ist immer nur für das Unglück zuständig, komisch, früher haben uns die Leute noch mehr zugetraut.«

»Komm zur Sache«, sagte der Große. Er lehnte am Automaten, auf den er die leeren Fläschchen stellte, und wischte sich alle Augenblicke einen Schweißbach vom Gesicht.

»Bin schon dabei«, sagte der Alte. Er vergoss keinen Schweiß. »Nachdem ich also erkannte, dass ich nicht zum

Chef geboren war, ließ ich das ganze bürgerliche Leben auch gleich sausen und schlug den Weg nach unten ein. Dort glücklich angekommen, wanderte ich durch unser Land und sah, wie aus den Ruinen die neuen Häuser wuchsen, die neuen Städte, die neuen Fabriken, höher, sauberer, mächtiger als alle, die zerstört worden waren. Sind nun, frage ich mich, wie ich so an der Trinkhalle stehe und aus den neuen Flaschen den alten Fusel trinke, sind die Menschen, die das bewerkstelligen, ein Volk im Glück, oder ziehen sie sich da nicht schon wieder ein neues Unglück groß? Ach, wie oft saß ich am Deutschen Eck, blickte über Mosel und Rhein in den Rauch und fragte mich: Wie kommt es, dass dieses gesegnete Land von Menschen bewohnt ist, die es für ein Glück halten, Knechte zu sein, und für eine Freiheit, besitzen zu wollen, was sie nicht brauchen, wenn sie keine Knechte sind? Warum, fragte ich mich, liegt über diesem Land immer eine Friedhofsruhe, auch wenn die Maschinen Tag und Nacht stampfen und die Kapellen unablässig den Frohsinn pauken, und warum haben diese Leute kein besseres Gefühl für den Tod, wenn sie schon kein gutes Gefühl für das Leben haben? Wer das Leben genießt, hat vor dem Tod keine Angst, aber diese Menschen scheinen das Leben nicht zu genießen, geduckt gehen sie einher, in ständiger Erwartung von Fußtritten und Peitschenhieben, von der Furcht getrieben, die Lichter könnten ausgeknipst, die Spielzeuge fortgenommen, die Fabriken, von denen sie doch beherrscht werden, wieder in Schutt und Asche fallen. Gibst du mir noch einen Schluck? Vielleicht sollten wir uns eine Reserve anlegen, bevor der Apparat abgestellt wird. Die Nacht ist trockener, wenn man redet.«

Der Große gab ihm eine Reblaus. »Du redest tatsächlich eine Menge, eine Menge Unsinn. Dabei wolltest du mir nur erklären, was das Glück ist.«

»In meinem Alter sind die Umwege manchmal wichtiger als das Ziel.«

»Ach komm, beim Trinken stellst du dich auch nicht so an.«

Der Alte lachte. »Das Trinken ist was andres. Da braucht man weniger, und es schmeckt besser.«

»Weniger?« Der Große zählte die Fläschchen. »Du trinkst genauso schnell wie ich. Also, wie war das mit dem Glück? Ich habe nicht die ganze Nacht Zeit.«

»Schon gut. Wie es mit dem Glück war? Nun, ringsum schien es nichts mit dem Glück zu werden, aber um ehrlich zu sein, war es auch bei mir nichts mit dem Glück. Nicht, dass es mir schlecht ging, im Gegenteil: Mir, dem alles fehlte, schien nichts zu fehlen, ihnen, denen nichts fehlte, schien alles zu fehlen. Aber dieser Gedanke jagte mir Angst ein, denn dann würden sie, denen sich das Glück verbarg, doch eines Tages mich jagen, bei dem sie es vermuteten. Aber ich hatte es auch nicht, nein, ich auch nicht!

So wie du fragte auch ich mich: Was ist das Glück? Etwas zu haben, was man nicht braucht, ist sicher kein Glück, aber ist es Glück, nichts zu haben, wenn man doch etwas braucht? Aber was braucht man? Was braucht der Mensch? Was sagst du? Komm, sag mir, was der Mensch braucht!«

»Sag bloß nicht: die Liebe«, sagte der Große und leerte eine Reblaus.

»Liebe?« Der Alte hustete verächtlich. »Wer hat was von Liebe gesagt? Du hast was von Liebe gesagt, ich nicht.

Aber Liebe, weißt du, das ist, wenn man älter wird, gewissermaßen ein Berg ohne Echo, man ruft hinein, aber es kommt nichts mehr heraus, ach, über die Liebe macht man sich keine Gedanken mehr. Die Liebe ist etwas, was man ohnehin hat, wie die Haut, manchmal richtet man die Liebe auf etwas, einen Hund, eine Frau, eine schöne Aussicht tut es auch, nein, die Liebe ist wie der Himmel, veränderlich, aber immer gleich. Wovon ich rede, das ist nicht die Liebe, es ist die Leidenschaft.«

»Die Leidenschaft?« Der Große war voller Misstrauen.

»Ganz recht, die Leidenschaft. Hast du noch nie etwas von der Leidenschaft gehört? Kein Wunder, dass du nicht weißt, was das Glück ist.«

»Leidenschaft? Glück?« Der Große stöhnte und schnitt Grimassen, die sein Gesicht zu einer kläglichen Fratze machten. Er ließ ein Fläschchen fallen. Es zerschellte. Das Klirren klang wie eine Bitte. In der Nähe fing ein Zecher auf dem Heimweg zu grölen an: »O du schöner Westerwald, über deinen Höhen pfeift der Wind so kalt, so kalt, so kalt ...« Jemand brachte ihn zur Ruhe.

»Oh Mann«, sagte der Große, »du willst mich fertigmachen. Glück, Leidenschaft, Liebe, schöne Aussicht, Würstchen mit Soße, das ist doch alles Dreck, Dreck, hörst du, Dreck. Du Penner, du willst mich wohl verarschen, was? Leidenschaft, oh Mann im Himmel, du hast ja Flöhe im Arsch.«

Er torkelte um den Automaten, stieß mit dem Kopf gegen eine Säule, fluchte, wischte den Schweiß weg, riss die Kappe von einer Reblaus, soff.

Der Alte beobachtete ihn sorgsam wie ein Arzt, der

einem unberechenbaren Patienten eröffnet hat, dass er an einer unheilbaren Krankheit leidet.

Schließlich lehnte sich der Große wieder an den Automaten, schüttelte noch einmal die blonden Strähnen und sagte dann traurig: »Ich hab immer nur geschuftet. Ich hab alles gehabt, Haus, Auto, Frau, den ganzen Krempel. Ich hab dran geglaubt. Du hast an der Trinkhalle gestanden und gesoffen, und ich hab malocht.« Er streckte seine Fäuste vor, öffnete und schloss sie. »Alles hab ich gehabt, und du sagst mir, dass ich nichts gehabt hab. Hast schon recht, Alter. Hab ich selbst gemerkt, wie ich heimkomme damals und sie im Bett mit dem Zigeuner, dass da plötzlich gar nichts war. Seitdem hab ich keine Frau mehr angefasst, und jetzt sagst du mir, was das Glück ist, nämlich Leidenschaft. Aber das ist doch auch nur ein Wort.«

Er reichte dem Alten die letzte Reblaus. Sie tranken, dann sagte der Alte mit einem Blick auf die Normaluhr: »Gut, jetzt erzähl ich dir eine einfache Geschichte, aber zieh uns noch eine Reblaus, hier, nimm, nimm schon. Ah, schmeckt das herrlich. So. Siehst du, eines Tages wacht man auf, ob auf der Parkbank oder im Schlosshotel, und stellt fest: Bald ist das Leben vorbei, und nicht einmal hast du wirklich etwas dabei empfunden. Und dann sucht man, was man vermisst, und wenn man Glück hat, kommt sie zu dir, für eine Stunde, für eine Nacht, die Leidenschaft. Ich wache auf einer Parkbank auf, und da ist eine Kirmes aufgebaut. Das Riesenrad dreht sich, die Musik spielt einen Walzer, ein Lachen ist in der Luft, ein Zauber, und ich denke: Es ist vielleicht kein Glück, dieses Leben, aber ein Unglück ist es auch nicht. Ich schlendere also zwischen den Buden umher, ich atme das alles ein, ich habe kein Geld, und schon blinkt etwas im Sand, ein Fünfmarkstück, ich bücke mich und bin reich. Ich stille meinen Hunger mit einem Brötchen und meinen Durst mit einigen Bieren, und wie ich mich eben nach Arbeit umsehn will, denn auf einer Kirmes hab ich immer gern Hand angelegt, da drängt sich mir eine schöne Fee in den Weg und schüttelt eine Trommel mit Losen und blinzelt mir dabei mit ihren blauen Augen zu: ›Kauf dir ein Los, alter Mann! Versuch dein Glück!‹ Schon der Blick auf ihren Busen war atemberaubend, aber ich hätte sie, Fee hin, Fee her, aus dem Weg gescheucht, hätte sie mich nicht einen alten Mann genannt. Du musst verstehn, das ist schon eine ganze Weile her, und ich fühle mich auch heute noch jünger, als die Jugend sich fühlt. Den alten Mann konnte ich also nicht auf mir sitzen lassen, ich greife in die Tasche, um ihr meine letzte Münze zu geben, und lege dabei meinen Arm um ihre Schultern, und spüre schon, da bebt etwas, und es ist nicht die Luft, und es ist auch nicht das Herz. Jedenfalls nicht diese Pumpe im Leib. Ich ziehe also ein Los. Was soll ich sagen? Es war der Haupttreffer. Ich habe ein Auto gewonnen. Ob es eins war, das auch fuhr, erfahre ich nie, denn ich verkaufe es sofort für ein paar Hunderter an den Chef der Bude. Was war es? Sicher ein Schmu, aber auch ein Glück. Was brauchte ich ein Auto? Ich brauchte dies Beben. Ich ziehe also ins Festzelt, ich lasse auftischen, ich tanze mit blonden Weibern, ich dirigiere die Kapelle, ich bin der Größte, ich bin Krösus, ich ertrinke im Bier und bin doch vollkommen nüchtern, ich bebe. Denn auf einmal ist die Fee vom Losstand bei mir, sie lässt ihr schwarzes Seidenhaar über mein Gesicht wehen, ihre blauen Augen funkeln wie Saphire, sie ist ein Luder von Fee, ich nehme sie auf meinen Schoß, ich sage: ›Merkst du, wie jung ich noch bin?‹, sie lacht, sie sagt, ich bin ein Stier, der die Welt noch immer auf die Hörner nimmt, wir küssen uns, wir trinken, wir beben, ich bin verrückt, es ist die Leidenschaft, ich liebe Lilli nicht, ich leide sie, ich bin angekommen, ich bin da.«

»Lilli!« Der Große starrte den Alten an.

»Ja, sie hieß Lilli. Wie Frauen eben heißen.«

»Schwarze Haare, blaue Augen!«

»Wie die Hälfte aller Frauen.«

»Lilli!«

Der Name hallte durch die B-Ebene.

»Namen sind Schall und Rauch«, sagte der Alte und erhob sich von der Treppe.

»Meine Frau hieß Lilli«, stieß der Große hervor.

»Jetzt brauch ich einen Schnaps«, sagte der Alte. Der Große lehnte an der Wand und sah zu, wie der Alte an den Automaten ging, seine Wahl traf, die Münzen einwarf und wartete, bis der Automat einrastete und einen Flachmann freigab. Kaum hatte der Alte den Verschluss geöffnet und einen Schluck genommen, klingelte es im Automaten, und die Sperre für die alkoholischen Getränke leuchtete rot auf. Dann schlugen die Glocken der Katharinenkirche.

»Der Automat geht 15 Sekunden vor«, sagte der Alte. »Betrug, dein Name ist heilig, dein Reich die ganze Welt.«

»Erzähl weiter!«, verlangte der Große. »Hast du's mit Lilli gemacht?«

Die Stimme des Alten war plötzlich alt. »Sie nahm mich in einen Wohnwagen mit. Sie war wild wie noch nie eine Frau, die ich gekannt hatte. Ich habe es nicht mit ihr gemacht, sie machte es mit mir. Sie zeigte mir Dinge … An ihrer Wildheit erkannte ich, was für gezähmte, ohnmächtige Knechte wir sind, ob oben oder unten, wir Chefs, wir Duckmäuser, wir Penner. Ja, diese Nacht mit Lilli war die Leidenschaft, und weil ich sie annahm, obwohl ich sie nicht verdiente, war sie das Glück.«

Der Große lachte. Die Reblaus fiel aus seiner Hand und zerbrach. Wieder spritzte der Wein auf den Boden und mischte sich mit dem Dreck.

»Du und Lilli!«

Der Große breitete die Arme aus und tappte auf den Alten zu, als wollte er ihn umarmen.

»Du hast den Schluss noch nicht gehört!«, rief der Alte. Er stand mit dem Rücken zum Automaten und konnte sich nicht rühren.

Der Große blieb stehen.

»Den Schluss?«

Der Alte hielt ihm den Schnaps hin.

»Hier, trink.«

Der Große trank.

»Hör zu«, sagte der Alte. »In der Dämmerung reißt ein Kerl die Tür auf und steht mit gezücktem Messer da. Es war wohl alles ein Spiel für Lilli gewesen, ein Manöver, um den anderen zur Raserei zu bringen, wer kennt sich schon aus mit den Frauen. Sie konnte ja nicht ahnen, dass mich die Leidenschaft gepackt hatte. Der Kerl tut so, als will er uns abstechen, ich springe auf, mein Körper ist wie neu, ich stürze mich auf ihn, lächerlich, aber ich bin so wild wie ich noch nie gewesen bin, es kommt zum Kampf, ich sehe Lilli lachen, immer nur lachen, plötzlich steckt das Messer in seinem Bauch, ich stoße zu, Lilli schreit, ich schlage sie auf den Mund, ich fliehe, ich werde nie gefasst, ich stehe heute mit dir am Automat, wir sprechen vom Glück, du sagst, du kennst es nicht, ich sage dir, ich kenne es, ich war da, eine Nacht habe ich das Glück gekannt, dann lag ein Toter am Boden. Ich sage dir: Sei froh, dass du das Glück nicht kennst.« Nach einer Weile fügte er hinzu: »Übrigens war der Kerl ein Zigeuner.«

Der Große streckte die Arme aus, wartete, bis der Alte getrunken hatte, packte ihn und hob ihn in die Luft: »Du hast den Zigeuner abgestochen! Hast du ein Glück! Mann o Mann, hast du ein Glück!«

Er schrie, er tanzte, er warf den Alten in die Höhe, fing ihn auf, pufte ihn, stellte ihn auf die Treppe und fragte ihn misstrauisch: »Hatte er eine Schlange auf den Arm tätowiert?«

»Die Schlange, ja.«

»Und sie? Hatte die Hure eine Narbe am Hals?«

»Eine Narbe, ja.«

»Das war Lilli!«

Er packte den Alten und sagte langsam: »Du hast Glück, dass du den Zigeuner abgestochen hast. Ich verzeihe dir, dass du mit Lilli, meiner Frau …«

Und er hob den Alten hoch und tanzte mit ihm durch die dreckigen Pfützen und Scherben und schrie in einem weg: »Du hast Glück gehabt! Du und Lilli!«

Langsam tauchten aus dem Bauch der B-Ebene zwei Streifenpolizisten auf. Einer von ihnen meldete über sein Funksprechgerät: »Mainlust siebzehn an Taunus eins: Zwei Obdachlose in der B-Ebene.«

Im Sprechfunkgerät knackte es: »In hilflosem Zustand?«

»Du und Lilli!«

»Sie randalieren.«

»Festnehmen. Ende.«

Bevor sie auf den Großen zugingen, der immer noch den Alten durch die Luft wirbelte, lösten die Polizisten ihre Gummiknüppel. Sie waren beide noch sehr jung, und der Große war wirklich sehr groß, und ich kroch langsam aus der Ecke, in der ich mit meiner Flasche gesessen hatte, und wünschte ihnen viel Glück, den Pennern und den Polizisten, und mir auch. Ob sie Glück hatten, weiß ich nicht; ich jedenfalls hatte welches, denn ich fand noch eine Kneipe, wo ich Schnaps bekam, und dann setzte sich eine Schwarzhaarige mit blauen Augen auf den Hocker neben mir, und als ich ihr Feuer gab, fragte ich sie: »Heißt du Lilli?«

»Werd nich frech, Kleiner«, sagte sie, »ich heiß immer noch Martha.«

»Prost, Martha«, sagte ich. Vielleicht war ich auch bald da.

TOMI UNGERER

Ein paar Gedanken über das Glück

Zum Glück bin ich nie glücklich gewesen.

Ich habe meine Freude daran, auf das Glück zu verzichten, das Glück ist mir viel zu ernst.

Das Glück, falls es das gibt, ist eine Frage der Disziplin.

Glücklich ist, wer das Glück vergessen hat.

Alles Glück ist nur eine Illusion, eine Ballonfahrt, bei der man sehr schnell abstürzt.

Glückliche Momente sind funkenschnell.

Alle sprechen immer von Glück, Glück, Glück. Ich finde Freude viel wichtiger als Glück.

Fragen nagen am Glück.

Textnachweis

Bertolt Brecht (1898, Augsburg – 1956, Ost-Berlin)
Ballade von der Unzulänglichkeit menschlichen Planens. Aus: ders., *Werke. Große kommentierte Berliner und Frankfurter Ausgabe, Band 11:* Gedichte 1. Copyright © Bertolt-Brecht-Erben / Suhrkamp Verlag 1988.

Wilhelm Busch (1832, Wiedensahl – 1908, Mechtshausen)
Fortuna. Aus: ders., *Gedichte*. Erschienen 1974 in der Diogenes Verlag AG, Zürich.

Anton Čechov (1860, Taganrog – 1904 Badenweiler)
Die Stachelbeeren. Aus: ders., *Die Dame mit dem Hündchen. Meistererzählungen.* Rütten & Loening, Berlin, 1967. Copyright der deutschsprachigen Ausgabe © 1967, 2008 Aufbau Verlag GmbH & Co. KG, Berlin. Aus dem Russischen von Gerhard Dick.

Dalai Lama (* 1935, Osttibet)
An alle, die glücklich sind und *An alle, die unglücklich sind.* Aus: ders., *Ratschläge des Herzens*. Titel des Originals: *Conseils du cœur.* Copyright © 2001 by Presses de la Renaissance, Paris. Copyright für die deutsche Ausgabe © 2003 by Diogenes Verlag AG, Zürich. Aus dem Französischen von Ingrid Fischer-Schreiber.

Doris Dörrie (* 1955, Hannover)
Bin ich schön?. Aus dem gleichnamigen Erzählband. Copyright © 1994, Diogenes Verlag AG, Zürich.

Epikur (341 v. Chr., Samos – 270 v. Chr., Athen)
Über das Glück. Aus dem gleichnamigen Band. Copyright der deutschsprachigen © 1995, 2011 Diogenes Verlag AG, Zürich. Aus dem Altgriechischen und herausgegeben von Séverine Gindro und David Vitali.

Jörg Fauser (1944, Bad Schwalbach – 1987, München)
Trotzki, Goethe und das Glück. Aus: ders., *Ich habe große Städte gesehen – Die Gedichte.* Copyright © 2019 Diogenes Verlag AG, Zürich.

F. Scott Fitzgerald (1896, Minnesota – 1940 Kalifornien)
Das Liebesschiff. Aus: ders. *Die letzte Schöne des Südens.* Copyright der deutschsprachigen Ausgabe © 2012 Diogenes Verlag AG, Zürich. Aus dem amerikanischen Englisch von Christa Hotz und Alexander Schmitz.*Ich war da.* Aus: ders., *Das Weiße im Auge. Erzählungen 1980–87.* Copyright © 2021 Diogenes Verlag AG, Zürich.

Robert Gernhardt (1937, Tallinn – 2006, Frankfurt am Main)
Rede vom Glück. Aus: ders., *Im Glück und anderswo. Gedichte.* Copyright © 2002 S. Fischer Verlag GmbH, Frankfurt am Main.

Johann Wolfgang Goethe (1749, Frankfurt am Main – 1832, Weimar)
Freudvoll und leidvoll. Aus: ders., *Sämtliche Werke. Briefe, Tagebücher und Gespräche. 1. Abteilung: Sämtliche Werke, Band 5: Dramen und 1776 – 1790.* Herausgegeben von Dieter Borchmeyer unter Mitarbeit von Peter Huber. Erschienen 1988 im Deutscher Klassiker Verlag, Frankfurt am Main.

Yael Hedaya (* 1964, Jerusalem)
Die Glücksnummer. Copyright © 2001 Diogenes Verlag AG, Zürich. Abdruck mit freundlicher Genehmigung der Agentur Liepman, Zürich. Aus dem Hebräischen von Ruth Melcer.

Heinrich Heine (1797, Düsseldorf – 1890, ebenda)

Das Glück ist eine leichte Dirne. Aus: ders., *Gedichte*. Erschienen 1977 in der Diogenes Verlag AG, Zürich.

Helmut Krausser (* 1964, Esslingen am Neckar)

Der Glückscent (Titel von der Herausgeberin). Aus: ders., *Die letzten schönen Tage*. Copyright © 2011 DuMont Buchverlag, Köln.

Lennardt Loß (* 1992, Braunschweig)

Der Absturz (Titel von der Herausgeberin). Aus: ders., *Und andere Formen menschlichen Versagens*. Copyright © 2020 Unionsverlag, Zürich.

Dirk von Lowtzow (* 1971, Offenburg)

Idiotentest und *Kalk*. Aus: ders., *Aus dem Dachsbau*. Copyright © 2019 Verlag Kiepenheuer & Witsch GmbH & Co. KG, Köln.

Katherine Mansfield (1888, Wellington – 1923, Fontainebleau)

Glück. Aus: ders., *Glück und andere Meistererzählungen*. Diogenes Verlag AG, 2012. Copyright der deutschsprachigen Ausgabe © 1980 Büchergilde Gutenberg, Frankfurt am Main und Wien. Aus dem Englischen von Elisabeth Schnack.

Guy de Maupassant (1850, Normandie – 1893, Paris)

Das Glück. Aus: ders., *Im Frühling.* Copyright der deutschsprachigen Ausgabe © 2008 Diogenes Verlag AG, Zürich. Aus dem Französischen von Walter Widmer.

Daniel Mezger (* 1978, Brugg)

Was sie sagt (Titel vom Autor). Aus: ders., *Alles außer ich*. Copyright © 2019 Salis Verlag AG, Zürich.

Czesław Miłosz (1911, Šeteniai – 2004, Krakau)

Die Gabe. Aus: ders., *Gedichte*. Copyright © 2013 The Estate of Czesław Miłosz. Alle Rechte vorbehalten Carl Hanser Verlag München, 2013. Aus dem Polnischen von Karl Dedecius und Jeannine Luczak-Wild.

Martin Page (* 1975)

Antoine oder die Idiotie. Auszug aus dem gleichnamigen Roman. Copyright © 2002, 2004, 2005 Verlag Klaus Wagenbach, Berlin. Aus dem Französischen von Moshe Kahn.

Arthur Schopenhauer (1788, Danzig – 1860, Frankfurt am Main)

Glück. Aus: ders., *Die Welt als Wille und Vorstellung*. Erschienen 1977 in der Diogenes Verlag AG, Zürich.

Hans-Ulrich Treichel (* 1952, Versmold)

Viel Glück. Aus: ders., *Liebe Not. Gedichte*. Copyright © 1986 Suhrkamp Verlag, Frankfurt am Main.

Tomi Ungerer (1931, Straßburg – 2019, Cork / Irland)

Aphorismen aus: ders., *Die Hölle ist das Paradies des Teufels*. Copyright © 2008 Diogenes Verlag AG, Zürich.

Robert Walser (1878, Biel – 1956, Herisau)

Glückliche Menschen. Aus: ders. *Sämtliche Werke in Einzelausgaben*. Herausgegeben von Jochen Greven. Band 13: *Die Gedichte.* Copyright © 1978 und 1985 Suhrkamp Verlag, Frankfurt am Main. Abdruck mit freundlicher Genehmigung der Robert Walser-Stiftung, Bern. Alle Rechte bei und vorbehalten durch Suhrkamp Verlag, Berlin.

Banana Yoshimoto (* 1964, Tokio)

Herr Tadokoro. Aus: dies., *Mein Körper weiß alles*. Copyright © 2000 by Banana Yoshimoto. Copyright der deutschsprachigen Ausgabe © 2010 Diogenes Verlag AG Zürich. Aus dem Japanischen von Annelie Ortmanns.

Gedichte
Mit einem Vorwort von Björn Kuhligk
352 Seiten
Auch erhältlich als eBook

»Uns ist vorgehalten worden, wir hätten das Gedicht aus hehren Gefilden auf die Müllkippe gezerrt. Nach diesem Weltbild besteht unser Publikum aus Rüpeln ohne Bildung, Haschern, Huren, Junkies … In Wirklichkeit setzte sich unser Publikum natürlich – wie das unserer Kritiker – aus kontaktscheuen Stenotypistinnen, aus Deutschlehrerinnen mit Siamkatzen, aus ebenso vielen Pfarramtskandidaten wie Zollinspektoren zusammen. Und hier und da ein Schwerverbrecher; das kommt davon, wenn man die Leute lesen lernen lässt.« (Jörg Fauser im ›tip‹ 22 / 1980)

Erzählung
Ausgewählt von Daniel Kampa. Aus dem Englischen von Elisabeth Schnack. Mit einem Vorwort von Anthony McCarten
400 Seiten
Auch erhältlich als Hörbuch

Anton Čechov war ihr Lehrmeister, und wie bei Cechov sind es die kleinen, scheinbar profanen Dinge, die Katherine Mansfields Aufmerksamkeit bannten. Das zeigen die hier versammelten Geschichten, die Mansfield in den letzten Jahren ihres Lebens geschrieben hat und die zum Besten gehören, was in diesem Genre je erreicht wurde.

Erzählung
Ausgewählt von Daniel Keel und Daniel Kampa
Aus dem Französischen von Georg von der Vring und Walter Widmer
160 Seiten

Ein Liebesreigen vom gefährlichen Moment des Verliebens bis zu einer Liebe, die so stark ist, dass ein junges Mädchen aus vornehmem Haus bereit ist, ihrem Husarenoffizier bis nach Korsika zu folgen, wo es statt auf Seide auf Stroh schlafen muss und doch das große Glück lebt. Ob im Freudenhaus oder im ehelichen Schlafzimmer, in dem es aber auch nicht langweilig hergehen muss, zumal wenn der Liebhaber plötzlich im Ehebett stirbt, kurz bevor der Gatte vom Kartenspiel nach Hause kommt. Oder in der freien Natur, wo ein Wald die Leidenschaft auch noch nach Jahrzehnten wieder entfacht …

Mit einem Vorwort von Elke Heidenreich
160 Seiten
Auch erhältlich als eBook

Neben Ideen, Skizzen und Zeichnungen offenbaren Tomi Ungerers Notizbücher seine Vorliebe für Aphorismen, Wortspielereien und kleine Geschichten. Aus diesem Fundus ist ein Buch entstanden, das Tomi Ungerer von einer ungewohnten Seite zeigt, die aber vielleicht gar nicht so ungewöhnlich ist: »Ich bin ein Aufzeichner. Ich zeichne, was ich aufschreibe, und ich schreibe auf, was ich zeichne, um einen Gedanken klar, kurz und bündig auszudrücken«, so Tomi Ungerer.